한현주 희곡집

한현주 희곡집

짬

연극과인간

차 례

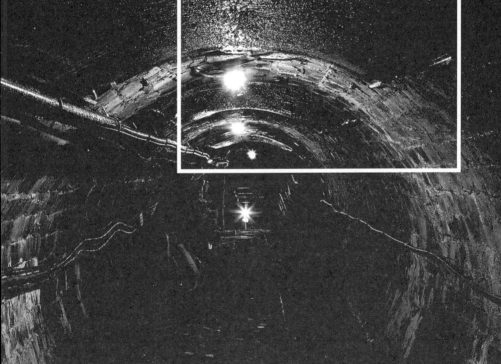

878미터의 봄

등장인물

이우영   34세, 카지노 딜러
이준기   우영의 중학교 동창, 방송국 피디
박동구   우영의 중학교 동창, 형사
이근석   우영의 아버지
탁기철   과거 근석의 동료
맹여사   동구의 어머니
장석우   30대 중반
제여경   20대 후반, 동구의 동료

배경

카지노와 폐광촌 일대

1. 카지노 : 프롤로그, '21'의 판타지

카지노.

어디선가 들려오는 낮은 탄성과 탄식, 그리고 각종 게임기가 돌아가는 소리.

딜러 우영이 블랙잭 게임을 진행하고 있는 테이블.

석우가 게임을 하고 있다.

그의 곁에 여러 사람들이 함께 게임에 집중하고 있다.

희끗한 머리에 다리를 저는 기철,

자리를 잡지 못한 채로 석우 뒤에서 기웃거리며 끼어든다.

석우는 게임을 하는 모양새가 영 시큰둥하다.

멍하니 턱을 괴고 앉았다.

준기, 무대 한구석에 서서 이들의 모습을 지켜본다.

우영   Bet's down please. 베팅해주십시오.

석우   …….

기철   아, 돈 걸라잖소. 아까부터 이 사람 참.

석우   (한 움큼의 칩을 대충 집어 내놓는다) …….

기철   어이구, 젊은 친구가 배짱 한번 두둑하네.

우영   베팅 맥시멈 초과하셨습니다. (석우, 답이 없자) 고객님.

석우   쳇. (다섯 개의 칩만 남겨 놓고 도로 가져간다)

우영   no more bet please. 베팅 끝났습니다. 딜링 시작하겠습니다. (카드를 나누어준다)

기철   (석우의 어깨너머로 카드를 보며) 오, 에이스 두 장! 스플릿으로 판을 키운다!

우영   stay or hit? 카드 더 받으시겠습니까.

기철   우리 이쁜 아가씨가 묻잖소.

석우　줘요. (카드를 받는다)

기철　잭이다! 한 건 하셨네!

우영　(석우를 향해) twenty one, 블랙잭! you win! (딴 만큼의 칩을 석우에게 준다)

석우　염병.

기철　에? 정신 차려 이 친구야. 블랙잭이라고!

석우　제기랄.

기철　(혼잣말) 별 희한한 인간 다 보겠네. (비굴한 미소를 띠며) 형씨, 많이 피곤한가 보네. 어째 내가 대신 한판 해드릴까?

석우　(칩 하나를 던지듯 건네며) 아저씨도 고생이 많습니다.

기철　헤헤. 아이고 무슨. 내가 뽀찌 바라고 이러는 거 아니야.

석우　(칩 하나를 더 건네며) 쉿!

　　사이

　　무대 다소 어두워지면,
　　환자복 차림에 광부용 안전모를 쓴 늙은 근석이
　　천천히 걸어 나와 게임 테이블 위에 모로 누워 웅크린다.
　　무대 구석에 있던 준기가 근석의 움직임을 눈으로 좇는다.

우영　(관객을 향해) 제 카드의 합은 20. (석우를 가리키며) 저 사람의 것은 21. 카드의 합이 21에 가까운 사람이 이기는 이 게임에서, 21은 가장 훌륭한 숫자입니다. 아주 큰 숫자는 아니지만 쉽게 도달하기 힘들고, 때론 아주 작은 숫자여서 쉽게 넘어서버리게 되지요. 더도 덜도 아닌 21이면 됩니다.

　　테이블 위에 누워 있던 근석, 벌떡 일어나 절을 한다.

준기 더도 덜도 아닌 만큼, 그만큼은 얼마큼입니까.

우영, 자신의 자리로 돌아가 다시 게임을 진행한다.

기철 (석우의 옆자리에 있는 사람이 일어서는 것을 보고) 담배 한 대 태우고 오시게? 그럼 제가 좀 앉아도……. 아, 예. 감사합니다. (석우 옆에 앉는다)

석우 (우영에게 손을 들며 현금을 내민다) 여기.

기철 부럽다, 부러워.

우영 머니 체인지.

우영, 현금을 받고 석우에게 칩을 내민다.

세 사람은 느리게 움직이며 게임한다.

이때 근석, 무릎을 꿇고 앉아 축문을 왼다.

준기, 다가간다.

근석 유 세차 갑술삼월 정묘삭 이십일 일 병술 대한석탄공사 금영광업소 주임 이근석 근제계 감 소고우.

준기 (근석의 말을 풀어내는) 1994년 3월 20일, 대한석탄공사 금영광업소 주임 이근석이 삼가 제계하고 산을 주관하는 신께 감히 아룁니다.

우영, 다시 카드를 나누어 주고 있다.

우영 딜링하겠습니다.

근석 천고지후 복원 신령 영시보우,

준기 하늘은 높고 땅은 두터우니 바라옵건대, 신령님께서는 우리를 영원히 보우하시어,

기철 (두 손을 꼭 모아 쥐며) 10의 영광 잭, 퀸, 킹님께서 지금 잠깐 보우하시어,

근석 여 천지 합기덕 여 일월 합기명 여 사시 합기서,

준기 하늘과 땅이 그 덕을 합하고, 해와 달이 그 밝음을 합하며, 사시가 그 질서를 합하여,

기철 내가 가진 4와 7과 합하여 21로 인도하실 지어니, (자신의 카드를 확인하고는) 이런 제기랄. (석우의 카드를 보며) 뭐야, 저거!

우영 (석우를 향해) 블랙잭, you win.

기철 이봐 아가씨. 이거 뭐 이래. 블랙잭이 왜 이렇게 쉬워.

우영 (자신 앞에 카드 한 장을 더 펼쳐 놓으며) 제 카드가 도합 21이 될 때, 저는 잠시 숨을 멈추게 됩니다. 21. 이 세상에서 제가 아는 가장 완전한 숫자이기 때문입니다.

석우 시발! 뭐가 이렇게 힘들어. 나 잃으러 왔다구!

기철 진정하쇼. 그러다 여기 영영 못 들어오는 수가 있어요.

석우 싸그리 다 쫑 내겠다는데 왜 족족 터지냐구. 돈 사천 잃기가 왜 이렇게 힘드냐고!

기철 미친. 그게 얼마나 쉬운데.

근석 (헛기침하며) 사백여 명 종업원 사무위험 불상지변 사무전도 절상지환…….

준기 사백여 명의 종업원들로 하여금 위험하거나 상서롭지 못한 변고가 없게 해주시고, 전도되거나 부상을 입는 화가 없도록…….

우영 (카드를 나누어주며) 21은 하나의 숫자를 넘어 완벽한 세계 그 자체입니다. 가닿으려 안달하고, 돌아오려 복달하게 만드는…….

근석 (절하며) 상 향.

기철 (카드를 보며) 염병!

석우 (카드를 보며) 이런 제기랄!

석우, 칩을 뿌린다.

기철, 저는 다리로 황급히 칩을 주우려다 넘어져 비명을 지른다.

2. 경찰서 : 반갑지만은 않은 만남.

늦은 오후, 허름한 수사과 사무실.

제복 차림의 여경, 일을 하다가 문득 창밖을 본다.

창 너머로 누군가를 본 듯 자리로 돌아와 자세를 가다듬는다.

잠시 후 동구가 들어와 철퍼덕 의자에 몸을 파묻는다.

여경, 기다렸다는 듯 커피를 대령하고 돌아선다.

동구 어이, 여경. (여경이 인상을 쓰자) 어쭈. 여경 보고 여경이라는데, 왜. 항상
느끼지만 너네 부모님 작명 솜씨 하난 기가 막힌다. 아주 이름 하나로
딸내미 미래를 딱 붙박았잖아. 성은 또 제씨야. 제(재), 여경. 캬!

여경 저 이름 바꿀 거예요.

동구 왜! 좋다니까.

사이

동구 나 기다렸냐?

여경 예? 제가 박 경장님 마누랍니까. 근데 어머니께서 왜 부르신 거예요?

동구 내 마누라도 아닌데 어머니 소린 참 잘도 나온다.

여경 식당에 무슨 일 있었어요? 취객 난동? 다 처먹고 오리발 내밀기?

동구 너 자꾸 우리 엄마 가게에 들르지 마라. 어제도 갔다며.

여경 맛있으니까.

동구 냉동 삼겹이 얼마나 맛나야 허구한 날 그게 들어가냐. 그러니 니 배가
삼 겹 되지. 힘 빼라. 다들 어디 갔어?

여경 검찰청 갔잖아요. 범인 이송하러.

동구 간만에 조용하니 좋다.

동구, 컴퓨터를 켠다.

긴 한숨을 내쉬며 눈을 비빈다.

동구 젠장, 도대체 이걸 얼마나 더 봐야 하는 거야?

여경 왜요. 언제는 웬만한 영화 보는 거보다 시시티브이 분석하는 게 훨씬 더 재밌다던 분이.

동구 인간들이 원체 복작대야 말이지.

여경 카지노가 그렇죠 뭐. 눈 빠지게 보시다 보면 뭔가 걸려들겠죠. (외장하드를 건네며) 어제 촬영분입니다.

동구 체하겠다. (화면을 보다가) 오~

여경 뭐가 잡혔습니까.

동구 오, 이 딜러 아가씨 제대로 이쁘네. 이야~

여경, 동구의 뒤통수를 향해 몰래 주먹을 치켜든다.

자신의 자리로 돌아가 라디오를 켠다.

서정적인 음악이 나온다.

여경 (창밖을 보며) 어머, 눈이다.

동구 춘 삼월에 날리는 눈이 뭐 반갑냐.

여경 펑펑 왔으면 좋겠다. 이 동네에선 뭐니 뭐니 해도 눈이 최고죠. 시커 멓게 쌓여 있는 저 탄가루들 다 덮어주니까. 남은 탄광도 몇 안 되는 데, 군데군데 널린 폐석더미들은 언제 싹 정리되는 거야. 박 경장님도 어렸을 때 저런 폐석더미에 올라가서, 부지런히 탄 골라내서 팔고 그 랬어요? 다들 그랬다던데.

동구, 다가와 라디오를 끈다.

여경, 입을 삐죽거리며 다시 라디오를 켜고 주파수를 옮긴다.

소리	이번엔 한강중공업 파업에 대해 얘기를 나눠 보겠습니다. 일단 여론에 밀린 사측이 공권력 투입에 대해서는 한발 물러선 거 같은데요.
동구	소리 좀 키워봐.
여경	예? 아, 예.
소리	오십여 미터의 타워크레인에서 노조위원 김철강 씨가 벌이고 있는 농성이 오늘로 백오십사 일째를 맞고 있습니다. 최근에 이 분에 대한 휴먼 다큐가 방영되었는데요. 이게 삼부작인데 일부 방송되고 나서 이후의 방영이 잠정 중단되었다지요? 그나마 이 프로그램 덕에 파업에 대한 사람들의 관심이 높아졌고, 새로운 국면을 맞는 게 아닌가 싶었는데 말이죠.

준기, 들어온다.

소리	방송과 관련해서 외압이 작용했는가를 두고 논란이 일고 있는데요. 프로그램을 만들었던 담당 피디와 전화가 연결되어 있습니다. 여보세요? 이준기 피디님? 여보세요?
준기	(헛기침하며) 네. 이준기 피디입니다.
여경	어머, 깜짝이야!
동구	(머쓱해하며 라디오를 끄고는 악수를 청하며) 야, 이 자식!
준기	잘 있었냐.
여경	진짜 이 머시기 피디에요?
준기	뭐, 그렇게 됐습니다.
동구	그저께 전화한 놈이 일찍도 나타난다.
준기	좀 봐주라. 그래도 내려왔다고 자진 신고는 했잖냐.
여경	피디님 고향이 이 동네에요?
준기	고향은 아니구요. 이 동네가 옛날엔 그랬어요. 탄광 때문에 여기저기서 모여들었죠.

여경	지금도 똑같죠 뭐. dream comes true in casino!
동구	이게 얼마 만이냐. 너 고등학교 입학하자마자 전학 갔으니까…….
준기	사고뭉치 이동구가 형사 나리가 되셨다는 얘기 듣고 까무러치는 줄 알았다.
여경	정말요?
준기	(여경에게 고개를 끄덕이고는) 짜식, 그래도 장난기 느글느글한 얼굴은 그 대로다.
동구	짜식, 예전엔 내가 더 컸는데…….
여경	행여나.
동구	자그마치 십칠 년만이네.
여경	(준기에게 라디오를 가리키며) 근데, 정말 외압이 있었던 거예요?
동구	야.
여경	왜요. 이 분 나타나는 바람에 끝까지 못 들었잖아요.
준기	정 궁금하시면 인터넷에서 다시 듣기를 이용하시는 게 어떨까요.
여경	비싸게 구시는 건 누구랑 똑같네요.
준기	예?
여경	이왕 시작한 거 끝까지 밀어붙이시지. 이참에 파업 해결되면 피디님 완전 짱 되는 거잖아요.
동구	으이구.
준기	시사 프로도 아니고, 그냥 교양 프로였을 뿐이에요. 어디까지나 김철 강의 인생을 들여다보는 목적이었으니까. 그 양반 내력이 좀 특이했 거든요.
여경	이제 그 사람은 어떻게 되는 건가.
준기	계속하겠죠.
여경	그렇게 높은데, 겨우 웅크려 누울만한 공간뿐이라던데.
동구	야, 야. 네가 언제부터 그렇게 관심이 많았냐.

여경, 눈을 흘기며 나간다.

동구 어쩐 일이야. 나 보러 내려온 건 아닐 테고.

준기 다음 프로 준비하려고. 카지노 좀 다뤄볼까 해.

동구 바글바글한 진상들 입 열기 시작하면 사연이야 줄줄이겠지.

준기 가관이던데? 그 정도일 줄은 몰랐어. 완전 좀비들 같더라.

동구 외국 영화에 나오는 카지노 생각하고 왔다가, 어이없어하는 사람들 많지.

준기 (고개를 끄덕이다가) 참, 온 김에 아버지 묘 이장하려고.

동구 맞다. 그 동네가 이번에 관광단지 확장 구역에 포함됐지.

준기 나 여기 뜨고 난 후로 아버지 묘에 처음 가봤다. 항상 어머니만 혼자 조용히 다녀오셨거든. 나도 같이 가겠다고 안 나섰고, 어머니도 굳이 같이 가자 않으셨고…….

동구 아버지 인생 단칼에 정리하는, 우리 엄니들의 영원한 레퍼토리 있잖아.

함께 애비같이 살래?

둘, 피식 웃는다.

준기 그래도 애비같이 죽을래?, 보다는 낫지.

동구 세다.

준기 작년에 어머니가 암으로 돌아가셨어. 아버지하고 합장할까 생각도 했었는데, 무덤에서 기함하실까 봐 관뒀지.

사이

동구 이장 얘기, 알려줘야 할 사람이 있는데.

준기 누구?

동구   우영이 아버지하고 기철 아재가 꼬박꼬박 너희 아버지 기일 챙기고 하셨거든.

준기   그래? 이, 우, 영……. 이름 참 둥글둥글해. 이, 우, 영. 텅 빈 거 같기도 하고. 우영이 아버지랑 누구?

동구   기철 아재. 왜, 너희 아버지하고 같은 광업소에서 일하셨잖아.

준기   아.

동구   그 양반 사는 거야말로 진정한 막장이다. 카지노 죽돌이야. 마누라 도망가고 자식들 뿔뿔이 다 흩어졌는데도, 온 데서 돈 끌어다가 환장이잖냐. 에휴.

준기   이 동네 사람들은 입장 횟수가 제한돼 있지 않나?

동구   주소까지 옮겨 놓고 아득바득 드나드신단다. 그놈의 빚 땜에 브로커 짓까지 했으니 말 다 했지. 진폐 환자들 장애 등급 올려준다고 꼬드겨서 공무원들하고 이어주는 작자들이 한동안 이 동네에 설쳤거든. 그 밑에서 그 양반이 알짱거리다가 잡혀 왔지 뭐냐.

준기, 별로 듣고 싶지 않다는 듯 창밖을 본다.

동구   이젠 뭐 카지노에서도 앵벌이 수준이지. 배팅 상한액 땜에 더 못 거는 놈들 병정이나 서주고, 뽀찌 바라면서 알짱거리고, 나이 환갑 넘어서 말이야. 쯧쯧. 그래도 알려줘야 하지 않을까? 이장 말이야.

준기   그래야 하는 건가?

동구   아니, 뭐 네가 하고 싶은 대로 하는 거지. 이장에 뭐 걸리는 문제는 없고?

준기   뭐 딱히. 인력사무소 통해서 사람도 구했고.

동구   혹시 카지노에서…….

준기   난 관심 없다.

동구   진짜?

준기	어.
동구	그래?
준기	게임 같은 거 안 해.
동구	아, 그거 말고.
준기	으이구, 우영이 봤냐고? 넌 어째 예나 지금이나 그렇게 잘 읽히냐.
동구	그게 내 매력 아니냐.
준기	딜러가 돼 있을 줄은 몰랐다. 너무 능숙한 게 오히려 어색하더라.
동구	그쪽 계에선 이제 완전 늙다리지. 스물 갓 넘어서 들어갔으니까.
준기	가끔 봐?
동구	무슨. 며칠 전에 조사할 게 있어서 카지노 들어갔다가 멀찍이서 잠깐 봤는데, 그게 몇 년 만인지도 모르겠더라. 아버지라도 건강하시면 좋을 텐데, 몇 년 전부터 오락가락하시는 통에 요양원에서 지낸다더라고.
준기	호구조사 브리핑하냐.
동구	일목요연하지? 에이, 궁금했으면서.
준기	우영이 어머니는? 편찮으셨잖아.
동구	아. 내내 앓으시다가 한 삼 년 전에 돌아가셨지.
준기	그랬구나. 우영이도 여기 떴을 줄 알았어.
동구	나도 그럴 줄 알았지.

사이

이때, 여경이 석우를 끌고 들어온다.

석우	간다고 가. 이거 좀 놓으라고! 놓으라고요, 여경님.
동구	이쁘게도 불러 주시네. (여경이 노려보자) 뭐냐?
여경	방금 잡혀 왔는데요, 옆방은 카지노 화장실에서 발생한 자살 사건 때문에…….
동구	(컴퓨터를 가리키며) 나는 뭐 놀고 있냐.

석우   죄송하게 됐습니다.

여경   카지노 고객이에요.

동구   고객은 얼어죽을.

석우   내 말이.

동구   (여경에게) 아휴, 카지노 없으면 경찰서는 문 닫아야 할 판이야. 응? 그
      쪽 가드들이 대충 알아서 하면 되지, 뭘 여기까지 모셔다 주고 그래?

여경   잭팟 우수수 터지고 블랙잭까지 연발하여, 화가 나서 사방에 칩을 뿌
      리셨답니다.

동구   엥? 싫음 날 주시지.

석우   적선 좀 했수다.

동구   술 드셨세요?

석우   한 방울도 안 먹었수다.

여경   돈 잃으러 왔대요, 글쎄.

동구   별놈 다 있으니, 이런 분이라고 안 계실까.

준기   나가 있을까?

동구   토끼려고?

여경   이 사람이 던진 칩 때문에 한판 난리가 났었나 봐요. 몇 분 동안이긴
      해도, 한 구역 게임이 완전 중단됐었대요.

동구   와우~ 그거 웬만해선 이루어낼 수 없는 일인데! 참고인은?

여경   어, 따라오고 있었는데?

제복 위에 얇은 니트를 걸친 우영, 들어온다.
아래의 대화가 진행되는 동안, 석우는 의자에 앉아 스르륵 잠든다.

여경   저기 오시네요.

동구   어라. 보안팀에서 와야지, 왜 딜러가 오냐.

여경   몰라요. 그쪽에서……

동구	(우영에게) 오랜만이다.
우영	어.
준기	우영아.
동구	알지? 기억 안 나?
준기	나야, 준기.
우영	카지노에서 봤어.
준기	그랬어? 아직 많이 추운데 왜 이렇게 얇게 입었어.
우영	모, 몰랐어. 별로 안 추워. (시계를 보며 동구에게) 저기…… 카지노 들어가는…… 그, 뭐지? 그…… 아, 셔틀버스가 십이 분 후에 있거든.
준기	나 차 가지고 왔는데…….
동구	그래, 니가 태워주면 되겠다.
우영	그거…… 타야 해.
동구	왜, 준기 차 타고 가.
우영	…….
준기	편한 대로 해.
우영	(동구에게) 저기…… 순찰차 조수석 뒷자리 문 말이야. 창문 아래에 누가 낙서를 해놨어.
여경	예? 못 봤는데.
우영	뭔가 날카로운 걸로 긁어서 조그맣게 글자를 만들어 놨더라구.
동구	그래? 무슨 글자였는데?
우영	'봄'. 시간이 부족했나 봐. 받침 미음의 아래 획을 간신히 희미하게 긁어서, 막았더라구.
여경	뭘 막아요?
우영	미음의 아래획을 못 그으면 '봄'이라는 글자가 될 수 없을 테고, 그럼 아무 의미도 못 가졌을 거잖아요. 따뜻한 '봄'이든, 무언가를 '봄'이든. 이 봄도 그 봄도, 완성되지 못한 미음 때문에 아래로 다 새어 나가버렸을 거예요.

모두의 의아한 눈빛. 우영에게로 쏠린다.

우영 (시계를 보며) 어머, 팔 분 남았다.

동구 어, 그래. (석우를 가리키며) 그러니까 이 사람이…… 어쭈, 자? 잠이 와? (석우를 흔들어 보지만 반응이 없다) 내, 참. 이 인간이 니 테이블에서 사고 친 거야?

우영 어.

동구 그냥 가. 가서 쉬어.

여경 선배님.

동구 어차피 시시티브이 기록도 금방 확보될 테고, 내가 보안팀 불러서 조서 쓸게. 업무 방해로 고소를 하든 뭘 하든 네가 할 일은 아니니까.

준기 오랜만인데 같이 밥이라도 먹고 가지 그래.

우영 (동구에게) 그래도 돼?

동구 밥 먹는 거야 니 맘이지.

우영 아니. 가도 되냐고, 나.

동구 어? 어. (여경에게) 입구까지 모셔다 드려라.

우영 괜찮아.

동구, 준기에게 눈치를 준다.

준기 잘, 지내지?

우영 왜 왔어?

준기 하나도 안 반가운가 보다.

동구 아버지 묘 이장하러 왔대.

우영 (시계를 보고는) 어, 육 분 남았다. 갈게.

우영, 나간다.

여경, 동구의 눈치를 살피며 귀찮은 모양새로 따라 나간다.

준기와 동구, 우영의 말들이 의아했던 듯 그녀의 뒤를 한동안 본다.

동구, 코를 끌며 자는 석우의 다리를 괜스레 툭 찬다.

동구　　으이구.

준기　　동구야. 나 일 있는 거 깜빡했다. 너도 어차피 이 사람 조사해야 하잖
　　　　아. 내가 너 퇴근할 때쯤 전화할게.

동구　　그래, 그래.

준기, 서둘러 나간다.

동구　　(준기 등에 대고) 카지노 셔틀 정류장은 경찰서 정문 왼쪽이다! 등지고
　　　　왼쪽! 자식……. (다시 석우를 툭 차며) 팔자 좋으시네.

3. 석탄박물관, 카지노 : 박제된 과거, 박제되는 현재

무대 뒤편에 박물관의 일부 전시관이 설치되어 있다.

'채탄 작업'이라는 픗말 아래,

탄을 캐는 과정에 대한 짧은 설명이 적힌 패널이 걸려 있다.

갱목이 놓인 막장 내부를 그대로 축소해 놓은 전시관 안에는

드릴을 들고 탄층을 부수는 마네킹, 곡괭이를 들고 탄을 캐는 마네킹 등이 서 있다.

전시관 앞에 놓인 의자에 앉아 꾸벅꾸벅 졸고 있는 기철.

그의 손에는 박물관 팸플릿이 들려 있다.

잠시 후 아이들의 발소리, 목소리로 소란스러워진다.

"야, 같이 가!", "저 마네킹 봐. 열라 유치하다!",
"아직도 많이 남았어? 대충 보고 가자." 등.
기철, 부스스 눈을 뜬다.

기철   야, 야, 조용히 봐야지. 여기가 얼마나 엄숙한 곳인데. (마네킹을 가리키며) 뚝뚝 떨어지는 저 땀방울 좀 봐라. 풀풀 날리는 분진은 또 어떻고. 저거 저거 마스크는 아무 짝에도 소용이 없어요.

멀어지는 아이들의 발소리.

사이

기철   아, 배고프다. 삼겹살 노릇허게 구워서 소주 한잔했으면…….

기철, 다시 꾸벅꾸벅 존다.

사이

다시 다가오는 아이들의 소리.
이어, 카메라 플래시가 터진다.
기철, 다시 깬다.

기철   야, 야, 아무래도 저 마네킹보다는 내가 낫지.

기철, 마네킹 앞으로 가서 똑같은 포즈를 취하고 선다.

기철   어떠냐, 자세 딱 나오지 않냐? 이래 봬도 이 할아버지가 삼십 년을

이 짓 하며 살았다. 아니! 박물관 지킴이 말고, 광부!

카메라 플래시, 요란하게 터진다.

기철   뭐? 석탄이 어떻게 생기는 거냐고? 음…… 그게 말이다. 내가 과학자
냐? 나야 캐는 사람이지, 이었지. (팸플릿을 가리키며) 고로 고 문제는 요
팸플레트를 참고하라 이 말이다. 아휴, 힘 딸려.

다시 아이들 소리 멀어진다.
기철, 머쓱해하며 의자로 돌아와 앉는다.

기철   내 눈엔 저 마네킹이 어째…… 미라 같으다.

다시, 꾸벅꾸벅 존다.
팸플릿이 손에서 툭 떨어진다.

사이

환자복 차림의 근석, 두리번거리며 들어온다.
마네킹 곁으로 다가간다.

근석   어이, 어이. 용만이 어딨나? 선산부 용만이를 몰라? 알았어, 일해. 마
스크 똑똑이 쓰고. (다른 마네킹에게) 이봐, 기철이는 어딨나? 기철아~
기철아~

기철   (번쩍 눈을 뜨며) 예! 예, 예. (벌떡 일어나 근석을 보고는 귀찮은 듯 다시 앉으며)
왜 또 나왔수.

근석   아픕니다.

기철	아프니까 요양원에 계신 거 아니오. (근석, 기침하자) 감기 걸렸수?
근석	뭐, 감기요? 이 기침이 고작 그 정도로 보입니까? 내 폐가 거북이 등껍질이 돼 가고 있습니다. 이게 그 유명한 진폐라는 거요, 아시겠습니까.
기철	예, 알다마다요. 어지간히 아프시겠습니다. 쳇. 막장이라고는 시찰 삼아 몇 번 들어가 본 게 다인 양반이 진폐라굽쇼? 그야말로 휘귀병일세.
근석	나는 폐가 아파요.
기철	염병. 아 췌장암 걸린 놈이 나는 췌장이 아파, 이러는 거 봤수?
근석	?
기철	가슴이 아파, 이렇게 말하는 거요.
근석	예, 가슴이 아파요.
기철	젠장 가슴이 아프다 못해 녹아나는 사람은 나요, 나. 오늘도 얼마를 잃었는지.
근석	잃으면 벌어야지요.
기철	따야지요. 형님이 통 모른 척하시니, 별수 없이 밑천 벌려고 이 짓 하고 있잖수. (근석, 또 기침하자) 참말로 진폐기나 하면 형님이나 나나 돈 좀 만질 텐데……. (지레 찔려서) 사기 아니야. 정말로 줄 대어줄 작정이었다고. 나는 진심이었는데…….
근석	(연신 고개를 끄덕이다가) 용만이 못 봤습니까.
기철	아, 몰라요. 또 똥 누러 갔나 보지.

근석. 키득거린다.

이때 전시관 속에 준기가 안전모를 쓴 채로 쭈그리고 앉아
똥을 누는 포즈를 취하고 있다.
그는 준기의 아버지인 '젊은 용만'이다.

기철	아휴, 왜 이리 시간이 더디 가나. 차라리 탄 캐는 게 낫지 이거야 원.

근석	(용만을 가리키며) 저 자식 저거.
기철	예?
근석	저거 봐. 그러게 술 좀 작작 먹으라니까. 뿌지직뿌지직.
기철	에라이, 똥구멍 헐겠다.
근석	막장에서 똥이나 싸라고 내가 너 취직시켜 준 줄 아냐.
기철	막장에서 똥으로 다 쏟아내라고 내가 너 술 사 주고 고기 사 준 줄 아냐.

둘, 함께 키득거린다.

준기(젊은 용만), 일어서려다 말고 또 배가 아픈지 다시 쭈그리고 앉는다.

함께	아 그 자식, 참.

준기(젊은 용만), 신경질을 내며 바지춤을 올려 잡은 채로 뛰어나간다.

기철	줄줄 샌다, 자식아.
근석	풀 한 포기 없는데 뭘로 뒤를 닦을 거야. (기철의 팸플릿을 뺏으며) 이거라도 들고 가!
기철	(팸플릿을 다시 뺏으며) 으이구. (마네킹에게) 자, 자. 야 오늘 저 자식 바지 몇 번 내리는 거에 걸래? 난 아홉 번에 오천 원! 뭐?
근석	백 번에 백만 원! (주머니를 뒤지며 돈을 찾는다)
기철	하여간 형님 앞에선 코도 못 풀어. 아무나 내기할 수 있는 거 아니우. 형님은 막장 인생 아니었으니까.

근석, 시무룩해진다.

둘, 나란히 앉아 전시관을 쳐다본다.

근석	용만아~
기철	형님!
근석	용만아~

우영이 무대 한구석에 나타난다.
전화를 받고 있다.

우영	네, 제가 찾아볼게요. 네.

우영, 전화를 끊고 뒤를 살피며 무대를 한 바퀴 돈다.
뒤이어 나타난 준기가 우영을 쫓는다.
준기의 휴대폰이 울린다.
준기, 숨는다.

준기	젠장. (전화를 받으며) 왜!
목소리	(술에 취한) 선배님. 정말 이대로 그만두실 겁니까.
준기	어쩌라고.
목소리	아깝잖아요. 제가 부장님 설득해보겠습니다.
준기	조연출이 너무 깝죽댄다.
목소리	뉴스 못 보셨습니까. 하긴 이젠 언급하는 신문도 거의 없으니까.
준기	뭔데.
목소리	타워 크레인에 음식 공급, 물 공급 다 중단됐답니다. 김철강 그 사람 어떡합니까.
준기	우리가 찍을 때도 그런 일 있었는데 뭐.
목소리	이번엔 완전 작정한 눈치란 말입니다. 여론도 잠잠해졌으니까 이참에 밀어붙이는 눈치라구요. 저항의 끝, 그 표본으로 아주 살가죽 다 벗겨내서 박제하려는 겁니다. 그 사람 지금도 트위터로 카카오톡으로 우

리한테 말 걸어오고 있는데, 어떡합니까. 프로그램 만들 때는 시시때

때로 주고받았잖아요.

준기　너도 따라 올라가든가! 그깟 연민으로 뭘 얼마나…….

목소리　(준기의 말을 자르며) 연민의 유통기한은 우유의 유통기한보다 짧다? 예,

　　　선배님 말씀 잘 기억하고 있습니다. 벌써 쉬어버린 연민의 시큼한 냄

　　　새가, 너한테서 풀풀 풍긴다, 시발.

전화, 끊어진다.

준기, 전화를 만지작거리다가 우영이 나간 반대쪽으로 나간다.

사이

다시 나타난 우영, 근석에게 다가간다.

우영　아빠.

기철　나도 있다.

우영　(목례하며) …….

근석　(기철의 뒤로 숨으며) 잘못했습니다.

우영　(근석의 팔을 잡아당기며) 가요, 아빠.

기철　용만이 아들이 왔다며? 이름이 뭐였더라.

사이

근석　준기!

기철　그래, 준기.

우영　그래서요?

기철　그렇다고.

사이

우영 제가 다 알아서 할게요.
기철 어쩌려고?
우영 아저씬 가만히 계세요.

우르르 쾅. 바닥이 울리는 듯한 폭발음이 울린다.
녹음된 비명 소리도 들려온다.
세 사람 모두 얼어붙는다.
아이들의 소리.
'꺅!', '와 대박이다!', '무서워! 진짜 폭발하는 거 아냐?', '완전 쩔어!', '야, 다시 한번
통과해보자!'

다시 들리는 폭발음.
근석, 비명을 지른다.

기철 저거 가짜야. 갱이 무너지는 현장 체험.
우영 가만히, 가만히 좀 계세요.
기철 어.
근석 (기어들어가는 소리로) 용만아~
기철 정말 가만히 있을게. 나 밥 좀 사줘.
우영 (기철을 빤히 본다)
근석 이용만. 이용만, 응답하라. 용만아 안 들리냐. (멍한 얼굴로) 비 온다.
천둥 친다, 용만아~

다시 들리는 폭발음. 천둥소리로 이어진다.
쏟아지는 빗소리.

굳어 있는 세 사람의 모습, 마치 마네킹 같다.

조명, 서서히 어두워질 때

뒤에 서 있던 마네킹 하나가 부러져 주저앉은 모양새가 된다.

4. 맹여사의 식당 : 지금 여기, 그때 거기

허름한 삼겹살집.

뿌연 미닫이 유리문이 세워져 있고.

몇 개의 테이블과 조리대가 놓여 있다.

동구와 준기가 술을 마시고 있다.

잠시 후, 동구의 어머니 맹여사가 야채 꾸러미를 들고 들어온다.

그녀는 연신 둘의 눈치를 살핀다.

동구　　가게 문을 왜 활짝 열어두고 다녀.

맹여사　금은방이냐.

준기　　안녕하셨어요, 어머니.

맹여사　어, 그래 그래.

준기　　저 많이 컸죠?

맹여사　어, 그러네. (조리대 쪽으로 슬슬 피하며) 너 온대서 내가 맛난 거 해주려고.

준기　　그냥 냉동 삼겹살이면 됩니다.

동구　　뭐든 얼른 좀 내오셔. 여기까지 와서 김치 안주가 말이 돼?

맹여사　아, 알았어. 쫌만 기다려봐.

맹여사, 조리대로 가서도 둘의 이야기에 귀를 기울이지만

잘 들리지 않는 듯 얼굴을 찌푸린다.

동구   우영이는 만났냐?

준기   어?

동구   자식.

준기   못 봤어. 나가보니까 온데간데없더라.

동구   그래?

사이

맹여사, 휴대폰을 꺼내 어디론가 전화를 건다.

맹여사   왜 이리 안 받어? 도대체 어디에 있는 거야. 박물관에도 없고. 또 카
         지노에 기어 올라갔나? 나사 빠진 양반을 데리고 얘기할 수도 없는
         노릇이고.

준기   (술을 따르며) 아직은 쉬쉬 하는 모양이던데 말이야.

동구   ?

준기   카지노에서 돈이 새고 있다던데…….

동구   니가 알았으면, 쉬쉬도 아니구만 뭐.

준기   조사하고 있구나?

동구   아직은 이렇다 할 단서 나온 게 없어. 괜히 소문나면 카지노 얼굴 구
         기는 게 되니까.

준기   알았어. 입 다물고 있을게. 얼마나…… 샜는데?

동구   한 십억?

준기   꽤 큰데?

동구   적지는 않지. 시뻘건 내 눈 좀 봐라. 그쪽도 우리도 미친 듯이 시시티
         비 훑고 있다.

준기   그 큰돈을 한 번에 빼돌리지는 않았을 테고, 야금야금 손을 댔다는
         얘기네.

동구	니가 아주 수사를 해라, 자식아.
준기	(입을 다물겠다는 제스처로) 요기까지.

맹여사, 음식을 들고 온다.

맹여사	뭔 얘기를 그리 속닥속닥 감질나게 하누?
동구	엄만 몰라도 돼.
맹여사	지랄. 뭐 묻기만 하면 몰라도 된대.
준기	어머니, 맛있게 잘 먹겠습니다.
맹여사	맛은 개뿔. 나도 나름 내 깜냥은 알고 산다.
동구	그게 뭐 자랑인가.
맹여사	그저 목구녕에 낀 탄가루 밀어내느라 처먹은 고기고, 목구녕에 낀 설움 녹이느라 들이부은 술이지.
준기	어머니, 화장실이 어디에…….
맹여사	변소간이 발 달렸냐.
동구	얘가 언제 우리 집에서 술 먹은 적 있어?
맹여사	하긴 그러네.
동구	(준기에게) 나가서 왼쪽.

준기, 나간다.

맹여사	많이 컸네. 얼굴에 애비 상판도 어슴푸레 스치고……. 즈희 엄마 등쌀에 못 이겨서 저 녀석 밤마다 저 문밖에서 어슬렁거릴 때가 엊그제 같은데. 아, 아들 봐서라도 가라고 가라고 내가 술잔까지 뺏어도, 그 양반이 어디 꼼짝을 해야 말이지.
동구	그런 양반 한둘이었나.

준기, 유리문 너머에 서서 안을 들여다본다.
조명, 다소 어두워진다.

준기 귓바퀴를 휘갈기는 바람. 말갛게 흘러내리는 코를 훔친다. 이마를 찌
푸려 눈에 잔뜩 힘을 주어 보지만 김이 서려 안이 보이지 않는다. 곤
드레만드레, 찌질한 아비들의 고성만이 유리문을 흔든다. 내 아비 저
기 있는데, 나는 그를 찾고 싶지 않다. 내 아비 저기 있는데, 그 아비
멀리 있었으면 한다. 닿을 수도 없는 곳에.

동구 난 술을 나르면서 네가 저 밖에 서 있다는 걸 알고 있다. 뿌연 김을
문지르면 네가 보일 테지만, 난 그렇게 하지 않는다.

준기 그래, 동구 네가 있어 덜 부끄럽다.

동구 난 네가 있어 더 부끄럽다. 곤드레만드레, 찌질한 사내들의 손이 내 어
미의 궁둥이를 스칠 때마다, 나는 그 손을 아그작 부러뜨리고만 싶다.

준기와 동구, 서로를 바라본다.

준기 그 아비, 저 아비, 내 아비, 다 같은 아비들을 향해 자꾸만 주먹이 쥐
어진다.

원피스를 입은 우영이 문밖에 등장한다.
(이때의 우영은 겉모습과 상관없이 어린 시절의 그녀다.)
우영은 자기 옆에 어린 준기가 서 있는 것처럼 말을 건다.

우영 또 여기 있어? 기다리는 거야, 망설이는 거야?

준기 화내고 있는 거야.

우영 (준기의 볼을 만지며) 볼이 얼었다. 주먹 펴 봐. 모난 돌을 그렇게 꽉 쥐고
있으니까 생채기가 나지. 그 돌 이리 줘.

우영, 돌을 던지는 시늉을 한다.

우영   놀랐지? 내가 정말 던질까 봐 겁났지? 더 좋은 방법이 있어. 자, 봐봐. (문을 마구 두드리며) 불이야! 불! 불이야~ (안을 보다가 준기에게) 너네 아빠 일어선다. (웃으며) 나, 간다.

우영, 사라진다.
준기, 손바닥을 쓸어본다. 볼을 만져본다.

무대가 환해지면,
석우가 들어온다.
이미 술이 들어간 상태인 그가 준기에게 부딪힌다.
준기, 정신을 차린다.

석우   아이쿠, 죄송합니다.

석우와 준기 차례로 들어온다.
동구, 석우를 보고 어이없어 한다.

맹여사   예, 어서 오세요.

준기   (석우를 가리키며) 풀어줬나 보네?

동구   풀어주라대. 잡아가랄 땐 언제고, 겁 좀 주려고 그랬던 것뿐이라나?

석우   (동구를 알아보고는) 아이구 형사님, 아까는 감사했습니다. 제가 그런 의미로다가 한잔 사겠습니다. 마음껏 드십시오.

동구   일 없으니 조용히 드시고 가세요.

맹여사   왜 손님한테 타박이야.

석우   헤헤. 술 주세요.

맹여사	고기도 드셔야지?
석우	예, 예. 뭐든 주십시오. 저쪽 테이블 것도 제가 다 계산하겠습니다.
맹여사	아이구, 우리 형사 아들 덕을 좀 보셨나 보네. 호호.
석우	어머니세요?
맹여사	예. 제가 바로 박동구 형사의…….
석우	(손을 덥썩 잡으며) 어머니~
맹여사	아, 예…….
동구	내, 참.

맹여사, 석우에게 술을 가져다주고는 음식을 준비하러 간다.

석우	길다, 길어.
동구	그만 손 털고 이 동네 뜨십쇼.
석우	(연신 술을 들이켜며) 지겹다, 지겨워. 제기랄, 하루가 왜 이렇게 길어.
동구	이보쇼.
준기	(동구의 잔을 따르며) 그냥 둬.
동구	이제 카지노에서 내려오는 저런 인간들이 이 식당 주 고객이다. 막장 인생 계보를 이어나가시는 거지.
석우	형사님. (동구, 반응이 없자) 형사님!
동구	아, 왜요!
석우	아까 저 때문에 서에 왔던 딜러 분 말입니다. 제가 사과를 좀 하고 싶은데요. 그분한테 억하심정이 있어서 그랬던 건 아니거든요. 절대로 아니거든요.
준기	이유야 어찌 됐든 우영이를 곤란하게 만든 건 사실이죠.
석우	우영이? 이름 참 동글동글하다. 댁도 아는 분인가 보네요. 꼭 좀 전해주쇼. 미안하게 됐다고.
동구	아, 알았으니까 술이나 드세요.

석우　감사합니다.

석우, 꾸벅꾸벅 고개를 숙이며 연신 술을 들이켠다.

뒤의 이야기가 진행되는 동안 석우는 테이블에 엎드려 잠든다.

맹여사, 다시 동구와 준기에게 귀를 기울인다.

다시 어디론가 전화를 걸지만 받지 않는 듯 초조해한다.

동구　우영이 말이야. 좀 이상하지 않디? 뭔가 어눌한 듯싶은데 또 엉뚱한
　　　거에 잔뜩 집중하고. 카지노에서만 살아서 그런가?

준기　카지노 돈 새는 거, 직원들을 용의 선상에 둔다면 우영이도 포함되는
　　　거지?

동구　그렇지. 딜러도 돈을 만지기는 하니까. 요즘 그쪽에서 딜러들 대하는
　　　태도가 심상찮아. 아까 서에 우영이 보낸 것만 해도 그래. 그런 일
　　　없거든. 쫄게 만들려는 거 같기도 하고.

맹여사, 잠든 석우에게로 가 음식을 내려놓고는 혀를 끌끌 찬다.

눈치를 살피며 넌지시 준기에게로 다가간다.

맹여사　그러니 말이야.

동구　뭐가?

맹여사　아니, 이장 말이야……. 그 얘기 하고 있었던 거 아냐?

준기　(웃으며) 하실 말씀 있으세요?

맹여사　(잽싸게 앉으며) 조상님 묘는 함부로 옮기는 게 아니거든.

동구　애가 함부로 하나. 빼라니까 할 수 없이 하는 거지.

맹여사　그렇지. 하기는 해야 하는데, 서둘러 해치울 일이 아니라는 거지. 용
　　　한 데서 날도 제대로 받고, 필요하면 굿도 좀 하고. 참 옮겨 모실 땅은
　　　제대로 구한 거야? 수맥은 안 흐르는지, 흙이 흘러내릴 형국은 아닌

지, 강은 어디로 흐르는지…….

준기 (맹여사의 말을 자르며) 화장해서 납골당에 모시려구요.

맹여사 그래? 하긴 요새는 묘 쓰기가 쉽지는 않지. 느희 아버지 사주 좀 줘봐
라. 내가 좋은 날 한번 물어봐 줄게.

동구 오지랖은. 벌써 준비 끝났다는데.

맹여사 정성을 다해야 네가 잘 되고, 네 가족도,

석우의 웅얼거림이 맹여사의 말을 막는다.

석우 (꿈꾸는 듯) 어딜 가려고 그래. 죽고 싶어 환장했어?

맹여사 일이 그리 됐으면, 뭐…….

석우 거기 안 서? 여보! 여보!

동구와 준기, 석우를 쳐다본다.
맹여사, 조리대로 돌아간다.

사이

조명, 다소 어두워지면
맹여사, 빈 테이블 하나를 바라본다.

맹여사 (보이지 않는 누군가에게 말하듯) **나는 별수가 없네.**

기철과 근석이 들어온다.
그리고 문밖에 교복을 입은 우영이 서서 이들을 관찰한다.
17년 전의 그들이다.
환자복 차림의 기철은 다리에 깁스를 하고 있으며,

근석은 회사 로고가 박힌 점퍼 차림이다.

술을 먹는 두 사람의 행동은 마임으로만 처리된다.

기철   술만 먹지 말고 가타부타 말을 좀 해봐요, 형님.

근석   (다시 술을 들이켠다) …….

기철   소장은 정말 도망간 거요? 가스 폭발 사고 터진 날 줄행랑친 거야,
         아니면 그 전에 이미 내뺀 거야? 아, 형님!

맹여사, 다가와 앉는다.

역시 17년 전의 그녀다.

맹여사   우영이 아버지를 닦달한다고 될 일이오?

기철   관리 주임이 모르면 누가 알아!

맹여사   소리 좀 낮춰요. (근석과 기철에게 술을 따라준다)

기철   월급 밀릴 때부터 알아봤어야 하는 건데. 퇴직금은 고사하고 이놈의
         다리는 누가 보상해주냔 말이야.

맹여사   죽은 사람도 있는데, 뭘…….

근석   지천에 꽃이 벌어진다. 용만이 장례 치르자.

기철   안 돼요. 시신이라도 붙잡고 늘어지니까 기자라도 드나드는 거 아니오.

맹여사   한 달이나 지났는데, 망자한테 할 짓인가.

기철   산 사람은 살아야 할 거 아니오. 용만이 보상금도 받아내야지.

맹여사   준기네도 빈손으로 뜰 수는 없지.

기철   개새끼. 기어이 찾아내서 족치고 만다, 내가.

기철, 벌떡 일어나지만 다리 통증으로 고통스러워하며 주저앉는다.

기철   아, 시펄. 형님 하고는 오갔던 말이 있었을 거 아니냐고! 말 말고 다른

게 오간지도 모르지.

맹여사 아이구, 별소리를! 그랬으면 우영이 아버지가 여기 앉아 있겠수?

근석 기철아…… 저기 말이다.

이때, 어린 시절의 우영이 문을 열고 들어온다.

우영 아빠. 엄마가…….

맹여사 엄마가, 왜. 아빠 찾아? (근석에게) 가 봐요, 어서.

근석, 주저하다가 나간다.

기철, 술을 들이켜고는 씩씩대며 나간다.

맹여사, 이들을 애잔하게 지켜본다.

조명, 다시 밝아지면

여경이 들어온다.

준기, 여경을 보고 웃으며 동구를 툭 친다.

동구 넌 또 뭐냐.

여경 어머니~

맹여사 (아직도 생각에 잠겨 있는 채로) 예, 어서 오세요.

여경 또 왔다고 안 반겨주시는 거예요?

맹여사 아이구 우리 여경 씨 왔네. 아직 저녁을 못 먹었나?

여경 네.

동구 너 아까 나랑 먹었잖아.

맹여사 배가 고프면 또 먹어야지.

준기 전폭적인 지진데?

여경이 빈 테이블 쪽으로 가려 하자, 맹여사가 그녀를 동구 옆에 앉힌다.

맹여사	저 테이블은 손님 받아야지.
동구	(여경에게) 절로 안 가?
여경	(준기에게) 또 뵙네요. 저도 한 잔 주세요.
준기	아, 예. (술을 따른다)
맹여사	(준기 곁에 앉아 잔을 내밀며) 아가씨, 한 잔 따라볼 테야?
동구	엄마.
맹여사	(술을 들이켠다) 캬, 좋다.

소란스러워지자, 석우가 부스스 일어나 둘러보다가 화장실에 간다.

준기	어머니 제 술도 한잔 받으세요.
맹여사	에라 모르겠다. 내 아들 동문데, 한잔 받아야지.
동구	좀만 따라라, 일 난다.
여경	편하게 드세요. 이따가 제가 가게 정리 싹 다 해드릴게요.
맹여사	아이구, 말도 참 이쁘게도 하지.

석우, 화장실에서 나와 이들을 바라본다.

맹여사	가슴팍이 왜 이리 욱신거리누. (다시 술을 들이켜며) 아가씨 노래 한 자락 해볼 테야?
동구	취했네, 취했어.
맹여사	싫으면 말어도 돼.
여경	한 곡 할까요? (벌떡 일어선다)
동구	앉아라.
여경	뭐 어때요.

석우, 환호하며 박수를 친다.

동구	앉으라고 했다.
석우	뭘 군이 말리십니까. 좋습니다. 제가 오늘 여기 술값 다 내겠습니다.
맹여사	그 얘긴 아까도 하셨거든? (동구의 눈치를 살피며) 아가씨, 노래는 나중에 나랑 둘이 하자. 준기야, 내 술도 한 잔 받아라.
준기	예.
맹여사	(준기의 어깨를 쓸어내리며) 억울해할 일도 아니고.
석우	노래 안 해요? 자! (박수로 박자를 맞추며) 하나, 둘, 셋, 넷!
동구	아저씨.
맹여사	(준기에게) 더는 가슴 아릴 일도 아니고.
석우	한 박자 쉬고, 두 박자 쉬고,
동구	아저씨!
석우	아주머니, 저 돈 있습니다. (주머니에서 칩을 잔뜩 꺼내며) 자, 보십시오.
맹여사	이 인간이!
석우	왜요. 이거 돈 아닙니까. 이 동네 어디서든 이거 다 받던데요.
준기	이봐요.
석우	(색깔별로 칩을 보이며) 찜질방은 요거, 담배 가게는 요거, 식당도 요거!
맹여사	저리 안 치워? 우리 집에서는 그딴 거 취급 안 해!
석우	이상하네. 에이, 내가 몇 개 더 얹어 드릴게요. (칩을 뿌린다)
동구	이 새끼가! (석우에게 주먹을 날린다)
석우	(쓰러졌다가 다시 일어나 손뼉 치며) 한 박자 쉬고, 두 박자 쉬고, 세 박자마 저 쉬고!

동구, 다시 주먹을 날리고 우당탕탕, 가게는 엉망이 된다.

5. 카지노 : '21', 안 되면 되게 하라

블랙잭 게임 테이블이 놓여 있다.
장내 안내방송이 들려온다.

목소리   잠시 후 개장됩니다. 보안원과 딜러는 모든 준비를 완료해주십시오.

우영이 배를 만지며 헐레벌떡 뛰어 들어온다.
칩을 떨어뜨려 테이블 밑으로 들어간다.
일어서려다 머리를 세게 부딪친다.
비명을 삼킨다.

사이.

개장을 알리는 소리.
들어오는 사람들의 소리.

사이

우영   자, 베팅해주십시오.

근석이 들어와 테이블 밑에 웅크리고 앉는다.
그의 행동은 우영의 내면에서 일어나는 것으로 다소 비현실적이다.

우영   베팅 끝나셨습니까.

우영, 자신을 비롯한 사람들에게 카드를 나눈다.

근석   너, 또 똥 못 눴지? 얼마나 됐냐?

우영   한 보름?

근석   으이구, 얼굴에 똥독 올랐다. 엄마를 닮아도 어쩨 그런 걸 닮아. (사이)
       우영아…….

우영   왜.

근석   엄마가 날 찾는다고?

우영   아프고 나선 항상 아빠 찾았잖아.

근석   난 말하고 싶었다. 털어놓고 싶었다.

우영   그럼 말해.

근석   할 거야. 할 수 있어.

       근석, 벌떡 일어서다 머리를 세게 부딪친다.
       비명을 지른다.
       기어 나온다.

우영   (근석의 곁으로 다가가) 시원하겠다. 비명은 들어주는 사람이 있을 때, 달
       려와서 아픈 곳을 살펴봐 줄 사람이 있을 때 나오는 거지.

근석   네가 삼킨 비명이 가슴을 누르고 들어앉았으니 비명 독도 오르나보구나.

우영   정말 말할 거야?

근석   …….

우영   아빠.

근석   너무 무거워.

       사이

우영   (근석을 어루만지며) 쉿! 조금만 참으면 조금만 더 견디면 다 조용해질
       거야. 지금은 파르르 떨리는 그 침묵도 얼음처럼 단단해질 거야.

근석, 다시 테이블 밑으로 들어간다.

우영 베팅 끝나셨습니까.

이때, 기철이 나와 보이지 않는 게이머들 사이에 앉는다.
기철의 행동 역시 우영의 내면에서 일어나는 것이다.
우영, 카드를 나눈다.

기철 나는 카드 안 주냐. 나도 줘. 좀 주라.
우영 (다른 이를 향해) 카드 더 받으시겠습니까.

사이

우영 (관객을 향해) 더도 말고 덜도 말고, 21이면 됩니다.

우영, 기철에게 카드를 준다.

기철 한 장 더! (손을 비비며) 제발, 제발.
우영 채우지 못해 안달하고…….
기철 (카드를 보며) 제기랄. 제기랄!
우영 덜어내지 못해 복달하고…….

우영, 카드를 정리한다.

우영 베팅 끝나셨습니까.

기철, 테이블 위에 올라가 모로 눕는다.

머리에 팔을 괴고 우영을 쳐다본다.

기철 (카드를 집으며) 잘 좀 주면 어디 덧나냐.

우영 베팅 끝나셨습니까.

기철 나는 무조건 더 크게 걸 테다.

우영 베팅 끝나셨습니까.

기철 샛바닥은 짧아도 침은 길게 뱉는다잖아?

우영 베팅 끝나셨습니까.

기철 준기는 어쩐데?

우영 다 잘 될 거예요.

기철 어떤 게 잘 되는 건데?

우영 아무것도 변하지 않는 거.

기철 아무것도 들추어지지 않는 거?

우영 무너진 갱은 무너진 대로,

기철 잊어버린 사람도, 잊힌 사람도 그대로?

우영 항상 21을 유지하는 것.

기철 그게 어디 쉽나.

우영 안 되면 그에 가깝게라도 용을 써야지.

기철 내가 용만이 관 뚜껑 누르고 버텨 볼까?

우영 준기 힘이 더 셀 테지.

기철 아예 내가 관 속에 드러누울까. 흐흐.

우영 비어 있음 어떻게든 채워야지.

기철 참말 나더러 누우라고?

우영 벌써 여기 누워 계시잖아요.

기철 내가 준기를 한번 만나볼까?

우영 협박인가, 애걸인가?

기철 둘 다.

우영   아저씨, 또 배고프구나.

기철   응.

근석, 나와서 기철을 잡아당긴다.

끌어내리려 안간힘을 쓴다.

근석   이놈!

기철   형님 자리다 이거야? 그러지 말고 우리 나란히 좀 기대자.

근석   이놈!

기철   아, 아파. 이거 좀 놔 봐요. 형님.

근석, 기어이 기철을 끌고 나간다.

이때, 무대 밖에서 석우의 고성이 들린다.

석우   (목소리) 내 돈 내고 내가 들어가겠다는데 왜 막고 난리야.

석우, 무대 안으로 잠깐 몸을 들이민다.

몸부림치는 통에, 주머니에서 수첩이 떨어진다.

석우   (무대 밖을 향해) 나 돈 많아. 보여줘? 어쭈, 이거 안 놔? 놔!

석우, 무대 밖으로 끌려나간다.

우영   (보이지 않는 게이머에게) 아, 네. 머니 체인지! (칩을 건네며) 여기 있습니다. (사이. 혼잣말) 안 되면 되게 하라.

우영, 다소 엉성하게 수표 한 장을 슬쩍 빼돌린다.

우영　딜러 교체 타임입니다. 잠시만 기다려주십시오.

우영, 아무 일 없었다는 듯 나가다가,
석우가 떨어트린 수첩을 발견하고는 줍는다.

6. 경찰서: 돈의 행방

동구, 전화를 받고 있다.

동구　그래, 별 탈 없이 진압됐고? 그 새끼, 그거 어디서 굴러 들어와서 자꾸 사고질이야. 알았다. 얼른 들어와라.

기철이 연신 뒤를 살피며 헐레벌떡 뛰어 들어온다.

동구　어쩐 일이십니까. 여기, 자주 드나들 곳 못 됩니다.
기철　그게 말이다. 저기…….
동구　뭔데요.
기철　동구야…… 나 잠깐만 여기 좀 있자.
동구　경로당 아닙니다.
기철　일이 그리 됐다.
동구　아재!
기철　그놈들이 나를 죽이려고 든단 말이다.
동구　또 돈 끌어다 쓰셨어요?
기철　(마지못해 고개를 끄덕이며) 안 그러려고 했는데…… 마지막으로다가 딱 한 번…….

동구 갑시다.

기철 네가 가도 소용없어. 그놈들 성질 알잖아.

동구 내가 그 사람들한테 왜 갑니까. 아재 같은 중독자들 모아놓고 치료하는 센터, 그리로 가자고요. 내 기꺼이 모셔다 드립니다.

기철 갚을 거야. 금방 갚을 수 있어.

동구 암요. 한방이면 되는데!

기철 돈 갖고 올 거야.

동구 누가요. 누가 그런 바보짓을 한답니까.

기철 진짜라니까. 돈 올 때까지만 있을게. 응?

동구, 기철에게 뭐라 한마디 더 하려는데,
여경이 수갑 찬 석우를 끌고 들어온다.
뒤이어 수첩을 손에 든 준기, 메모를 하며 들어온다.

동구 (준기에게) 카지노에 있었어?

준기 어. 취재하다가 만나가지고…….

동구 (준기를 보다가 석우에게) 유명해지고 싶은가 봅니다.

준기 세단 다섯 대 사이드미러를 뽀갰다. (석우에게) 시원시원하시던데요?

동구 보고만 있었냐.

석우 열심히 찍으셨죠. 예, 소문 많이 내주십시오.

동구 뭐 잘했다고 큰 소립니까.

석우 주인도 없이 뽀얗게 먼지 쌓인 채로 멍청하게 떼 지어 서 있는 꼴들이 하도 한심해서, 잠 좀 깨워주려다 그리 됐습니다.

동구 주인이 왜 없어요! 그 차 받아 놓고 돈 빌려준 새끼들이 임시 주인이지.

여경 카지노 입장 거부당하니까 거기다 화풀이 한 거 같습니다.

동구 허. 보기와는 다르게 갑부 집 아드님이신가 보네.

기철   (일회용 커피를 찾아내고는 여경에게 낮은 목소리로) 아가씨, 프림 안 들어있는
       거는 없나? 프림이 몸에 안 좋거든.

여경   (동구에게) 뭡니까, 이 분은?

동구   봉지 뜯어서 프림가루 하나하나 골라내고 타드시든지요!

기철   동구 너는 느희 엄마를 너무 닮았다, 자식아.

준기   (마지못해) 안녕하세요.

기철   언제 알아보나 기다리고 있었다. 느희 애비는 나한테 참 잘했는데…….

동구   (석우에게) 앉아요, 어서!

기철   성깔하고는.

석우   아저씨, 타시는 김에 저도 한 잔 부탁드립니다. (수갑을 보이며) 손이 이
       래서.

기철   아이구, 그 양반 맞네. 낯이 익다 싶었지. 나, 알지요? 쯧쯧. 그래도
       반갑수다.

동구   아재! (석우에게) 내가 얼른 이 동네 뜨라고 충고했죠? 사람 말을 귀담
       아들을 줄 아셔야죠.

석우   이제 뜰 겁니다.

동구   이 난리를 쳐 놓고?

석우   그 업자하고 구두합의했습니다.

동구   다들 큰 소리는.

석우   카지노 물품 보관함 키를 제가 줬거든요. 벌써 돈 꺼내 갔을 겁니다.

동구   뭐요?

기철   (석우에게 커피를 주며) 역시나 통이 크시네. 게임할 때 내 알아봤지. (동구
       의 눈치를 살피며 구석으로 가 앉는다)

석우   저, 펜하고 종이 좀 빌리겠습니다.

여경   반성문이라도 쓰시게요?

석우   제가 수첩을 잃어버렸거든요. 기억을 쥐어짜서 정산을 해야 합니다.

동구   뭐래니?

여경, 동구를 잡아끌며 한구석으로 간다.

준기, 수첩을 꺼내 메모한다.

여경 저 인간 좀 이상해요.

동구 왜.

여경 피해자가 망가진 차 훑어보고는 딱 잘라 합의금 삼천 불렀거든요? 제대로 뜯어내려고 작정했구나 싶었죠. 근데 저 인간이 머리를 막 굴리는가 싶더니, 삼천 십이만 칠천 원으로 하자는 거예요.

동구 허.

여경 뭔 계산인지, 굳이 십이만 칠천 원을 얹어주겠다지 뭐에요? 완전 또라이야.

동구 별 미친. 얹어주든지 말든지.

기철, 준기에게 커피를 건넨다.

기철 너 마셔라.

준기 괜찮습니다.

동구 다방입니까?

기철 콧날 하나는 애비하고 똑같네. 넌 왜 여기 들락거리냐. 옳지 않아.

동구 누가 할 소리를?

여경 참, 오다가 그 딜러 봤어요.

동구 우영이?

여경 웬 남자들하고 술집으로 들어가던데요. 젊은 남자 하나, 중년 남자 하나.

기철 뭐 하는 사람들 같습디까.

여경 글쎄요. (석우에게) 아저씨도 차 안에서 봤잖아요. 막노동 하는 사람들 같았죠?

석우 저는 못 봤는데요.

여경 쳇. 아저씨가 먼저 어, 어 하면서 손짓하길래 나도 보게 된 건데, 무슨 소리에요.

두꺼운 봉투를 든 우영이 한구석에 들어와 서 있다.

기철 (우영을 보고는) 뭐 하러 올라왔어.

우영 전화를 안 받으셔서.

기철 (휴대폰을 보고는) 아이고, 밧데리가 나갔네. (동구에게) 커피 잘 마셨다. 프림은 역시 나랑 안 맞아. (우영에게 다가가며) 가자, 가자.

동구 잠깐만요. 뭡니까, 이 상황이? (우영에게) 그 가방에 든 거 돈이니?

우영 어?

기철 내가 좀 빌려달라고 했다. 네가 상관할 바는 아니지.

동구 정말이야?

우영 응.

동구 왜?

우영 왜라니?

준기, 영문을 몰라 이들을 바라만 본다.

석우, 몰려 있는 우영을 보고는 슬그머니 다가간다.

석우 저기, 저번 일은 제가 정중히 사과드립니다.

동구 저리 안 가요!

여경이 석우를 끌고 가 앉힌다.

이때, 기철이 우영의 손에서 가방을 낚아채고 뛰어나간다.

기철   우영아, 내가 전화하마!

동구   저 인간이! (우영에게) 정말 빌려준 거야?

우영   네, 형사님. (석우에게 수첩을 내밀며) 저, 이거. 게임장에 떨어뜨리셨어요.

석우   우와, 죽어라고 찾고 있었는데…… 계속 감사하기만 하네요.

동구   이우영!

우영, 나간다.

전화를 받고 있던 여경, 동구에게 다가온다.

여경   (석우를 가리키며) 피해자가 저 인간 풀어주라는데요?

동구   아휴, 진짜!

여경, 석우의 수갑을 풀어주고는 자신의 책상으로 돌아간다.

동구   이상한데…….

준기   아버지하고 친한 사람이니까 빌려줄 수도 있지 않나?

동구   돈이 남아돌아?

준기   딜러 연봉 꽤 될걸?

동구   그럼 뭐하냐. 즈희 엄마 수술비, 병원비 고스란히 다 떠안고 살았는데. 등짐까지 지고 있잖아. 아부지.

석우, 슬그머니 나간다.

준기의 휴대폰이 울리는데 준기, 받지 않는다.

준기   아휴, 이 새끼가.

동구   그게…… 왠지 빌려주는 게 아닌 거 같단 말이지.

다시 휴대폰이 울린다.

동구   누군데?

준기   프로그램 같이 만들었던 조연출. (전화기에 대고) 또, 왜 이 새끼야. (정색
하며) 예, 부장님. 어쩐 일이세요? 네? (얼어붙는다. 사이) 네, 듣고 있습니
다. 부장님 제가 전화 드리겠습니다.

전화를 끊는다. 휴대폰으로 뉴스를 보려고 하지만 잘 안 된다.

준기   에이 시발, 이 동넨 왜 이렇게 느린 거야? (동구에게) 컴퓨터 좀 쓰자.
동구   어.

동구, 자리를 비켜준다.
준기, 컴퓨터로 뉴스를 검색한다.
동구, 뒤에서 이를 보다가 놀란다.

동구   너, 괜찮냐?

사이

준기   어, 뭐라고?
동구   괜찮냐고.
준기   내가 뭐?
동구   아니, 뭐…….

무대, 서서히 어두워지는 가운데 아나운서의 목소리가 들려온다.

목소리   한강중공업 정리해고에 맞서 타워크레인을 점거하고 농성 중이던 김 철강 씨가 오늘 오후 5시경 투신했습니다. 사측이 노조를 상대로, 파 업으로 인한 손해배상청구소송을 준비하겠다는 발표를 한 상황에서 이 같은 사건이 벌어져……. (지지직대는 전파음) 한편 경찰 측은 만일에 대비해 구급차를 대기시키고 있었으며, 폭 9m, 길이 18m의 대형 매 트리스를 제작하여 크레인 주변에 설치하는 등, 안전조치를 충분히 취하고 있었다고 밝혔습니다. (다시 지지직대는 전파음)

사이

목소리   (다소 비현실적인 아나운서의 목소리) 하지만 김 씨는 마치 하늘로 솟구쳐 날아오르듯, 아니 하늘을 뚜벅뚜벅 걸어 나가기라도 할 듯이 그렇게, 그렇게…….

7. 폐가(옛 광부 사택): 그때 거기, 지금 여기

과거에 광부들의 사택이었으나 지금은 폐가(弊家)인…….

낡아서 군데군데 뚫려버린 슬레이트 지붕 등으로 형상화되어도 좋다.

벽에 희미하게 새겨진 '8호'라는 글자가 이 공간이 사택 중 하나임을 말해준다.

매우 비좁은 방 두 개가 이어져 있다.

바닥에는 버려진 살림살이나 쓰레기들이 나뒹군다.

약하게 봄비가 떨어지는 소리.

근석이 누워 있다.

사이.

근석, 얼굴에 물이 떨어지자 깜짝 놀라 눈을 뜬다.

기철   (밖에서 소리만) 형님, 아직도 새요?

근석   (기어들어가는 소리로) 예.

기철   형님! 물 떨어지냐구요!

근석   아니요!

우비 차림의 기철, 손전등으로 방을 비추며 들어온다.

연장을 든 기철, 그런데 그의 얼굴이 멍투성이다.

기철   새는구만! 답을 똑바로 해야 할 거 아니오. (빈 그릇을 하나 받쳐 놓으며) 에라, 모르겠다.

근석, 눈을 감는다.

기철, 외투를 벗어 근석에게 덮어주고 청소를 시작한다.

기철   여긴 왜 올라오재? (둘러보며) 으이구 구신 나오겠네. 갈아엎는단 말 나온 지가 언젠데……. (얼굴을 만지며) 아야야.

근석   (멍든 기철의 얼굴을 만지며) 잘한다. 다 커서 쌈박질이나 하고 다니고.

기철   한 대라도 치고 올걸. 돈 백 때문에 쥐도 새도 모르게 뒈질 뻔했수.

근석, 기철의 뒤통수를 때린다.

기철   아야야. 형님!

근석   (기철의 얼굴을 만지며) 쯧쯧. 불쌍한 것.

기철   (근석의 팔을 뿌리치며) 우영이 고게 뒤통수를 칠 줄 누가 알았누. 돈 봉투에 희멀건 종이 뭉치만 가득이더라고. 암것도 모르고 자신만만하게

그 봉투 들이밀었다가, 먼지 나도록 처맞았잖수. 나쁜 기집애. 한 번
도 그런 적 없었는데…….

근석   용만아, 이 얼굴 처발라주게 약 좀 가져와라. 용만아~ 용만아~

기철   목이 터져라 불러 봐 어디.

근석   어디 갔어?

기철   멀리 갔지.

근석   또 똥간 갔어? 흐흐. 아까 내가 누고 왔는데, 그 자식 내 똥 위에 지
똥 쌓아 올리고 있나 보다.

기철   그 똥간에 자리 틀고 앉았던 사람 족히 스물은 될 거요. 예닐곱 집에
그거 하나였으니까. 형님이야 아파트 사택에 살았잖수. 거기야 집집
이 똥간이 있었지.

근석   방이 왜 이렇게 차! 천지에 널린 게 탄인데.

기철   (근석 점퍼의 지퍼를 채워주며) 추우면 내려갑시다. 잠은 집에서 자야지.

근석   어느 집?

기철   …….

근석   (풀이 죽어) 용만이가 와야지.

기철   (혼잣말) 그 자식 간 날인 거 알고 저러는 거야?

근석   용만아!

사이

용만을 부르는 근석의 목소리, 메아리처럼 울려 퍼진다.
무대 다소 어두워지면,
젊은 용만(준기)이 나타나 등만 보인 채로 웅크려 눕는다.

목소리   (용만의) 고만 좀 불러. 일 안 간대도.

근석   일어나 좀 앉아봐. 며칠째야. 영영 그만두고 싶은 게냐.

목소리　(용만의) 궁색이 밑천이라 여기며 넋 빼놓고 설쳐 보니, 궁색은 밑 빠진 독입디다. 이 집 꼬라지를 보시오. 옹색 궁색이 덕지덕지.

근석　기철아, 너도 말 좀 거들어라.

기철　그날 내가 거들지만 않았어도 용만이는 살았을 거야. (사이) 여기보단 차라리 찜질방이 낫더라. 가짜 대리석, 가짜 황토 깔렸어도, 일단은 넓어 좋더라.

젊은 용만(준기), 힘겹게 일어나 앉는다.

근석　그래, 그래. 앉으면 서게 돼 있는 거야. 옳지, 옳지. (기철에게) 저 자식 드디어 간다. 옳지, 옳지.

기철　가라, 가. 멀리 가. 더 멀리. 뵈지도 않게.

젊은 용만(준기), 나간다.
기철도 그를 보는 듯 시선을 옮긴다.
보따리를 머리에 인 맹여사, 들어온다.

맹여사　아주 쌍으로 지랄들을 하고 계시네.

기철　일찍 좀 오지. (근석에게) 내가 출장 요리 불렀소. 좋지요?

근석　(고개를 끄덕이며) 배고파.

맹여사　상판대기가 왜 그 모양이야? 쯧쯧쯧. (기철이 손을 내밀자, 계란을 주며) 웬 날계란을 찾나 했지. 으이구, 지겹지도 않아?

기철　(계란으로 얼굴을 문지르며) 왜 이렇게 늦었어.

맹여사　길 잘못 들어서 얼마나 헤맸다고. 준기네는 7호 아니었나?

기철　나를 마음에 두고 있었구만. 7호는 내 집이었지.

맹여사　지랄. 외상값이 남바 완이라 외고 있었나 보지. 어디 제삿상 한번 차려 봅시다. 에구, 지지리 복도 없지. 팔다리가 상해도 얼굴이 그을려도 다른 이들은 다 살아서 나왔는데…….

맹여사, 보따리를 풀어 고기를 구울 준비를 한다.

맹여사   준기는 저 하는 대로 둘 거야?
기철   내가 힘이 있나.
맹여사   쯧쯧.

맹여사, 고기를 굽기 시작한다.

근석   빨리 주세요.
기철   (술을 따라 한쪽에 놓아두고) 용만아 한 잔 받아라. (근석에게도 술을 따라주며) 자, 목축이시오.
근석   고맙습니다.
기철   기름 녹아내리는 거 봐라. 맛나겠지요?
근석   (불판에 손을 뻗는다) 네.
맹여사   아구, 아직 덜 익었소. 손 데면 어쩌려고.

석우, 무대 한구석에 등장한다.
휴대폰 불빛을 비춰 수첩을 들여다본다.

석우   이거 미칠 노릇이네. 왜 3만 원이 모자라지? 그럴 리가 없는데…….
아휴, 추워. (킁킁거리다가 불빛이 새어 나오는 곳을 보고는) 아직도 여기에 사람이 사나?

석우, 코를 벌름거리며 근석 일행이 있는 곳으로 다가간다.
문을 슬며시 열려는데, 문이 와장창 떨어져 나간다.

맹여사   에구머니나.

석우   ……

근석   용만아!

기철   이 양반 신출귀몰일세.

맹여사   저 양반 저거.

근석   용만아 얼른 이리와 앉아라. 고기 탄다.

맹여사   (석우에게) 내가 이 양반 때문에 봐주는 줄 알아.

기철   이 사람 알아?

맹여사   말도 마. 그 많은 첩 어디다 두고 찜질방도 못 가서 버러지같이 여길
        기어들어왔대?

근석   (맹여사의 등짝을 때리며) 못된 것. (고기 한 점을 석우에게 집어주며) 자.

맹여사   돈 있으면 처드슈.

석우   (고기를 받아먹지 못하고 입맛만 다시며) 맛있게들 드십시오.

맹여사   또 한턱내셔야지, 왜.

석우   ……

기철   그러게 왜 사고를 쳐. 잃었을 때 마음을 다스리는 법도 알아야지. 그
        게 진정한 도박의 경지라네.

맹여사   지랄.

근석   팔 떨어진다.

        모두의 시선이 석우에게 모인다.
        석우, 고기를 덥석 문다.

석우   감사합니다. 죄송합니다.

근석   많이 먹어. 먹고 또 싸야지. 흐흐.

석우   근데 용만이가 누굽니까.

맹여사   처드시기나 하세요.

석우, 게걸스럽게 먹는다. 나서서 고기를 굽기까지 한다.

네 사람 술잔을 기울이는데, 제복 차림의 우영이 들어온다.

우영, 손전등을 들이대자 네 사람 깜짝 놀라 눈을 가린다.

맹여사 누구야. 저리 치워. 우영이냐?

우영 아빠, 내려가요.

근석 싫어.

우영 아빠!

기철 (근석에게 고기를 내밀며) 형님, 아~ (우영에게) 용만이 일 잘 해결해주면야, 내 얼굴 이 꼬라지 되는 것쯤 아무렇지도 않아. 암, 나 그렇게 속 좁은 놈 아니다.

맹여사 뭘 어떻게 하겠다는 거야?

기철 …….

맹여사 (기철을 때리며) 으이구, 으이구. 못난 애비들이 싸질러놓은 뒤치다꺼리에 기어이 애 손을 빌리려 들어? (우영의 손을 잡는다) 쯧쯧.

우영 (슬그머니 손을 빼내며) 아빠.

석우 어머니.

맹여사 내가 왜 당신 어머니야?

석우 어머니, 저 식당에서 일 좀 하게 해주세요.

맹여사 뭐?

석우 한 이틀 하면 3만 원 주시려나? 삼 일도 좋고. 더도 말고 덜도 말고 딱 3만 원이면 됩니다.

맹여사 그 돈 있으면 내가 일하고 내가 먹지, 왜 당신을 주나.

기철 내가 좋은 일거리 하나 가르쳐줄까. ARS로 카지노 입장권 예약해 놔. 내일 주말이잖아? 번호가 빠를수록 돈이 되걸랑. 슬롯머신 누적 당첨금이 일억을 넘었대. 터지기 직전이라고. 아마 내일 난리 날 거야.

맹여사 지랄하신다. 시뻘건 눈깔로 또 잃으려고 용을 쓰면서, 줄 서 있는 인간들. 그 꼬락서니가 얼마나 볼품 있는 줄 알기나 해?

기철   언제 뒤질지도 모르는데 주루룩 줄 서서 막장으로 뚜벅뚜벅 기어들어
가던 우리보다야 낫지.

맹여사   뭐? 살라고 들어갔지, 죽을라고 들어갔나 어디?

사이

우영   아빠. 나 이제 아빠 찾으러 안 다닐 거야. (사이) 준기 아버지, 돌아가
신 거 맞아요?

맹여사   뭔 소리야.

우영   혹시 살아있는 거 아니에요? 아저씨도 못 봤잖아요. 아빠도…….

근석   용만이는 아까 일 나갔지.

맹여사   에휴.

우영, 화를 참으며 나간다.
석우, 눈치를 살피다가 슬쩍 우영을 따라 나간다.

맹여사   그만 내려갑시다.

기철   우린 더 갈 데도 없는데…….

맹여사와 기철, 근석을 데리고 나간다.
무대는 한동안 비어 있다.

긴 사이.

근석, 혼자 다시 돌아온다.
조용히 눕는다.

빗방울 소리, 커진다.

8. 경찰서: 돈의 행방, 죽음의 행방

경찰서 마당.
무대 한구석 벤치에 준기가 앉아 있다.
사이렌 소리. 붉은 불빛이 준기를 훑는다.
준기의 휴대폰이 울린다.
망설이다 받는다.

준기   예, 부장님. (사이) 저 설득한 분이 부장님 아니셨습니까? 제가 지금 올라간다고 뭐가 달라집니까. 제가 왜 방송국 게시판까지 신경 써야 하냐구요. 이제 와서 대책은 무슨. (사이) 부장님 저, 발령 내주십시오. 어디든 상관없습니다. 안 되면 휴직서 내겠습니다. 죄송합니다. 먼저 끊겠습니다.

사무실.
동구가 모니터를 뚫어져라 쳐다보고 있다.
반복되는 한숨.

동구   우영아, 우영아.

다시 준기가 있는 경찰서 마당.
준기, 휴대폰을 꺼내 켰다가 끄기를 반복.
휴대폰을 켜서 자신이 만들었던 다큐 동영상을 본다.

무대에서는 소리로만 전달된다.

목소리 (영상 속 준기의 목소리) 아, 울렁거려 미치겠네. 김철강 씨는 고소공포증이 없어서 다행이네요. 우리 스텝들 낯빛 좀 보세요.

목소리 (영상 속 김철강의 목소리) 고소공포증 있었으면 올라오지도 않았죠. 그래도 앞으로 다시 올라오고 싶지는 않을 거 같은데요? 하하.

목소리 (영상 속 준기의 목소리) 동감입니다. 하하.

준기, 휴대폰을 끄고 나간다.

다시 동구가 있는 사무실.

동구, 여전히 모니터를 보고 있다.

동구 얘는 왜 이러고 있는 거야? 야, 이우영 답 좀 해봐 자식아.

준기가 들어온다.

동구 왔어?

준기 장석우씨는 진짜 합의하고 나갔나 보네.

동구 누구?

준기 차 부수고 들어왔던…….

동구 아. 그 인간 이름까지 외고 있냐.

준기 재밌는 친구더라구. 너도 봐서 알겠지만 하는 짓이 골 때리잖냐. 뒤를 좀 캐봤지. 그 친구 마누라가 지난달에 요 앞 국도에서 차를 몰고 가다가 교통사고로 죽었대. 내연남하고 같이.

동구 뭐?

준기 교통과에 알아보니까 운전 미숙으로 인한 단순 추락사로 결론 났다네. 차는 남자 거라는데, 그래도 사망 보험금이 꽤 나왔겠지?

동구 그 돈 갖고 카지노 들락거렸다는 거야?

준기 팔자나 고칠 일이지.

동구 바람 난 마누라 바람피우다 남겨주고 간 돈, 다 버리고 말겠다? 뭐 같은 사내로 이해는 간다. 지금까지 그거 캐고 다녔어?

준기 일하고 있는 거야.

동구 (비꼬듯) 아, 그렇지 참.

준기 왜 오라고 한 거야?

동구 (모니터를 보여주며) 이거 좀 **봐봐**.

준기 우영이?

동구 딜러의 양손은 무조건 테이블 위에 있어야 한다. 내부규칙이지. 아래로 슬그머니 내려가는 손, 보이냐?

준기 쉽네?

동구 어설픈 거지.

준기 이거 하나야?

동구 응.

준기 십억이라며. 우영이가 VIP룸에 있었던 것도 아니고, 슬쩍 할 수 있는 고액 수표라 봐야 겨우 오백 정도였을 텐데. 같은 수법이라면 증거가 더 나와야 하는 거 아니냐?

동구 우영이 찍힌 것만 수십 개를 봤다. 달랑 이거 하나야. 시시티브이로 포착 안 된 범행도 있을 수 있어. 추궁해봐야지.

준기 동구야.

동구 아님 비슷한 수법으로 여러 사람이 빼돌린 돈이 십억일 수도 있고.

준기 말이 돼? 환전 업무 맡은 사람들까지 짜고 덤비지 않고서야. (다시 모니터를 보며) 처음인 거 같은데. 너도 방금 그랬잖아, 어설프다고.

동구 어쨌든 피의자야.

준기 체포영장 나왔냐.

동구 이 정도면 그냥 끌고 와도 말 못 해.

준기 우영이 어딨어?

동구 전화기 꺼져 있다. 마지막으로 켜져 있던 곳은 카지논데 거긴 없고. 아버지도 요양원에 없다는 거 보니까, 또 찾으러 간 모양이야.

준기 시간 좀 줄 수 있지?

동구 아니. (한숨 쉬며) 딴 사람들 보냈다. 찾고 있을 거야. 난 알고 싶다. 도 대체 이우영이 왜 이러는지.

준기 뻔하네. 기철 아재 판돈 대준다고 그런 거 아냐.

동구 그뿐만은 아닌 거 같으다. 준기야…….

준기 뭔데.

동구 이우영, 또 다른 사건의 피의자다. 피해자는 너고.

준기 뭔 소리야. 나 개한테 당한 거 없어. 잃어버린 것도 없고.

동구 아버지.

준기 아버지?

사이

동구 네가 지금 여러 가지로 힘들 텐데 말이야.

준기 내가 왜? 돌리지 말고 말해.

동구 너희 아버지 묘 파던 사람 둘이 옆방에 잡혀 와 있다. 유골 수습할 때 옆에 없었냐?

준기 갔더니 벌써 파 놨더라고. 시간을 착각했다면서…….

동구 버려진 묘에서 유골을 옮겨 넣었대.

준기 뭔 소리야?

동구 애초에 관이 비어 있었대. 너희 아버지가 없대.

준기 허. 그 사람들이 그래? 봤대?

동구 너는? 입관할 때, 아버지 봤니?

준기 (고개를 저으며, 당시를 기억해내려고 애쓰며) 너무 많이 다쳤다고, 내가 보고 놀랄까봐 조용히 모셨다고, 우리 엄마가……. 근데 우영이가 왜? 잠깐! 잠깐 정리 좀 하자.

동구의 책상 위 전화가 요란하게 울린다.

9. 갱도 : 분노의 깊이, 죄책의 두께

갱도.

갱목이 깔린 바닥 등으로 형상화된다.

깨진 안전모, 떨어진 장갑, 녹슨 곡괭이 등이 나뒹군다.

어둠 속에서 뚝뚝,

물이 떨어지는 소리 크게 울린다.

우영, 뚜벅뚜벅 걸어 들어온다.

뒤이어 조금 멀리서 들려오는 발걸음 소리.

사이

우영, 멈춰 섰다가 조금 빠른 걸음으로 걷는다.

따라오는 발걸음 소리도 빨라진다.

우영, 무대 밖으로 사라지고 나면

그녀가 들어왔던 방향에서 석우가 나타난다.

석우, 으스스한 듯 부르르 몸을 떤다.

잰걸음으로 우영을 뒤쫓는 석우.

두 사람 모두 사라져 텅 빈 무대.

사이

우영, 다시 걸어 들어와 쪼그리고 앉는다.
석우가 다가오는 발걸음 소리에 귀를 기울인다.
이윽고 뛰어오는 석우.
우영을 보고 놀라 멈춰 선다.

석우 깜짝이야. 발소리가 안 들려서 놀랐잖아요. 내가 따라오는 줄 뻔히
알면서 심장 떨리게……. (주위를 두리번거리며) 이게 막장이구나.

우영 막장은 끝이죠. 여긴 시작일 뿐이에요.

석우 자주 들어오나 봐요?

우영 여기 들어오면 마음이 편해졌어요.

사이

우영 수억 년 전의 고생대 식물이 물에 잠긴 채로, 오랫동안 흙과 섞이면서
만들어진 게 석탄이에요. 석탄층이 일 인치 생겨나는데 천 년이 걸린
대요. (한 발짝 두 발짝 걸음을 떼며) 천 년, 이천 년, 만 년, 일억 년…….
그 긴 시간에 빗대 보면, 터질 것처럼 부풀어 올랐던 감정도 별 게
아닌 거처럼 여겨지거든요. 지금 여긴 버려진 갱도일 뿐이지만…….

석우 더 깊이 들어가면 더 편안해집니까?

우영 쭉 가면 지하 878미터쯤 되는 수직갱으로 연결되는데 한번 실험해볼
래요?

석우 에이, 더 불안해질 거 같은데요.

우영 나도 들어가 본 적 없어요. 여자는 절대 안 되죠. 얄궂은 엘리베이터

에 몸을 싣고 위태롭게 윙~ 덜컥, 윙~ 덜컥, 윙~ 아래로 아래로, 깊이 더 깊이. 최고의 도망이라고, 그저 막연히 생각했어요. 꿈속에서 자주 그 엘리베이터를 탔죠.

사이

우영   3만 원 필요하댔죠?
석우   탄 캐라구요?

우영, 주머니에서 카드를 꺼낸다.

석우   항상 가지고 다녀요?
우영   어떤 날, 순식간에 여기가 가장 불편한 곳이 돼 버렸거든요. 대용품이죠. 안 믿기시겠지만, 만지작거리고 있으면 도움이 꽤 돼요. (카드를 섞는다)
석우   베팅할 돈이 한 푼도 없습니다.
우영   제가 빌려 드리는 걸로 하죠. 딸 거잖아요?
석우   가 봅시다. 딱 3만 원만 따고 끝입니다.
우영   자, 시작합니다.
석우   오천 원 겁니다.
우영   네.

우영, 갱목 위에 카드를 한 장씩 놓는다.

우영   저는 잭, 10이네요.
석우   저는 8. 다음 카드 주시죠?
우영   (자신 앞에 카드를 펼쳐 놓으며) 저는 7. 합이 17. (석우 앞에 카드를 펼쳐 놓는다)

석우 저는 4. 합이 12. 한 장 더! (받은 카드를 보며) 이런, 킹이네. 넘어버렸군요.

우영 마이너스 오천 원 되겠습니다.

석우 한 판 더!

우영과 석우, 한동안 소리 없이 게임한다.

석우, 계속 지는 듯 인상을 찌푸리고 연이어 탄식한다.

사이

석우 그만! 빚만 더 늘겠어요. 그땐 잘만 터지더니.

우영 게임의 법칙이죠.

석우 얼마 잃었어요?

우영 5만5천 원.

석우 이런.

우영 3만 원, 그냥 빌려 드릴 수도 있어요.

석우 그건 의미가 없어요.

우영 ?

석우 제가 아주 지저분하게 써버려야 할 돈이 7천 8백이거든요. 막 쓰려면 계산 따위는 하지 말고 어지럽게 써버려야 하는데 그게 안 돼요. 국민학교 이학년 때 암산, 주산 모두 일급을 땄죠. 지금은 총무과에서 일하구요. 아, 참 잘렸지.

우영, 피식 웃다가 석우를 보고 멈춘다.

석우 총무과에서 일하다 보니까 회사 사람들 연봉을 다 꿰게 됐어요. 어느 날부턴가 인간들이 죄다 숫자로 보이더라구요. 어, 4천2백 김 과장

지나가네. 인력개발부 박 대리, 3천3백이 아까운 놈, 또 지각하네.

우영   재밌네요.

석우   재밌긴요. 인간으로 안 보이는데. 건물 전체에 숫자만 둥둥 떠다니고, 그거 보면서 멍 때리기 시작했죠. 카지노에서 칩 막 뿌리던 그 순간에도 다 세고 있었어요. 제가 그래요. 분명히 어제까지 7천8백을 다 썼거든요? 근데 계산해보니까 3만 원이 모자라요. 어디로 샜는지 모르는 돈은 못 쓴 거나 마찬가지에요.

우영   잘 모르겠네요. 3만 원을 모은다고 해도, 이미 그 돈은 7천8백 중의 3만 원이 아니잖아요? 그렇다고 우기고 싶은 거죠?

침묵

우영   게임 포기하는 겁니까?

석우   한 판 더!

다시 게임이 진행되는 동안 이어지는 두 사람의 대화는
서로를 향한 내적 고백이다.
따라서 위와는 다르게 표현된다.

석우   금액을 딱 맞추려 안간힘을 쓰면서, 나는 내 분노가 서서히 힘을 잃어가고 있음을 알았습니다. 난 지금 버티기 위해 바닥 난 분노를 간신히 쥐어짜고 있는 거죠. (우영에게) 아내가 바람을 피우고 있다는 걸 일찌감치 알고 있었어요.

우영   안다고 해서 할 수 있는 일은 별로 없죠.

석우   내가 알고 있다는 걸 아내도 알았어요. 난 아무렇지 않은 척했죠. 아내에게 벌을 준 거예요. 단순한 교통사고가 아니었어요. 아내는 유서를 쓰고 나갔거든요. 내가 조용히, 차갑게 등을 떠민 거죠.

우영 그래서 이젠 자신에게 벌을 주고 있군요.

석우 아니에요. 분노라니까요.

우영 같은 거예요. 돈을 다 써버리기 위해, 당신은 내가 말했던 그 엘리베이터를 타고 내려가고 있었던 거예요. 비틀비틀, 위태롭게. 그런데 그 분노는 전부 아내를 향한 게 맞나요?

석우 네?

사이.
내적 고백 전의 상황으로 돌아간다.

우영 총무과 직원으로 볼 때, 전 얼마짜리 딜러 같아요?

우영, 카드를 섞는다.
석우, 생각에 잠긴다.

두 사람이 처음 들어왔던 쪽, 무대 구석에
제복 차림의 여경이 무전기를 들고 서 있다.
갱 입구에 있는 셈이다.
동구와 준기가 다가온다.

동구 계속 이러고 지키고 있었냐.

여경 혹시 모르잖아요.

동구 갱도 입구는 여기 하나야. 어디로 달아난다구.

준기 (혼잣말) 지구 중심까지 걸어 들어갈 수도 있지. 곡괭이 하나 들고서, 살아만 있다면…….

사이

동구　(간식이 든 봉지를 건네며) 자.

여경　웬일이셔요?

동구　내가 있을 테니까 차에 가서 나눠 먹어.

여경　에이. 저 주시려고 산 거면서. 다들 출동했잖아요.

동구　어딜?

여경　십억 해 먹은 알짜배기 범인이 잡혔다잖아요.

동구　그걸 왜 이제 말해!

여경　연락받으신 줄 알았죠.

동구　이것들이!

여경　(자세를 고치며) 환전팀에 있는 여직원이 몇 번에 걸쳐 빼돌렸던 거랍니다. 돈세탁 하다가 덜미를 잡힌 모양입니다. 카지노 쪽에서 증거도 확보한 모양이고…….

준기, 수첩을 꺼내 여경이 말한 내용을 받아 적으려다가 만다.
자신의 행동에 어이없어 헛웃음이다.

동구　개새끼들. 어차피 지들이 좁혀 놓고 내사하고 있었으면서 사람 뻘짓하게 만들어? 못 믿겠다 이거지?

여경　갱도 안에 있는 저분도 범인이긴 하지 않습니까.

동구　오백을 십억에 대냐? 계좌 추적은 어떻게 됐어?

여경　탁기철의 계좌로 이우영씨 돈이 흘러 들어간 내용은 전혀 없었습니다.

동구　그랬겠지. 현찰로 주고받았을 테니까.

여경　근데 '이근석'으로부터 주기적으로 돈이 입금된 정황이 포착됐습니다. 한 삼 년 전까지요.

동구　이, 누구?

여경　이, 근, 석, 이요.

준기   우영이 아버지.

동구   아. (여경에게) 잘 걸러냈네. 수고했다.

여경   정말요?

동구   퇴근해라.

여경   싫어요.

동구   싫음 말든지. (여경, 나가려 하자) 가냐?

여경   싫어요? (동구, 답이 없자) 헤헤. 화장실 갔다 올게요.

     여경, 나간다.

     기철, 조심스럽게 나타나 몸을 숨긴 채로 동구와 준기에게 귀를 기울인다.

동구   애초에 우영이 아버지가 꼬투리를 잡힌 거 같지?

준기   그걸 우영이가 대물림했고. 내가 내려와서 더 목을 조른 격이 됐네.

     사이

준기   우리 아버지 어디 있을 거 같냐?

     준기, 갱을 쳐다본다.

     기철, 불쑥 나타난다.

기철   저 안에 있지.

동구   예?

기철   우영이도 저 안에 있지? (동구에게 손을 내밀며) 날 잡아가라.

준기   그날 우리 아버지는 못 나온 겁니까?

기철   안 나온 건지도 모르지.

동구   아재.

준기	같이 일하고 있었잖습니까.
기철	그랬지. 헌데 막장이 빵 터지던 그 참에 느희 애비도 빵 터져가지고……. 똥 눈다고 좀 더 깊이 들어가 있었다고.
동구	예?
기철	진짜야.
준기	(조소하다가) 제 기억으로 분명히 구조 작업을 했던 거 같은데요.
기철	하는 척만 했던 거더라고. 나도 몰랐다. 나중에야 알았어. 우영이 아버지가 소장한테 넘어간 거라. 통신선은 살아있는데 느희 아버지한테선 며칠 동안 응답이 없었다더라. 살아있을 확률 얼마 되지도 않는데 구조 비용 어마어마하게 쓰느니, 차라리 그 돈 더 보태서 보상금 주자고 소장이 우영이 아버지를 꼬드긴 거라. 소장은 광업소 문 닫을 참에 일 커지는 게 싫었고, 아픈 형수 땜에 돈 급했던 근석이 형님은 일 잘 해결되면 퇴직금까지 두둑이 얹어준다는 소장 말에 솔깃했고. 느희 어머니도…….
준기	소장은 도망가고, 남은 사람들만 바보 된 거군요.
동구	아잰 뒤늦게라도 전말을 아셨으니 든든한 무기가 됐겠네요.
기철	욕 한번 안 하고 따박따박 돈 내주는 형님이 더 얄미웠는지도 모르겠다.
준기	우영이도 알고 있었던 거죠?
기철	……그냥 날 잡아가. 걘 아무 말 안 할 거야.

준기, 갱으로 들어가려 한다.

기철	나올 거야. 몰아세우지 말어.

준기, 기철을 밀어젖히고 들어간다.
동구, 준기를 말리지 못하고 쳐다만 본다.

동구 아재, 그만 내려가세요. 우영이 보석금 구해야 할 거 아닙니까.

기철 그래, 그래야지. 얼마나?

동구 아주 많이요.

기철 알았다. 내 부지런히 모아보마.

동구 카지노 들어가기만 해봐요.

기철 안 가. 못 가지. 동구야, 고맙다. 넌 느희 엄마를 참 많이 닮았다, 자식아.

기철, 나간다.

동구, 어이없다.

잠시 후 여경이 들어와 동구 곁에 선다.

여경 어, 친구분 어디 갔어요?

동구 알 거 없다.

여경 저기요…… 이우영 씨 말입니다. 정말 그냥 친구였어요?

동구 내 첫사랑이다, 어쩔래.

여경 에이씨. 혹시 그 피디랑 삼각관계였어요?

동구 (헛웃음. 외투를 벗어 건네며) 춥다.

여경 됐어요.

동구 (옷을 걸쳐주며) 으이구.

두 사람, 옥신각신한다.

다시 무대는 갱도로 집중된다.

우영 (돈을 건네며) 자, 여기 3만 원. 생각보다 운이 좋으시네요. (카드를 정리한다)

석우 됐습니다. 속임수 쓴 거 다 알거든요? 그만 나가죠.

우영 먼저 가요. (카드를 주며) 이거. 믿어 보세요.

준기, 들어온다.

준기 우영아.

석우 (카드를 받으며) 네, 한번 믿어보겠습니다. (돌아서려다) 참, 얼마짜리 딜러로 보이냐고 물었죠? '0'입니다. 제로. 21과 가장 멀지만 새로 게임을 시작할 수 있는 원점.

석우, 나간다.

사이

우영, 바닥에 버려져 있는 안전모를 닦아 머리에 쓴다.
그리고는 버려진 장갑을 준기에게 건넨다.

우영 버려진 탄광에서 우리 자주 이러고 놀았지? 아주, 아주 어렸을 때.

준기 니가 그러자고 했으니까.

우영 그래. 중학교 들어가고 나서는 조르지도 못했지. 네가 갱도를 무지 싫어하는데도 나 때문에 같이 들어왔던 거라는 걸 나중에 알았으니까. 나도 한참을 안 들어왔지. (사이) 어느 날 수업 시간에 팬티가 축축해지는 걸 느꼈어. 쉬는 시간에 화장실엘 가서 봤는데, 피였어. 초경이었던 거지. 양호실에 가면 되는데, 집에 가면 되는데, 다 싫었어. 무섭기는 한데, 찌릿찌릿하고, 떨리고, 어질어질하고. 그 느낌이 싫지가 않았어. 산으로 뛰어올라가서 갱도로 들어갔지.

준기 하필 왜?

우영 애기 씨앗이 만들어지면 벽에 잘 붙으라고 몸이 단단히 준비를 했는데, 그럴 필요가 없어지면 허물어진 벽이 피하고 같이 나오는 거라고 배웠지. 나는 전혀 모르고 있었는데 내 몸속은 무지 바쁘게 움직이고 있었던 거잖아? 나는 그 결과만 본 거고. 얼얼한 배를 쓰다듬으면서 상상했어. 내 뱃속이 분주하던 그 과정을, 수억 년 동안 쌓였다가 한순간 허물어지고 비워지는 막장 안을……

준기 여긴 그냥 텅 빈 지갑 속 같은 거야. 한때는 빵빵했지만 쓸모없어진 지갑. 너도 버려. 나가자.

우영 저 안이 안 궁금하니?

사이

준기 우리 모두가 갇힐 필요는 없어.

우영 돈을 모아서 저 아래, 그 끝에 무너져 내린 벽을 부수고 아저씨를 찾아주고 싶었어.

준기 네가 해야 할 일은 아니었어.

우영 내가 해야 할 일은 뭐였을까? 내가 할 수 있는 일은 또 뭐였을까? 여길 떠나는 거?

준기 …….

우영 언제부턴가 아빠가 기억을 잘게 부수어 놓고는 그걸 이리 섞고 저리 섞고 하는 걸 지켜보면서, 다른 생각이 들었어. 여길 완전히 메워버리고 싶어졌지.

준기 일찌감치 그렇게 하지 그랬어. 그랬으면 똥 누다가 갇혀서 나오지도 못한 광업 역군, 위대한 열사의 아들로 내가 영원히 남았을 거 아냐? 기자들하고 인터뷰하던 거 너도 봤지? 나, 또박또박 말 참 잘 골라내지 않디? 쪽 팔려서 잠이 안 오더라. 여기 뜨자고 매일같이 엄마 졸랐다.

우영 네가 이사한 그 집에 갔지.

준기 그래, 너 왔었지.

우영 골목길에서 나랑 눈이 마주쳤는데, 네가 돌아섰지.

준기 정말 보고 싶었는데…… 네 그 눈이 단숨에 나를 이 지긋지긋한 동네로 되돌려놓을 것만 같아서…….

우영 난…….

준기 그만 좀 해. 죄책감이 그 사건의 본질은 아니야. 그 감정으로 뭘 해결하겠다는 거야? 네 아버지, 내 아버지, 너, 나, 다 포함해서 젠장, 왜 찌질한 우리끼리 긁고 할퀴고 이 난리인 건데? 지겨워, 지겹다고!

사이

우영 준기야, 그래도 넌 저 안이 궁금해야 하지 않을까.

우영, 갱도 입구 쪽으로 걷는다.
준기와 멀어진다.
준기, 우영의 뒤를 따라 걸어 나가다가 멈춘다.

준기 아버지…….

우영, 울음을 삼킨다.

10. 폐가(옛 탄광 사택) : 흐드러져 날리는 기억의 파편

앞 장면으로부터 다음 날 아침.
망가진 지붕과 벽 사이로 새어 들어온 햇살이, 누워 있는 근석을 비춘다.
나지막한 그의 내레이션.

근석 나는 너무 오래 누워 있었다. 행여 내 숨에 섣부른 말 새어 나올까,

숨 다독이며 가만히 누워만 있었다.

멀리서 들려오는 굴착기 소리.
기철과 맹여사, 천천히 걸어 들어온다.

기철 지천에 꽃 벌어지고 새 울 때까지 아득바득 이 갈고 있으면, 조금은
덜 못난 인간 될 줄 알았다.

맹여사 지천에 꽃은 벌어지고 새는 우는데, 지랄 이만 시리더라. 흔들리더라.

기철 (근석의 등을 쓰다듬으며) 맥없이 빠진 이에 벌건 잇몸뿐인데, 말이 되지
못한 말만 입안에 가득이라. 그 말들 다 어디다 부려 놓아야 할지 몰
라, 엄한 사람 붙잡고 엄살을 떨었다.

굴착기 소리, 가까워진다.
이어, 무대 밖에서 들려오는 사내들의 목소리.

사내1 점심 전까지 이 구간만 끝내자.

사내2 확인 안 해도 돼? 카지노에 온 놈들 몰래 자고 가고 그런다며.

사내1 있어도 벌써 올라갔지. 개장한 지가 언젠데. 시작하자.

사내2 오라이!

기철과 맹여사, 근석을 어루만진다.
나간다.

근석 기다리고 기다리던 꽃이 어느 날 갑자기 툭 벌어져 있듯이, 어느 날
번뜩, 그 봄을 멀리 지나와 있다는 걸 알게 될 날이 있지 않겠냐고,
가슴 쓸어내리며 그저 숨죽이고 누워만 있었다.

굴착기가 움직이며 내는 굉음이 근석을 덮친다.

그는 눈을 감은 채로 희미하게 웃는다.

흐드러진 벚꽃이 그림자 되어 날린다.

11. 석탄박물관 : 에필로그, 또 하나의 봄

며칠이 흐른 뒤.

앞 장면의 폐가 모형이 박물관에 전시되어 있다.

'광부들이 살던 사택'이라 쓰인 표지판이 걸려 있다.

그 옆으로 3장의 전시관이 이어진다.

준기가 들어와 사택의 모형을 바라본다.

동구, 커피를 들고 들어와 준기에게 건넨다.

동구   박물관 생겼다는 말만 들었지. 처음 와 보네.

준기   꽤 그럴듯하지? 이 집 말이야. 너도 우리 집에 놀러와 봤잖아.

동구   준기야, 얼른 올라가.

준기   가야지. (사이) 애를 썼는데, 하나도 못 잊었네. 저 문에 내가 그렸던 낙서까지. 지금 그리라면 그릴 수도 있겠어.

전화가 울리자 동구, 구석으로 가서 받는다.

준기, 사택 전시관을 들여다본다.

준기가 찍은 영상 속 목소리가 서서히 들려온다.

목소리   (영상 속 김철강의 목소리) 작년에 하용자동차 파업 때 제 친구 놈이 공장에 두 달 넘게 갇혀 있었거든요. 먹을 건 고사하고 물 한 방울도 못 들어오는 상태로요. 그 친구 파업 끝나고 이사했다길래 가봤더니 가 관이더라구요. 해고된 채로 방구석에 처박혀 지내는데, 방 안에 쌀하 고 생수를 가득 채워놨어요. 그러고 보니까 옥탑방이에요. 어떤 상황 이 오더라도 도망가려면 옥탑이 딱이라나. 저는 협상 잘 되고 내려가 면 지하방으로 이사할까 봐요. 그래야 완전 푹 잘 수 있을 거 같아요. 하하.

동구, 전화를 끊고 준기에게 다가온다.

동구 준기야. 이준기.
준기 어?
동구 뭔 생각을 그렇게 해?
준기 우영이 보고 왔어?
동구 같이 가자니까.
준기 밥은 잘 나오나?
동구 구치소 밥이 그렇지 뭐.
준기 (고개를 끄덕이며) 우영이 금방 나오겠지?
동구 (고개를 끄덕인다) …….

준기, '채탄 작업' 전시관 쪽으로 걸음을 옮긴다.

준기 이 마네킹 우리 아부지 닮지 않았냐? 나, 우리 아부지에 대해서 누구 한테도 얘기해 본 적 없었거든? 근데 얼마 전에 딱 한 사람한테 말했 다. 김철강.
동구 할 만하니까 했겠지. (마네킹을 가리키며) 에이, 기철 아재 닮은 거 같구 만. (사이, 휴대폰을 확인하며) 나, 서에 들어가 봐야겠다. (준기와 악수하고 나가려다가) 야, 근데……. 그 다큐 말이야. 방송 못 한 거 그거 좀 볼 수 없나? 뭐, 이왕 다 찍었다니까 한번 보고 싶네. 싫으면 말고.

준기 보내줄게.

동구 어. 그래. 그거 다른 사람들도 좀 보면 안 되나? (준기, 답이 없자) 그냥 해 본 말이야. 간다.

동구, 나간다.

사이.

무대 위에 근석과 기철이 나와 전시관 안에 선다.

맹여사, 들어온다.

그녀의 곁에 식당의 테이블이 놓이고,

'일을 마친 광부들이 애용하던 식당'이라 쓰인 표지판이 세워진다.

전시관에 있던 근석과 기철, 맹여사가 앉은 테이블 곁으로 다가온다.

준기가 찍은 영상 속 목소리가 다시 들려온다.

목소리 (김철강의) 우와, 저 아래 개나리가 폈네요? 어제까지만 해도 노란빛이 전혀 없었는데……. 저거 개나리 맞죠? 다음 촬영 때 저거 좀 꺾어다 주면 안 돼요? 아니다, 여기서 내려다보고 있는 게 더 좋을라나. 하하.

준기, 무대 앞으로 천천히 걸어 들어온다.

끝 간데없이 높은 어딘가를 올려다본다.

하얀 리본 머리핀을 꽂은 우영, 그리고 동구가 나와 준기를 바라본다.

석우와 여경이 나와 이들 모두를 바라본다.

무대, 서서히 어두워진다.

〈878미터의 봄〉 공연 기록

일시 2012년 3월 20일 ~ 4월 8일
장소 남산예술센터
제작 남산예술센터

연출 류주연
출연 박윤정, 박상종, 강애심, 이종윤, 김동완, 김종태

등장인물

정연   열다섯의 정연과 서른한 살의 정연
호열   정연의 아버지. 마흔의 호열과 쉰여섯의 호열
민기   정연의 대학 동창
청년

프롤로그. 다시 시작되는 이야기

벤치에 앉아 있는 정연.

그녀와 조금 떨어진 곳에 호열과 민기가 있다.

청년이 정연 곁으로 다가와 앉는다.

두 사람은 줄곧 먼 곳을 응시하며 말한다.

정연   그러니까 그 날은 말이죠. 바람이 불고 있었어요.

청년   그녀가 입을 열었다.

정연   아니요. 비를 머금은 바람이었어요. 그럼요. 건조한 바람이 아니었다는 건 중요해요.

청년   그녀는 한 줄기 바람조차도 어떤 예고를 품고 있었다는 듯이 말하곤 했다. 사실 그건 사람을 좀 피곤하게 만드는 생각이기도 했다. 어쨌든 ······.

정연   그 바람 속을 천천히 날고 있는 연이 있었죠. 그리고 그 일이 벌어졌어요. 언제나 일은 너무 순식간에 일어나죠. 항상 너무 짧아서 정작 그 일 자체에 대해선 길게 말할 수가 없죠. 그래서 일이 벌어지기 전과 후가 중요할 수밖에 없어요. 듣고 있어요?

청년   우리는 그녀가 시작하려는 이야기가 무엇인지 알았지만, 그녀를 말리지 않았다.

정연   이야기할 수밖에 없는 걸 어떡해요.

청년   그녀는 항상 이렇게 말했다.

이야기할 수밖에 없는 걸 어떡해.

마치 몸속에 이야기가 가득 고여서, 뱉어내지 않고는 견딜 수 없다는 듯이 ······.

우리는 또다시 귀를 기울였다.

1. 어떤 죽음

1.1. 지금, 여기

빌딩 숲의 한 벤치.

아직 초봄이지만 햇살이 좋은 점심시간.

자동차 소리와 오가는 사람들의 소리로 시끄럽다.

서른한 살의 정연이 벤치에 앉아 있다.

주위를 살피며 시계를 본다.

책을 꺼내 표지를 넘기고 뭔가를 적으려다 만다.

다시 시계를 본다.

민기가 커피 두 잔을 들고 바삐 걸어온다.

정연이 민기를 보고는 시계를 가리키며 입을 삐죽거린다.

민기   야~ 이정연! 이게 얼마 만이야. 한 반 년 만인가?

정연   본 지 일 년도 더 됐거든? 정확히 이십칠 분 늦었다.

민기   (커피를 건네며) 미안, 미안하다. 야, 난 직장인 아니냐.

정연   점심 먹었나 봐.

민기   어떻게 알았어?

정연   육개장 같은 거 먹었나 봐. 입술이 벌게.

민기   (입술을 훔치며 멋쩍게 웃고는) 너랑 같이 먹으려고 했는데, 부장이 밥 먹으
        면서 회의 마저 하자고 해서. 하여간 그놈의 회의는…….

정연   (높은 곳을 응시하며) 무지 높네.

민기   내 건가 뭐.

정연   너 입사한 지 한 삼 년 됐나?

민기   그러네. 다음 달이면 꼭 삼 년이다. 나도 까먹고 있었는데, 역시 이정
        연밖에 없다야.

정연   넥타이가 제대로 자리 잡은 거 보고 대충 넘겨짚어 봤어.

민기   (넥타이를 매만지며) 그러게. 한 일 년은 목이 죄이는 거 같아서 갈팡질팡
했는데, 뭐 별수 있나 싶어지대.

정연, 재채기를 한다.

민기   감기 걸렸어? 아직 좀 춥지. 어디 따뜻한 데로 들어갈까?

정연   햇살 좋은데 뭘. (다시 재채기하며) 알러지야. 꽃가루 땜에.

정연, 주위를 두리번거린다.
사이

민기   너…… 성진 씨랑은 어떻게…….

정연   어? 뜬금없긴. 같은 회사에 있으면서도 얘기는 잘 안 하나 봐.

민기   부서가 다르니까…….

정연   헤어졌어. 일 년 가까이 돼 가나 봐.

민기   괜찮아?

정연   괜찮다 안 괜찮다 그랬는데…… 이젠…… 괜찮은 편이지.

민기   다행이다.

정연   너한테 미안할 필요는 없지? 헤어진 거 말야. 그래도 니가 소개해 준
사람이니까.

민기   뭐, 그럴 필요야…….

정연   그 사람, 혹시 술 먹고 울고불고 그랬어?

민기   그랬으면 좋겠어?

정연   여린 사람이니까. 그러게 누가 소개해달랬어? 그래. 그날도 이 벤치
였어. 무턱대고 사람 기다리게 해놓고선 전화기도 꺼 놓고.

민기   내가?

정연	영문도 모르고 한 시간을 떨었어. 오늘같이 햇살이라도 있는 낮이었으면 말도 안 해. 꽃샘추위에 바람까지 매섭던 저녁에……. 생각 안 나? 성진 씨 처음 만난 날 말이야. 난 그런 줄도 모르고 나왔지만.
민기	무슨 소리야. 카페에서 보지 않았나.
정연	허. 소개팅 자주 주선하시나 보지?
민기	꼬지 좀 마.
정연	퇴근하는 사람들 우루루 쏟아져 나오는데, 책을 보고 있기도 뭣 하고 멀뚱멀뚱 앉아 있자니 한심하고. 화가 나서 가려는데 어떤 남자가 다가오더라. 혹시 이민기, 너 기다리는 거 아니냐고. 성진 씨도 저 앞 벤치에서 나만큼 기다린 거야. 그래도 그 사람은 나 만나는 자린 줄 알고 나왔더라. 니가 내 연락처를 안 줘서 하는 수 없이 기다렸다고 쭈뼛거렸어. 자기도 여기서 일한다면서 명함을 주는데, 짜증이 확 나서 일 있다고 핑계를 댔지. 그 사람이 주섬주섬 명함을 도로 넣으면서 그러대. 차 한 잔 하면서 몸이라도 잠깐 녹이고 가라고……. 그 사람 눈이 좀 그렇잖아. 소 눈처럼 커다래가지고는 항상 축축하고…… 하여간 밉지 않았어. 같이 저 앞 카페로 들어가서 커피 마시고 있는데, 니가 헐레벌떡 뛰어 왔잖아.
민기	그랬나.
정연	허.
민기	회의 때문에 그랬겠지.
정연	허.
민기	야, 넌 그 헛웃음 좀 짓지 마. 사람 얼마나 기분 나쁘게 하는지 알아? 완전 개무시 당하는 거 같다고. 물론 지금 이 대목에서는 그럴만하다고 여겨지긴 하는데, 딴 때는…….
정연	그래?
민기	처음 들어?
정연	응. 왜 옛날엔 얘기 안 했어?

민기   나보다 똑똑한 거 같아서 참았지.

정연   허.

민기   또.

정연   미안. 똑똑한 척했던 거고, 실은 맹탕이었다는 의미야.

사이

민기   무슨 생각 해?

정연   성진 씨 앞에서도 그랬겠지 싶어서. 헛웃음 말이야.

민기   왜, 헤어졌어?

정연   지금 생각해보면 잘 모르겠어. 그땐 이유가 확실했던 거 같은데.

민기   너무 비껴가는데?

정연   ……그 사람 무던하고 착해서, 내가 재미없어 했나 봐. 이래도 응, 저래도 응.

민기   처음엔 그게 좋았던 거 아니야?

정연   너무 찌르는데?

둘, 멋쩍은 웃음.

민기   정연아……. (정연이 쳐다보자) 저기…….

정연   뭔데.

민기   너 책 냈다며?

정연   귀는 안 닫고 사나 보네.

민기   우리 동아리 졸업생들 한번 뭉친다길래 그 자리에 나갔다가 들었지.

정연   그런 것도 챙겨?

민기   연락도 잘 안 하고 지내다가 새삼 전화 돌리기도 뭣해서 청첩장 뿌리러 나갔지 뭐. 너도 나올 줄 알았는데……

이때, 한 무리의 사람들이 왁자지껄 지나가는 소리 들린다.

민기, 벌떡 일어나 어딘가(상사가 지나가는 곳)를 향해 연거푸 허리 숙여 인사한다.

정연   결혼하니?

민기   에? 했지. 작년 봄에. 몰랐어? 식장에 성진 씨 혼자 왔길래 이상하다 싶었다. 헤어진 뒤론 연락도 전혀 안 하고 지낸 거야?

정연   뭐…… 결혼은 예전에 사귀고 있다던 그 친구하고 한 거야?

민기   어. 서른 되니까 은근히 푸시하더라고. 할 때 됐다 싶기도 하고.

사이

민기   야, 동아리 애들이 너 엄청 뿌듯해하더라. 나도 너랑 같은 문학 동아 리에 있었다고 집사람한테, 회사 사람들한테 막 자랑하고 그래.

정연   읽었어?

민기   허구한 날 야근에, 회식에…… 책 한 권 잡기가 쉬운 줄…… (정연 옆에 가방 위에 놓인 책을 가리키며) 저거 주면 되겠네.

정연, 어이없다는 듯 책을 건넨다.

민기   고맙다 친구야. 이왕이면 사인도 좀…….

정연, 책을 빼앗아 사인해서 건넨다.

민기   몇 자 적어 주지. 달랑 이름만……. 필명 써? 이 연?

정연   어릴 때부터 정연이란 이름이 싫었어. 내 별명이 '질서정연'이었어. 반장 선거나 학급회의 할 때, 개표하면서 칠판에 '바를 정'자를 그려 가잖아.

민기 그 '정'자야?

정연 응. 칠판 보고 있으면 꼭 누군가의 결정에 따라서 살아야 할 거 같았어. 숨이 턱 막히더라.

민기 그렇게 사는 사람 많아.

정연 내 말은…….

민기 소설가 이 연. 괜찮네. (책표지를 들여다보며) 제목이 좀……

정연 별로야?

민기 죽음의 소화작용? 과학책 같다. 죽음이 어떻게 분해되고 변화하는가? 아님, 죽음이 어떤 불을 끄는 작용을 한다? 무슨 내용이야?

정연 요약까지 해야 해?

민기 하여간.

정연 결혼하니까 어때?

민기 어…….

민기가 뭐라 답하려는 순간 정연, 재채기한다.

민기 감기 맞는 거 같은데? 가자. 나, 아직 시간 좀 있어.

정연 아니라니까! (멋쩍어하다가) 하려던 말이나 해.

민기 뭐? 아, 결혼. 기대하지 마. 아파트 대출금은 도대체 언제까지 갚아야 할지 까마득하고, 그 와중에 펀드는 반 토막 났는데 말도 못 하고 있고. 넌 어때?

정연 출판사에 있는 선배한테 대필 의뢰받았다. 모 기업 사장님이 총선 출마를 앞두고 자서전을 내시겠다네. 그거 쓰면 한 일 년 버틸 만큼 주겠다는데…….

민기 하려고?

정연 고민 중이야. 일 년 후딱이잖아. 그 돈으로 겨우 버티고 나면 귀만 자꾸 얇아질 거 같기도 하고…….

두 사람, 동시에 긴 한숨. 멋쩍게 서로를 본다.

정연, 시선을 피한다.

정연   근데 왜 만나자고 한 거야? 꼭 책 주려고 내가 찾아온 거 같네. 얘기
       끝났으면 간다.

정연, 가방을 챙기고 일어난다.

민기   정연아, 저기…….

정연, 갑자기 도로 앉아 고개를 숙인다.

그러면서도 고개를 들어 어딘가를 살펴본다.

민기   왜 그래?

정연   (어딘가를 가리키며) 저기!

민기   뭐가?

정연   (소리죽여) 그 사람.

민기   누구?

정연   그 사람이라구.

민기   (정연이 가리킨 곳을 보다가) 아니야. 성진 씨 아니라구.

정연   아니야? (고개를 슬그머니 들어 확인하며) 그러네.

민기   정연아, 성진 씨가…… 모르겠다. 난 이럴 때 잘 말하는 법을 몰라.

정연   ?

민기   그 사람…… 죽었어.

정연   내가 말하고 있는 그 사람?

민기   (고개를 끄덕이며) …….

사이

정연	왜? 언제?
민기	그저께. 아니 정확하게는 어제 새벽에.
정연	한꺼번에 설명해.
민기	연구팀 회식이 있었는데, 이번 주에 회사 나가는 사람도 있고 해서 늦게까지 마셨나 봐. 술자리 끝나고 성진 씨가 사람들 다 택시 태워 보냈대. 근데……. (손으로 가리키며) 저기 사거리에서 무단 횡단을 했는지……. 친 놈은 도망갔대. 뒤에 오던 택시가 다행히 성진 씨를 발견해서…….

정연, 민기가 가리킨 쪽을 한동안 쳐다본다.
민기의 휴대폰이 울린다.
받지 않지만 움켜쥐고 초조해한다.

민기	어제 너한테 연락했어야 하는 건데, 너무 정신이 없었어. 아무래도 만나서 얘기하는 게 좋을 거 같아서…….
정연	성진 씨 식구는 필리핀에 있는 누나 한 분뿐인데…….
민기	어제 오셨어. 내일 화장하고 바로 돌아가야 하나 봐.
정연	참 빠르네. 장례식장에는 누가 좀 있어?
민기	팀 사람들 몇이 지키고 있을 거야. 저기, 정연아. 성진 씨 집…… 정리해야 하잖아.
정연	그래야겠지.
민기	근데 누님이 성진 씨 살던 집을 모르시더라구. 인사기록 카드에 있는 주소는 예전 건가 봐. 찾아가 봤는데…….
정연	이사했어.
민기	저기 내가 모시고 갔으면 좋겠는데, 새로 맡은 프로젝트 때문에…….

(다시 울리는 휴대폰을 받는다) **예, 부장님.** (시계를 보며) **예, 알겠습니다. 예, 예.** (전화를 끊고 어쩔 줄 몰라 하며 정연을 본다)

정연   **알았어.**

정연, 나간다.

민기, 한숨 쉬며 정연이 나간 쪽을 바라보다가 다른 방향으로 나간다.

민기가 앉았던 자리 옆에 정연의 책이 놓여 있다.

정연, 다시 들어와 책을 챙긴다.

그리고 성진이 사고 난 쪽을 내다본다.

1.2. 그때, 거기

아파트 단지 내의 놀이터.

해 질 녘.

자동차 소리, 뛰어노는 아이들의 소리.

양복 차림의 호열이 들어와 어딘지 모를 높은 곳을 올려다본다.

긴 한숨.

벤치로 와 앉는다.

잠시 후, 서른한 살의 정연이 호열과는 반대쪽에서 들어온다.

호열과 마찬가지로 어딘지 모를 높은 곳을 올려다본다.

그리고 호열을 바라본다.

호열   **왔어?**

호열이 바라보는 곳에는 사실 아무도 없다.

호열   (시계를 보며) 일곱 시 십오 분. 오늘은 니가 좀 늦었네.

정연   그래. 아빠는 퇴근하고 여섯 시 오십 분이면 칼같이 이 놀이터로 왔지. 나는 항상 여기서 책을 읽고 있었고.

호열   앉지 그래.

정연, 고개를 끄덕이며 옷을 갈아입는다.
교복을 입은 열다섯의 그녀가 된다.
호열 곁으로 다가간다.

호열   (정연을 잡아당기며) 얼른 앉아. 왠지 니가 없으니까 이상하더라.

정연   아빠 먼저 들어가.

호열   엄마가 기다리는 사람은 내가 아니라 이정연 너야.

정연   알면서 왜 꼬박꼬박 칼퇴근이야?

호열   교복이 너무 낀다. 졸업할 때까지 입겠냐.

정연   (허리를 세워 가슴을 내밀며) 발육이 좀 좋아야 말이지.

호열   너무 줄였어.

정연   트렌드야.

호열   치마도?

정연   왜 안 하던 잔소리야? 어차피 엄마가 수선집에 맡겨서 원상복구 해놓을 텐데 뭐.

정연, 가방에서 책을 꺼내 읽는다.

호열   그 책 벌써 다 읽어가네. 책방에 반납하고 들어가시겠다? 완전 범죄를 기도하신다 이거지?

정연   책 읽는 게 무슨 범죄야! 교과서에도 소설 실려 있어.

호열   판타지 무협도?

정연	싸구려 하이틴 로맨스보다는 나아. 아, 짜증 나. 이젠 가방까지 검사해. 내가 담배를 피워, 술을 마셔?
호열	그야 모르지.
정연	아빠! 이게 다 누구 때문인데…….

호열, 정연의 시선을 피한다.

정연	오늘 아침에도 한바탕 했어. 엄마 친구가 어제 날 봤대.
호열	어디서?
정연	자기 집에서.
호열	엥?
정연	내가 텔레비전에 나왔대. 그 아줌마 남편이 종일 야구 중계만 보고 있어서 잔소리하다가 화면에서 날 봤대. 카메라가 날 비췄나 봐. 왜 지들 마음대로 아무 데나 들이대고 난리야.
호열	야구 좋아했어?
정연	경기 룰도 몰라. 그냥 야구장이 좋아.
호열	혼자?
정연	(고개를 끄덕이며) 그 수많은 사람들 틈에 끼어 있으면 마음이 편해. (어딘가를 올려다보며) 어딜 가도 엄마 눈이 졸졸 따라다니는 거 같았거든. 야구장에선 다들 운동장만 보니까 내가 뭘 하든 신경 안 써.
호열	뭘 하는데?
정연	책도 보고, 음악도 듣고, 심심하면 스탠드 한 바퀴 돌기도 하고.
호열	그러니까 눈에 띄지. 나 여기 숨어 있어, 광고를 한 셈이네.
정연	(어딘가를 올려다보며) 그렇다고 아침부터 사람을 들들 볶아.
호열	저기 미끄럼틀 밑에 모래 파서 책 숨겨 놓고 가자.
정연	혼자 들어가는 거, 그렇게 싫어?
호열	현관문 열고 들어가서 일부러 소리 나게 구두 벗고 헛기침까지 해도,

안 봐.

정연 사람 괜히 찔리게 뚫어져라 쳐다보는 것보단 낫지 않아?

호열 노려봐주기라도 했으면 좋겠다.

둘은 어딘가를 함께 올려다본다.

무대 뒷벽에 가오리연의 그림자가 날린다.

정연 엄만, 뭘 저렇게 넋 놓고 보는 거지?

호열 연을 보고 있네. 밑에서 웬 꼬마 녀석이 가오리연을 날리고 있어.

정연 베란다에 저러고 서 있는 거 너무 보기 싫어. 빨래를 널다가도, 청소를 하다가도, 밥을 하다가도 자꾸 넋을 빼놓는다니까. 엄마 옆에서 흩날리고 있는 새하얀 걸레는 더 싫어. 걸레는 걸레답게 좀 놔두면 안 돼? 완전 표백제 중독이야.

호열 그래도 오늘 눈빛은 참 부드럽네.

정연 8층에 서 있는 사람 눈빛이 보인다고?

호열 살짝 미소까지 띠고 있네. 바람 따라 이리저리 나는 연이 보기 좋은가 보다. 날 저렇게 볼 때도 있었는데……. *(씁쓸하게 미소 짓는다)*

정연 하긴 그렇게 좋았으니까 무모할 수도 있었겠지. *(호열이 쳐다보자)* 외할아버지가 얘기해줬어.

호열 만났어?

정연 두어 달 전에 학교에 찾아왔었어. 기겁하는 줄 알았어.

호열 피는 끌리나 보다.

정연 내가 자기 닮았다고 은근 좋아하던데? 명절 때마다 찾아가도 대문 한 번 안 열어주던 사람이 말이야. 근데 할아버지 얘기 듣다 보니까 그럴 만도 하겠다 싶더라. 명색이 교육자 집안의 외동딸인데.

호열 시골 초등학교 교감이셨다.

정연 그런 귀한 딸이 쥐뿔 가진 거 하나 없는 아빠한테.

호열　야!

정연　부정?

호열　인정.

정연　그런 아빠한테 홀딱 빠져서 대학도 마치기 전에 결혼을 하겠다는데 안 말릴 사람 누가 있어. 내가 그랬다면 안 말려?

호열　죽어라고 말려.

정연　할아버지가 땅 팔아서 강제로 유학 준비 다 해놓고 한숨 돌리나 싶었는데, 출국 날 아침에 엄마가 비행기 표 들고 날라버렸다며?

호열　무슨 소리야?

정연　비행기 표 환불한 돈으로 아빠랑 살림 차렸을 거라고……. 아니야?

호열　(한숨) …….

정연　몰랐어?

호열　나 참 못났다.

정연　자학할 거까지야.

호열　(어딘가를 올려다보며) 가오리연이 날고 있으니까, 꼭 물속 같다. 조용하고 깊은 바닷속……. 저 연이 부럽네. 엄마도 이런 생각 하면서 연을 보고 있는 건가?

정연　(함께 바라보며) 엄만 저 아이처럼 얼레를 잡고 싶을걸? 연이 자기 시야 안에서 벗어나지 못하도록 얼레를 감고, 가끔 적당히 풀어 주고…….

호열　그것도 아무나 할 수 있는 게 아니야. 지지리 못난 내가 비틀거릴 때마다 붙잡아주고, 어깨에 힘 줄 수 있게 해 줬어, 엄마는.

정연　쌀 떨어졌다고 걱정하면서도 아빠 옷, 아빠 구두는 언제나 최상급으로 샀지. 그 울트라급 지극정성이 이젠 나한테로 옮겨진 거야. 아우 생각만 해도 부담 백배라니까. 엄마 앞에서 어떻게 찌질한 모습을 보여줄 수 있겠어. 내가 우편함에서 성적표 뽑아 들고, 갈 곳도 없이 발가락에 물집이 잡히도록 떠돌아다녔다는 걸 엄마가 상상이나 하겠냐구. (호열의 어깨를 만지며) 아빠도 엄마가 넣어 준 어깨뽕이 점점 무거

워졌지? 떼어내고 싶었지? (사이) 그래서 그런 거야? (호열의 얼굴을 두 손으로 감싸, 자신을 향하도록 돌려놓으며) 이호열씨, 미안하지?

호열 (고개를 끄덕인다)

정연 나한테 더 미안해, 엄마한테 더 미안해?

호열 둘 다. 아니다. 엄마한테 더 미안하지.

사이

정연 난 내일부터 여기 안 와.

호열 그래. 엄마 옆에 있어 줘.

정연 내가 애야? 엄마, 아빠 세워놓고 누구 따라갈 건지 갈팡질팡, 그따위 유치한 놀이 난 안 해. (책을 던져 놓으며) 왜 안 물어봐? 내가 그 날 거길 왜 갔는지. 집에서도 학교에서도 학원에서도 한참이나 떨어진 거길, 다 저녁에 왜 갔는지.

호열 들어야 하는 거지?

정연 애들이랑 놀고 있는데 엄마한테 문자가 왔어. 학원에 안 간 거 다 아니까, 거짓말할 생각 말고 일산역에 와서 전화하라고. 가본 적도 없는 동네였어. 한 시간이나 지하철을 타고 갔어. 영문도 모르고.

호열 곧 어두워지겠다.

멀어지려는 호열을 정연이 붙들어 세운다.

호열, 벌을 서듯 꼼짝 않고 얘기를 듣는다.

정연 엄만 지하철역에 없었어. 전화를 했더니, 길을 가르쳐 주면서 무슨 패밀리레스토랑으로 오라고 했어. 생일도 아니고 결혼기념일도 아닌데, 뭔 날인가 싶었지. 길을 잘못 들어서 한참을 헤맸어. 와서 좀 데려가지 그러냐고 엄마한테 짜증도 부렸어. 엄마 목소린 너무도 차분했어. 차가울 정도로. 자, 정연아 엄마가 다시 설명해줄게. (호열을 여러 방향으로 움직이며) 3번 출구 사거리에서 왼쪽으로 틀어서 얼마를 올라 오다 보면 약국이 보이고, 거기서 오른쪽으로 꺾어서……. 겨우 간판 을 찾아서 들어갔는데 엄마가 안 보여. 근데 아빠 뒷모습이 눈에 들어 왔어. 아빠랑 마주 앉은 콩알만 한 녀석이 입 주위에 소스를 처바른 채로, 아빠가 넣어주는 스테이크 조각을 오물거리고 있었어. 그 옆엔 애 엄마라곤 믿지 않을 정도로 상큼한 여자가 환하게 웃고 있었고. 그 여자가 입고 있던 인디언 핑크색 원피스, 탐나더라. 굵은 모조 진 주 목걸이는 별로였어. 그 여자, 어디가 좋았어?

호열, 어딘가를 올려다본다.

호열　어, 연이 걸렸다. 우리 집 가스관 파이프에 연이 걸렸어.

정연　(호열의 얼굴을 자신에게로 돌려놓으며) 그 여자, 어디가 좋았냐구!

호열　틈이 많아, 그 사람은.

정연　헤프다는 거네.

호열　적당히 어설퍼.

정연　한두 번이야 이쁘지.

호열　나한테 욕심을 안 부려.

정연　주제 파악은 잘 되나 보네.

호열　넌 엄말 참 많이 닮았어.

정연　그 꼬마 녀석 혹시 내 동생이야?

호열　그만 가자.

정연이 노려보자 호열, 다시 앉는다.

정연　레스토랑 한가운데 서서 내가 한참을 쳐다보고 있으니까, 그 여자가 아빠한테 눈치를 줬어. 뒤돌아보던 아빠……. 근데 웃기지. 그 순간 엄마한테 너무 화가 나는 거야. 그런 식으로 잔머릴 굴리다니…… 너무 잔인해.

호열 잔인했던 건 아빠야.

정연 난 계속 두리번거리면서 엄마를 찾았어. 어디에도 없었어. 식당 안에도 식당 밖에도. 엄만 거기 있어야 했어. 민망하고 부끄러워도 내 옆에 있어 줘야 했어.

호열 정연아, 아빠가 잘못한 거야.

정연 아빤 왜 여기 있어? 보고 싶은 사람 딴 데 두고 왜? 나 땜에? 이젠 내가 무겁겠네. 난 엄마처럼 아빠 붙들고 싶지 않아. 어떻게 해줘? 사라져줄까, 아주 멀리? 이 세상에 태어난 적도 없었던 것처럼, 그렇게 멀리 돌아가 줄까?

호열, 정연을 안아준다.
정연, 호열을 뿌리치다가 안긴다.
잠시 후, '쿵' 하는 소리가 옅게 울린다.

호열 못 들었어?

정연 무슨 소리?

호열 뭔가 떨어지는 소리가 들린 거 같은데.

둘, 동시에 어딘가를 올려다본다.
호열, 달려나간다.

정연 아빠! 아빠!

이어서 들리는 누군가의 비명.

정연, 소스라쳐 놀란다.

2. 죽음에 대처하는 서로 다른 자세

2.1. 지금, 여기

성진의 원룸.

매트리스와 책상, 행거가 전부인 원룸.

서른한 살의 정연, 트렁크를 끌고 방으로 들어온다.

방안을 둘러보고, 가구들을 손으로 쓸어본다.

외투를 벗더니 힘겹게 가구를 옮기기 시작한다.

문을 두드리는 소리.

정연, 매트리스 한 귀퉁이를 힘겹게 들고 문 쪽을 쳐다본다.

다시 문 두드리는 소리.

정연   누구세요?

손잡이를 돌리는 소리가 들리고, 민기가 들어온다.

민기   저……. (정연을 보고는) 맙소사.

정연   어, 니가 웬일이야?

민기   누가 있어?

정연   있긴 누가 있어.

민기   혼자면서 문도 안 잠그고 있냐.

정연   깜빡했어. 같이 좀 들어. (방 한쪽 구석을 고개로 가리키며) 저쪽.

둘은 매트리스를 옮겨 놓는다.

정연   원래 이게 여기에 있었거든.

민기   너 왜 이래?

정연   어떻게 알고 왔어?

민기   성진 씨 누님이 출국하기 전에 전화했더라. 너한테 이 집 보증금을
       받았다고.

정연   뭐 잘못됐어?

민기   그걸 니가 왜 줘?

정연   내가 여기서 살 거니까.

민기   야.

정연   전 세입자한테 내가 보증금을 줘야 하는데 만날 수 없으니까, 그 가족
       한테 준 거잖아. 집주인도 선뜻 그러라고 하던걸.

민기   (정연의 말을 자르며) 그러긴 뭘 그래. 그 누님도 웃긴다. 니가 성진 씨
       예전 여자 친구라고 내가 말했는데, 어떻게 너한테서 돈을 넙죽 받아
       가냐.

정연   많이 힘들대. 남편이 벌였던 사업이 망해서…….

민기   그런 얘기까지 해?

정연   성진 씨가 매달 부쳐주던 돈으로 겨우 버텨 왔나 봐.

민기   내 참……, 넌 돈이 많나 보다? 혹시 전에 말했던 대필, 그거 계약한
       거야?

정연   나 살던 방 보증금 빼서 드렸어.

민기   그래서 하는 수 없이 여기서 살겠다고?

정연   내가 여기서 살고 싶은 거야.

민기   왜?

정연, 머뭇거리다가 책상을 버겁게 옮긴다.

정연 책상은 이쪽에 있었어. 성진 씨 누님하고 와서 보니까, 배치가 바뀌어 있더라. 좀 놀랐어.

민기 모든 게 그대로일 줄 알았나 보지?

정연 이기적이지.

민기 니 맘 어떤지 대충 알겠어. 이만하면 됐다. 나가자.

정연 나, 몇 달 전부터 이사해야겠다고 생각하고 있었어. 우리 옆집에 강도가 들었지 뭐야. 그냥 좀도둑이 아니라 강도! 옆집 여자를 묶고 칼로 위협까지 했대. 그 소리를 듣고부터 잠이 와야 말이지.

정연이 다시 책상을 옮기기 시작하자 민기도 하는 수 없이 돕는다.

민기 에이, 진짜……. (의자를 책상 앞에 던져 놓으며) 됐냐?

정연 이 방 삭막하긴 해도 전망은 꽤 괜찮아. 앞이 탁 트여 있거든.

정연, 커튼을 연다.

민기 코앞에 상가 건물 떡하니 서 있으니 전망 참 좋네.

정연 공터였는데…….

민기 햇볕도 안 들겠구만. 정연아 딴 집 알아봐. 니가 이 복잡한 동네에 있을 필요가 뭐 있어.

정연 뺑소니범은 잡혔어?

민기 아직. 목격자도 없대.

정연, 느닷없이 민기의 등을 찰싹 때린다.

민기 아야! (영문을 몰라 정연을 본다)

정연 가만히 생각해보니까 너 아주 웃기더라. 회사 앞에서 나 만난 날 말이

야. 성진 씨 사고 소식 전하러 나와서는 니 결혼이 어쩌구 내 책이
어쩌구, 태연하게…….

민기   태연하게는 아니었다.

사이

정연   사고 났던 거기, 가 봤어. 니가 사거리라고만 해서 네 방향을 다 훑었어.
민기   회사에서 바라봤을 때 왼쪽이라고 내가 말 안 했나.
정연   그래, 편의점 앞 도로. (사이) 하얀색 스프레이로 아스팔트 위에 그 사
람을 그려놨더라. 죽음의 상황에 대한 기록, 죽어가고 있던 사람에
대한 표시치고는 너무 간단해서 나도 모르게 피식 웃음이 나왔어. 조
성진의 몸이라는 구체적인 표현은 단 하나도 없었어. 그 라인 속에
누가 누워도 상관없는 흐릿한 죽음의 증거. 문득 그런 생각이 들더라.
살아 있었음을 말해주는 증거도 저 표시처럼 특별할 거 하나 없지 않
을까 하는……. 지금 이 방안처럼. (둘러보며) 참, 별거 없지.
민기   차라리 울어.
정연   그 날 성진 씨는 편의점 앞에 서 있었어.
민기   술집이 편의점 뒤쪽이니까, 회식 끝나고 다 같이 큰길가로 나왔겠지.
정연   편의점 앞에서 팀 사람들이 비틀비틀 간신히 택시를 타. 하나, 둘, 셋.
회사를 그만두게 된 사람과 성진 씨만 남았어. 성진 씨는 그 동료와
작별 인사를 해. 마지막 택시가 멀어지는 걸 지켜봐. 이제 성진 씨
혼자야. 도로 맞은편을 바라봐. 삼십 미터 전방에 회사 건물이 있어.
아직도 환하게 불이 켜져 있는 사무실이 몇 있고……. 그 사람이 건너
가려고 해.
민기   그만해.
정연   사거리 쪽으로 십 미터만 가면 횡단보도가 있는데 술기운에 귀찮았던
걸까. 아님 마음이 바빴나.

민기 　건너가려다 사고가 난 건 맞지만, 회사에 도로 들어가려고 했는지는 확실하지 않아.

정연 　하지만 이 집으로 올 생각이었다면 성진 씨도 편의점 앞에서 그 사람들과 마찬가지로 택시를 타야 했어. 그 시간에 왜 사무실에 가려고 했던 걸까. 술을 마신 채로 일을 하려던 건 아닐 테고. 놓고 나온 뭔가가 생각났던 걸까.

민기 　책상에 특별한 건 없었어. 컴퓨터와 필기구, 서류뭉치, 컵과 칫솔. 뻔한 것들뿐이었어.

정연 　그 컴퓨터 못 가지고 나오지?

민기 　당연하지. 대충 열어봤는데 사적인 문서는 없었어.

정연 　회식 자리에 넌 안 갔어?

민기 　잠깐 들렀어. 명색이 내가 인사팀 직원인데, 회사 나가는 동료한테 인사라도 해야지 싶어서. 한 삼십 분쯤 앉아 있다가 난 다시 회사로 들어갔어. 처리할 일이 있어서.

정연 　혹시 성진 씨가 널 만나려고 했던 건 아닐까?

민기 　무슨 소리야?

정연 　업무 땜에 할 얘기가 있었다든가, 아님 사적으로…….

민기 　사적으로 뭐?

정연 　…….

민기 　사고 난 게 새벽 세 시가 다 됐을 즈음이야.

정연 　그때 넌 회사에 없었지?

민기 　있었다 쳐. 그래, 나 워커홀릭이다. 그 시간에 성진 씨가 날 만나려고 했다면 내가 사무실에 있는지 전화로 확인도 안 했겠냐? 야, 이거 왠지 취조받는 느낌이다?

정연 　차 마실래?

민기 　됐어.

정연 　커피? 이 집엔 원두 없어. (선반 위에서 일회용 커피를 발견하고는 하나를 집어

흔들며) 성진 씨 입이 좀 촌스러워. (싱크대를 뒤지며) 주전자가 여기 있어
야 하는데…… 다른 데로 옮겨났나?

정연, 싱크대를 뒤지다가 책상 서랍과 행거까지 뒤진다.

그 몸짓이 허우적거림에 가깝다.

정연   대체 어디다 둔 거야!

민기가 정연의 팔을 잡는다.

정연   뇌 봐! 커피는 있는데, 주전자가 없다는 게 말이 돼?
민기   뭘 바라는 거야? 모든 게 예전 그대로라고 쳐. 자, 이제 성진 씨가
         저 문으로 들어오면 되는 거야?
정연   성진 씨는 죽었어.
민기   알면서 왜 이래? 새삼 그 사랑이 애절해지기라도 했다는 거야?
정연   애절하기라도 했다면 덜 미안하지! 잊고 살았단 말이야. 잘 지내겠거
         니 편하게 생각했단 말이야.
민기   그 사람 잘 지냈어. 회사에서 가끔 마주칠 때 항상 웃고 그랬어, 정연아.
정연   너무 착해서 속내를 알기 힘든 사람이었어. 내가 헤어지자고 했을 때
         도 그저 고개만 끄덕였다구.
민기   성진 씨가 너 못 잊겠다고, 다시 만나자고 애원한 적 있었어?
정연   (고개를 젓는다)
민기   너는 아니면서, 그 사람은 널 미치도록 사랑했을 거라고 믿고 싶은
         거야?
정연   (고개를 젓는다)
민기   여기서 좀 살아주면 왠지 모를 미안함을 덜 수 있을 거라고 생각하는
         거야?

사이

민기, 정연을 다독이며 안아준다.

민기 누구한테나 일어날 수 있는 그런 사고였어. (정연의 트렁크를 들며) 나가
자. 나가서 밥부터 먹자. 너, 초밥 좋아하잖아. 그거 먹자.

정연 정말 그뿐일까?

민기 무슨 생각하는 거야.

정연 혹시……

민기 혹시, 뭐! (방 한구석에 놓여 있는 커피포트를 정연에게 들이밀며) 야 이거 안 보
여? 성진 씨는 주전자가 아니라, 커피포트 썼어. 제발 우기지 좀 마!

정연 (넋 놓고 커피포트를 바라보다가) 그러네.

정연, 물을 받기 위해 포트를 들고 싱크대 쪽으로 간다.

민기, 나가버린다.

2.2. 그때, 거기

'1.2.'로부터 석 달 후.

정연의 집, 거실.

이사를 하려고 싸놓은 상자들이 널려 있다.

몰골이 말이 아닌 호열이 멍하니 앉아 담배만 피워댄다.

서른한 살의 정연이 트렁크를 끌고 들어온다.

정연, 호열을 바라보다가 옷을 갈아입는다.

열다섯의 정연, 호열에게 다가간다.

그의 입에 물려 있는 담배를 빼내 신경질적으로 비벼 끈다.

방안에서 상자를 가지고 나온다.

정연   (상자를 가리키며) 이건 옷이고, 이건 화장품이랑 악세서리. 옷은 태울 거야? 아님 어디 기증할 거야?

호열   그냥 둬.

정연   새집에 기어이 이걸 다 가지고 가겠다는 거야? (호열, 답이 없자) 아빠!

호열   이사 안 해.

정연   무슨 소리야. 곧 있으면 이삿짐센터에서 오기로 되어 있는 거 몰라?

호열   내가 취소할 테니까 신경 쓰지 마.

정연   하든지 말든지 맘대로 해.

정연, 외투를 걸치고 트렁크를 챙긴다.

호열   (그제야 정연과 트렁크를 보고는) 어디 가?

정연   (한숨을 내쉬고는 돌아선다)

호열   어디 가는데?

정연   전학 신청 다 해놨잖아. 기숙사 있으니까 지금이라도 신청하면 될 거야. 아빠도 가. 차라리 그 아줌마한테 가라고.

호열   넌 참 빠르네.

정연   석 달이 지났어.

호열, 베란다 쪽을 쳐다본다.

널려 있는 수건과 여태 걸려 있는 너덜너덜한 연.

정연   제발 저것들 좀 걷어.

정연, 화가 난 걸음으로 베란다를 향하지만 나가지 못하고 머뭇거린다.

정연   저놈의 연은 끈질기게도 붙어 있네.

호열　이젠 너덜너덜해져서 가오리연인지, 방패연인지 알 수도 없어.

정연　그래도 저게 유일한 단서였잖아. 걸린 연을 빼주려다가…….

호열　정연아.

정연　사고였어. 추락사라고 결론 났다는 거 잊지 마.

호열　그 사람들 결론이 뭐 중요해.

정연　그 아이. 그날 연 날리던 그 애가 증언을 해줬더라면 더 좋았겠지만
…….

호열　뭐가 좋았다는 거야? 니 생각에 확신을 심어줄 수 있어서?

정연　유서라도 있었어? 아무것도 없었잖아. 훤한 대낮에 행주 삶다가 뛰어
내린다는 게 말이 돼?

호열　그 아이는 또 얼마나 고통스러울까. 자신이 본 게 죽음의 순간이고,
자신이 들은 게 죽음의 소리였다는 걸 어렴풋이 알았을 거야. 너무
놀라서, 어떻게 설명해야 하는지 몰라서 입을 닫아버린 거야. 경찰서
에서 그 아이 엄마가 말 좀 하라고 계속 다그쳤을 때, 애는 쇠창살이
붙은 창만 멍하니 바라봤어.

정연　갑갑했지. 애 엄마는 "주님, 이 아이가 진실을 말하게 하소서", 어쩌
고 기도하고 앉았고, 애는 들은 척도 안 하고. 그 여자가 경찰서 복도
에서 내 손을 덥석 잡고는 위로한답시고 뭐랬는지 알아? "주님이 엄
마를 너무 사랑하셔서 먼저 데려가신 거야." 기가 차더라. 내가 그랬
어. "주님이 나 같은 인간은 절대 사랑하지 않았으면 좋겠네요."

호열　그날 후로 그 애 못 봤어. 이사는 안 간 거 같은데…….

정연　그렇게 궁금하면 찾아가 보든지. 아예 그 애 엄마 따라서 교회라도
나가지 그래? 아빠 벌 받고 싶은 생각뿐인 거지. 어제도 경찰서 갔었
다며? 전화 왔었어. 아빠가 또 술 취해서 찾아와가지고는 난동 부린
다고, 제발 좀 데려가라고, 아주 짜증을 내더라. 나 일부러 안 갔어.
(사이) 처음 전화 받고 갔을 때 들어주지도 않는 사람들 앞에서 자기
땜에 죽은 거라고, 자길 감옥에 처넣어달라고 엉엉 울면서 애원하던

아빠. 그래, 이해되기도 했어. 그만하면 됐잖아. 너무 아프다고 한번
소리쳤으면 됐잖아.

호열, 다시 담배를 꺼내 물자 정연이 거칠게 빼앗는다.

정연   경찰서에서 아빠랑 내가 처음 조사받았을 때, 경찰이 물었지. 혹시
자살로 볼 만한 근거가 있냐고. 내가 나서서 답했어, 없다고. 낯모르
는 사람 앞에서 가족사를 까발려야 할 이유가 없다고 생각했으니까.
(고개를 저으며) '없어요. 그런 거 없어요.'

호열   정연아…….

정연   그때 아빠 뭐 했어? 나 빤히 쳐다보고는 아무 말도 안 했잖아. 그래
놓고 이제 와서 왜 이러냐구.

호열   비겁해서 그래.

정연   허.

호열   내가 가졌던 욕심, 그 파장이 도대체 어디까지 퍼질까. 엄마한테, 너
한테, 연을 날리던 아이한테, 그 가족한테…….

정연   일산에 사는 그 사람들은 왜 빼? 지금 그 아줌마는 아빠 회사 주변을,
아니 우리 집 주변을 서성이고 있을지도 모르지. 전화기만 붙잡고서.

호열   (무언가 생각난 듯) 너, 일산에 왔던 날 엄마랑 같이 돌아왔니? 응?

정연   그게 지금 왜 중요해.

호열   중요해. 엄마 어땠어? 엄마가 뭐라든?

정연   생각 안 나. 아빠 얼굴 어떤 줄 알아? (호열의 얼굴을 만지며) 내가 면도해
줄까? 나, 잘하잖아. 내가 해주는 거 좋아했잖아.

호열, 정연의 손을 떼어낸다. 베란다를 본다.

정연   이 집에 붙어 있으면 뭐가 해결돼? 가슴만 치고 있으면 다 되돌릴 수

있어?

호열 그래도 내 탓이야.

정연 그럼 아빠도 뛰어내리든가! (사이) 따라 죽지 않고 살아 있는 건, 살고 싶은 거야. 난 갈 거야. 가서 똑같이 수업 듣고, 짜증 나면 땡땡이도 치고, 친구들하고 수다도 떨고, 담탱하고 싸우기도 하고 그렇게 지낼 거야. (호열을 일으켜 세우며) 아빠도 나가. 일하고, 스트레스 받고, 화도 내고 그러라고.

호열, 베란다로 간다.
정연, 베란다로 들어가지 못하고 팔을 뻗어 호열을 잡아당긴다.

정연 들어와, 얼른. 뭘 그렇게 넋 놓고 보는 거야.

호열 여기서 놀이터가 잘 보이네. 몰랐어.

정연 들어오라구.

정연, 호열을 노려보다 트렁크를 끌고 나간다.

호열 알아. 니가 제일 아프다는 거…….

3. 너무도 짧은 죽음, 그리고 긴 일상

3.1. 지금, 여기

성진의 원룸.
어둠 속에서 정연이 통화를 하고 있다.

정연 (전화기에 대고) 뭐야, 아직도 회식 자리에 있는 거야? 도대체 언제 끝나. 내가 근처로 갈게. (짜증을 누그러뜨리며) 알았어. 회식 끝나자마자 와야 해. 와 보면 알아. 응.

정연, 책상 위에 놓인 달력을 뚫어지게 쳐다본다.
그리고 그 곁에 놓인 고지서 뭉치를 본다.
한숨을 내쉬며 녹음기를 틀고 녹취를 한다.
녹음기에서 흘러나오는 소리.

목소리1 그러니까 그때가 IMF였잖아. 우리 회사도 넘어가기 직전이었지. 어음 처리가 하나도 되질 않으니, 숨통이 막힐 수밖에…… 요즘 젊은 사람들은 상상도 못 할 거야. 작가 아가씨도 그럴걸?

목소리2 네? 아, 네. 그렇죠.

목소리1 이 대목을 잘 써줘야 돼. 그 험난한 역경을 뚫고 다시 회사를 일으키던 고 시기를 말이야. 무슨 말인지 알지?

목소리2 아, 네…….

정연, 녹음기를 꺼버린다.
책상 위에 놓인 고지서 뭉치를 하나씩 살펴본다.
녹음기를 켰다 껐다 반복하다가 책상에 엎드린다.
시간의 경과를 말해주는 잠깐의 어둠.
무대가 밝아지면 취기가 오른 민기가 전화 통화를 하며 들어온다.
그의 손에는 맥주캔이 든 봉투가 들려 있다.

민기 (전화기에 대고) 죄송합니다, 부장님. 제가 급한 일이 좀 생겨서…… 죄송합니다. 예 부장님, 조심해서 들어가십시오. 예. 예. (정연에게) 내가 사는 게 이래.

정연   누가 뭐래.

민기   허. 헛웃음 참고 있는 거 알아.

정연   어떤 삶에 대해서든, 어느 누가 함부로 비웃을 수 있겠습니까.

민기   뭉클한데?

정연   술이 그래서 좋지.

민기   쉽게 위로를 느끼는 걸 보면, 나도 심각하게 힘들지는 않나 봐. 그저 좀 지루할 뿐인 거지.

민기, 맥주를 꺼내 놓는다.
그의 휴대폰이 다시 울린다.

정연   안 받아?

민기   마누라야. 곧 들어갈 텐데 뭐. (맥주를 들이켜며 방을 둘러보고는) 이제 원상 복구 다 한 거야? (정연에게 맥주를 건넨다)

정연   생각 없어.

민기   도배는 좀 해야겠다. 우울해서 글 쓰겠냐. (킁킁거리며) 무슨 냄새야?

정연   어…… 싱크대 배수구에 문제가 좀 있는 거 같아.

민기   어디 봐봐.

정연   됐어. 사람 부르면 돼.

민기   환기라도 좀 시키든가. 베란다 창 좀 열어.

정연이 머뭇거리자 민기가 문을 연다.

민기   빨래 좀 걷어. 어, 저거 성진 씨 옷 아냐? (나가려 한다)

정연   (민기를 붙잡으며) 놔둬.

정연, 맥주를 따서 들이킨다.

정연   (돈 봉투를 던지듯 건네며) 이거.

민기   (의아한 표정으로 봉투를 열어보고는) 뭐야?

정연   성진 씨가 너한테 빌린 돈. (책상 달력을 보여주며 표시를 가리킨다)

민기   (달력을 보며) 이민기에게 이백 상환.

정연   오늘이 이십이 일이잖아. 성진 씨가 숫자 '22'에 붉은 동그라미를 마구 칠해놨어. 이건 꼭 갚아야 한다는, 아니 갚고 싶다는 표현 아니겠어?

민기   정말 대단하다, 너.

정연   계좌번호 물어서 부치려다가…….

민기   내가 안 받는다고 할까 봐? 안 받긴 내가 왜 안 받아? 약속 지켜줘서 대단히 고맙네. (책상 위의 책들을 하나씩 보며) CEO의 성공전략, 세상은 내 것이 된다, 위기를 넘어 성공으로……. 대필 계약하셨군? (봉투를 흔들며) 이게 그 계약금? 조성진이 살아 있대도 이렇게까지 했겠어?

정연   …….

민기   성진 씨가 왜 이 돈을 빌려갔는지는 안 궁금해?

정연   (입술만 달싹거린다)

민기   빌려준 돈 또 있다고 사기라도 쳐 볼까? 충분히 넘어올 거 같은데. (고지서 뭉치를 발견하고는) 그건 안 되겠네. (고지서를 한 장 한 장 넘겨보며) 전기세, 인터넷, 가스비…… 전부 성진 씨 거네.

정연, 민기에게 다가와 고지서를 빼앗는다.

사이

민기   뺑소니 범인이 자수했대. 사람 죽여 놓고, 발 뻗고 못 잤겠지. 다행히 보험은 들어났나 봐. 성진 씨 누님이 나더러 보험회사 측하고 잘 좀 합의해 달라더라. 난 싫어. 니가 하든가.

정연   그게 중요해? 범인은 그 날 사고에 대해서 뭐래?

민기   뻔하지 뭐. 갑자기 뛰어들었다고 우겨서 어떻게든 과실을 줄여보려는 거.

정연   뛰어들었대?

민기   무단 횡단이 무슨 산책이냐? 당연히 뛰었겠지.

정연   뛰어들었다며.

민기   자기 입장에서야 그렇게 표현할 수밖에.

정연, 손톱을 물어뜯으며 왔다 갔다 한다.
민기, 연거푸 술을 들이켠다.

민기   내가 왜 이런 찜찜한 기분이어야 하는 거지? 내가 왜 이 얘기를 해야 한다고 생각하는지는 모르겠는데…… (다시 술을 들이켜며) 그날 회식 자리, 분위기가 좀 그랬어. 재계약이 안 돼서 회사 나가는 사람 위로 술자리였거든. 성진 씨 팀원들 중에서도 계약직들만 모였더라고. 알고 있었지? 성진 씨 계약직이라는 거. 몰랐어?

정연   어? 어…….

민기   내가 먼저 말 꺼내기 뭐하더라구. 때 되면 성진 씨가 너한테 얘기하겠지 싶어서…….

정연   넌 그 자리 껄끄러웠겠네?

민기   당연하지. 우리 팀 회식 끝나고 집에 가려는데 그 사람들하고 딱 마주친 거야. 자기들 이차 가는데 같이 가자고 붙잡더라고.

정연   불편했겠다. 니가 인사팀에 있는 거 그 사람들도 뻔히 아는데.

민기   내 말이. 그래도 어떡해. 별수 없이 따라갔지. 회사에 대한 그렇고 그런 성토가 술잔하고 같이 오고 가는데, 나도 적당히 맞장구를 쳐줬지. 근데 한 친구가 느닷없이 나한테 술을 따르면서 그러는 거야. 잘 부탁드립니다~. 내가 어찌할 바 몰라서 술을 들이마시려는데, 갑자기 사람들이 내 술잔에 하나둘 자기 잔을 부딪치는 거야. 그 술맛이 어땠겠

어. 아주 목구멍을 긁더라. 주절주절 말이 많아졌지. 난 인사고과에
관여할 짬밥도 안 된다, 회사 사정 좋아지면 정규직으로 전환되지 않
겠냐……. 내가 왜 이런 얘길 너한테 늘어놓고 있는 거지?

정연   성진 씨는?

민기   성진 씨? 그 친구도 있었지. 있었겠지.

정연   혹시 너…… 우리 둘에 대해서…… 너랑 나 말이야. 성진 씨한테 말한
적 있어?

민기   너랑 나? 대학 동창, 동아리 멤버. 그것 말고 뭐?

사이

민기   애초에 성진 씨를 너한테 소개하는 게 아니었는데……. 정말 좋은 사
람이지, 이었지. 직장 생활하다 보면 상사 앞에서 구겨져야 할 때가
좀 많냐. 들쩍지근한 세 치 혀를 놀리면서 비비고 핥아주고……. 남이
할 땐 역겹고 혐오스러운데, 내가 할 땐 어쩔 수 없는 몸부림이 되지.
그래야 다음 날 출근할 수 있으니까……. 성진 씨는 안 그랬어. 차라
리 침묵할 때가 더 많았지.

정연   직장 생활 부적격자였겠네.

민기   그렇다고도 볼 수 있지. 그래도 그럴 수 있다는 게 부러웠어. 그 친구
보면서 왜 니가 떠올랐는지 알아? 넌 항상 어딘지 모르게 불안해 보
였어. 성진 씨처럼 우직한 사람이 널 붙잡아주면…….

정연   결혼하고 싶은 사람도 있는데, 내가 마음 못 접고 니 옆에서 얼쩡거리
고 있는 게 걸렸던 건 아니고? 슬쩍 엮어봤을 뿐인데, 성진 씨랑 내가
맞장구 쳐줘서 마음이 놓였겠네?

민기   (맥주를 마시다 사레 걸려 기침한다) 말 너무 함부로 한다. 야, 군대 갔다 와
서 내가 사귀자고 했을 때 뿌리친 건 너였어.

정연   사랑 아닌 거 뻔히 알고 있었어. 아니야? 아니라고 말할 수 있어?

민기   아직 날 좋아한다는 거야? 그렇다고 말할 수 있어?

        침묵

민기   난 두 사람이 잘됐으면 했어. (돈 봉투를 쥐고는) 그래서 이 돈 빌려준
        거야.

정연   ?

민기   성진 씨도 돈 앞에서는 어쩔 수 없었던 모양이야. 연구팀에서 제품
        개발하고 있었는데, 하청업체에서 자기네 부품 좀 써달라고 옆구리를
        찔러댔나 봐. 이천도 아니고 겨우 이백 쥐여주면서. 그게 들통이 났
        어. 다행히 부장들 귀에까지는 안 들어가서 이 돈으로 막은 거야. 성
        진 씨한테 들어온 돈은 그 누님한테 갔겠지.

정연   성진 씨가 너한테 빌려 달라고 했어?

민기   그게 뭐가 중요해.

정연   중요해! 사는 게 참 구질구질하다.

민기   (정연의 책들을 가리키며) 너도 원하지도 않는 이런 책 쓰고 있잖아. 우리
        다 그렇게 살고 있어. 정연아, 만약에 성진 씨가 나한테 돈을 빌려
        가면서 자존심을 다쳤다면, 그건 어디까지나 같은 직장에 다니는 우
        리 둘 사이의 문제야.

정연   내가 끼어 있었을 수도 있어. (초조하게 서성이다가) 우리 셋이서 만난 적
        있었나? 맞아. 회사 근처에서 같이 술을 한잔했지.

민기   니가 불편해할 거 같아서 한 시간쯤 있다가 난 먼저 일어났어.

정연   너도 기억하는구나. 우리가 왜 만났지?

민기   내가 소개해줬으니까 성진 씨가 한 잔 사고 싶었나 보지.

정연   연애한 지 꽤 됐을 땐데…… 그 사람이 먼저 얘기 꺼낸 거야? 셋이서
        한잔하자고?

민기   내가 사겠다고 했는지도 모르지. 생각 안 나.

정연	난 그 날 니가 나오는 줄도 모르고 갔어. 성진 씨는 왜 그 말을 안 했을까. 왜 말 안 했냐고 내가 그 사람한테 물어봤던가.
민기	수백수천 가지 질문을 퍼부어서 얻고 싶은 결론이 뭐야. 성진 씨는 자살을 했고 그 원인을 너랑 내가 제공했다, 이거야? 니가 왜 자꾸 내 입을 벌리고 있는지 이제 알겠네. 넌 계속 날 끌어들이고 있어. 그 망할 놈의 죄책감을 나한테 전염시키고 있는 거라고. 이 방안에서 몸부림을 치고 있는데도 잘 안 되니까, 나한테 덜어놓겠다는 거지? 자, 이제 다 내뱉었고 내 스스로 니 어깨에 팔을 걸쳤네. 니가 상상하고 있는 그 스토리에 날 끼워 넣으니까 아귀가 딱딱 맞춰져? (비틀거리는 몸을 주체하려 애쓰며 나직하게) 성진 씨를 따라갈 게 아니라면 제발 그만해. (정연, 얼어붙는다) 난 내일도 출근해. 성진 씨 빈 책상은 금방 채워져. 그게 내가 사는 세상이야.

민기가 나간다.
정연, 민기가 두고 간 돈 봉투를 발견한다.

정연	야, 이민기!

3.2. 지금, 여기

호열의 집.
'그때'와 달리 집이 환하다.
가구의 배치도 달라져 있다.
호열, 앞치마를 두른 채로 설거지를 하고 있다.
도어락의 번호키를 누르는 소리가 들린다.
삐리리.

제주(祭酒)를 든 정연이 조심스럽게 문을 연다.

호열   (돌아보며) 왔어?

정연   나야.

호열   알아.

정연   번호가 그대로네.

호열   벨 안 누르는 버릇은 여전하네. 거기 계속 서 있을 거야?

정연, 머뭇거리며 들어온다.

호열   저녁 먹었냐?

정연   먹었어. (둘러보며) 벽지 바꿨네?

호열   언제 적 일을. 두 번이나 새로 발랐는데. 내 취향도 괜찮지 않냐. 사람 안 부르고 내가 했어. 티 하나도 안 나지? 때가 타긴 했네.

정연, 집을 둘러보다 방문 앞에서 머뭇거린다.

호열   니 방은 그대로 뒀는데. 들어가 보지 그래.

정연   됐어.

호열   아, 맞다.

호열, 방으로 들어가 박스를 들고 나온다.

호열   갈 때 이거 챙겨 가.

정연   뭔데.

호열   니 앨범이랑, 상장, 학교생활통지표, 또…….

정연   갑자기 내 물건은 왜?

호열	이제 니 건 니가 챙겨야지. 너, 초등학교 일학년 통지표에 꿈이 뭐라고 적혀 있는지 알아? 엄마. 그것도 화장하는 엄마. <u>흐흐.</u> 안 믿네. 볼래? (정연의 반응이 없자) 그래, 나중에 열어 봐.
정연	겨우 이것 땜에 부득부득 오라고 한 거야?
호열	이젠 같이 엄마 기일도 좀 챙기고 그럴 때 됐잖아. 이왕 올 거 일찍 좀 오지. 제사 다 지내고 나니까 오냐. (정연이 가지고 온 제주를 보며) 엄만 정종 안 좋아해.
정연	그럼 뭘 좋아하는데? 엄마가 술도 마셨어?
호열	가끔 와인 마셨지. 만 원에서 만 오천 원 사이. 그게 기준이었어. 만 원 이하는 못 미덥고, 이만 원에 가까워지면 부담스럽댔지.
정연	엄만 이런 색깔 벽지 별로 안 좋아했는데.
호열	난 환한 게 좋더라.
정연	시간이 무섭네.

호열, 베란다로 가서 빨래를 걷어와 능숙하게 갠다.

호열	(빨래의 냄새를 맡으며) 좀 더 일찍 걷을걸.

같이 좀 개라는 듯, 빨래를 정연 쪽으로 밀어 놓는다.
정연, 어설픈 솜씨로 티셔츠 한 장을 갠다.

호열	그게 뭐냐. (시범을 보이며) 이렇게 등판 위에 어깨선을 맞추어서 양쪽을 가지런히 접고 반을 접어서……. (자신을 빤히 보는 정연의 시선을 의식한다)
정연	이 집도, 아빠도 다 어색하다.
호열	가만히 있음 누가 해주냐. 넌 아직 신림동 살아? 그때 너랑 밥 먹었던 그 집 아직도 장사해? 거긴 절대 가지 마라. 음식이 죄다 조미료 범벅이었어.

정연	옮겼어.
호열	그래. 오래 장사할 마인드가 아니었어.
정연	식당 말고 내가.
호열	너, 한 집에 일 년 이상 못 살지?
정연	아빠가 뭘 안다고……. 이 집에 계속 살고 있는 아빠는 안 이상한가 뭐.
호열	이 아파트 좀 있으면 재건축 들어간대. 한 몫 챙겨야지.
정연	허. 엄마 물건은?
호열	이사할 때 같이 정리해야지.
정연	왜 여태껏 가지고 있었어?
호열	그건 니가 중학생이었을 때나 할 만한 질문 아니야?

사이

호열	한 몇 년은 엉망으로 살았지. 엄마가 이 집에 있었나 싶을 정도로 한 순간에 폐허 되더라. 엄마가 있었던 흔적을 지우고 싶었던 건지도 모르지. 근데 어느 날 베란다에서 그 애를 봤다.
정연	(베란다를 보며) 그, 아이?
호열	우리 집을 올려다보고 있었어. 가오리연은 흔적도 없는데…… 갑자기 그 애가 그때의 엄마를 보고 있는 것인지도 모른다는 생각이 들더라. 아이는 도망치듯 달아나버렸지.
정연	그냥 아빠 생각일 뿐일 수도 있잖아. 그 아인 그냥 하늘을 올려다보다가 집으로 돌아간 걸 수도 있고…….
호열	그러네. 그 순간에는 왜 그렇게 의미심장하게 느껴졌는지 몰라. 하여간 거실로 들어왔는데 망가진 집이 선명하게 뵈는 거야. (호열이 말하는 동안 정연은 무심코 빨래를 개고 있다) 미친 듯이 청소를 했어. 최대한 기억을 쥐어짜면서 물건들을 제자리에 옮겨놨지. 텔레비전을 보면서도 테이

프로 머리카락을 찍어내고, 음식을 하면서 생기는 설거지거리는 그때
그때 닦고. 그러지 않으면 모든 게 다시 와르르 무너질 거 같아서.

정연   (문득 정신을 차리고는) 이게 무슨 냄새야?

호열   어, 김치가 너무 쉬어서 내놨어. 양념 헹궈서 뭘 좀 만들어볼까 하고.

정연   별 걸 다 하시네.

호열, 찬합을 들고 와 정연 앞에 놓는다.

호열   이거 챙겨 가. 밑반찬이야.

정연   집에서 밥 잘 안 먹어.

호열   (찬합의 뚜껑을 열며) 맛 한번 봐봐. 응?

정연   이걸 아빠가 다 했다고? (못 이기는 척 집어먹는다)

호열   어때?

정연   맛있네. 이렇게 잘 해먹으면서 얼굴은 왜 그래? 핼쑥해졌어.

호열   이것도 먹어 봐. 어때, 엄마가 해주던 거랑은 맛이 좀 다르지 않냐?

정연   그걸 어떻게 기억해.

호열   온갖 요리법을 다 뒤져서 해보다가 어쩌다 엄마가 한 거랑 엇비슷하
게 맛을 냈는데, 곰곰이 따져보니까 엄마는 참기름을 너무 많이 썼더
라. 한날은 콩나물국을 끓이다가, 나는 말간 국물보다 김치를 총총
썰어 넣고 발갛게 끓인 걸 더 좋아한다는 걸 알았어. 그러다 집을 보
니까 잘 모르겠는 거야. 액자가 정말 저 자리에 놓여 있었는지, 스탠
드가 정말 저기 있었는지, 시계는 또…….

정연   정말 저기에 있었는지.

호열   내 집착이 한순간에 우스워지더라. 좀 더 지나니까 그런 생각마저 안
들어. 그대로인 것들, 변한 것들 한데 섞인 채로 살아지더라.

정연   밥 남은 거 있어?

호열, 밥을 가지고 와 정연 앞에 놓는다.

떨리는 손을 애써 감춘다.

정연, 호열이 한 음식들을 아주 맛있게 허겁지겁 먹는다.

호열   저녁 먹었다면서.

정연   어.

호열   넌 사귀는 사람 없어?

정연   없어.

호열   정연아, 나 이사 가.

정연   새로 지을 때까지 기다리려면 집 구해야겠지.

호열   좀 멀리 가기로 했다. 경남 산청. 친구가 몇 년 전에 귀농했는데, 동네
        에 괜찮은 빈집이 하나 났다고 해서 가봤는데 좋더라구.

정연   회사도 관뒀어?

호열   더 붙어 있기도 민망한 참이었어.

정연   내려가 사는 것도 괜찮겠네. 언제 가?

호열   다음 달에.

정연   그렇게 빨리? (수저를 놓으며) 이 집도 이제 사라지는 거네.

        사이

호열   정연아, 나 암이래. 위암 4기. 해볼 거 다 해봤으니까 질문은 사양하
        겠음.

정연   허.

호열   나 내려가면 놀러 올 거지?

정연, 가방을 쥐고 돌아선다.

호열, 찬합이 든 종이가방을 정연의 손에 억지로 쥐여준다.

정연, 나간다.

호열 반찬 통 갖고 와. 알았지?

정연, 나간다.
하지만 문밖에서 꼼짝 못 하고 서 있다.

4. 죽음과 이야기

성진의 원룸.
집은 정리되지 않은 채로 여전히 어지럽다.
정연, 방 한구석에 놓인 반찬 통을 보다가 싱크대로 가져가 개수대에 쏟아붓는다.
물을 틀어버린다.

정연 (무언가 생각난 듯) **맞다!**

정연, 막혀버린 개수대를 쳐다보다가 코를 킁킁거리며 탈취제를 여기저기에 뿌린다.
문 두드리는 소리.
정연, 놀란다.

청년 **계세요!**

다시 문 두드리는 소리.
정연, 문을 연다.

청년 허탕치는 줄 알았네요. 싱크대가 막혔다구요.

정연 네.

청년 이사 오셨나 봐요.

정연 네?

청년 이사 가시는 건가?

정연 …….

청년 (개수대를 보며) 막혀 있는데, 뭘 또 쏟아부으셨네요.

정연 깜빡하고는…….

청년 좀 볼게요.

청년, 싱크대를 열어 배수관을 살핀다.

정연, 어색하게 서성인다.

청년 세 들어 사시는 거 아니에요?

정연 아, 네.

청년 이런 건 집주인이 해줘야 하는 건데.

정연 나중에 청구하면 되겠죠.

청년 이거, 배수관을 통째로 갈아야겠는데요?

정연 그 정도로 심각해요?

청년 관이 완전히 삭았어요. (공구함을 열며) 근데 이 관이 좀 구식이라, 제가 가지고 있는 거랑은 안 맞아요. 가게까지 갔다 오면 너무 늦을 거 같은데……. 내일 제가 다시 방문할까요?

정연 어떻게 지금 안 될까요?

청년 그럼 관만 빼서 막아 놓을게요. 뭐 또 쏟아붓지 마시구요.

정연 네. 마실 거라도 한 잔 드릴까요?

청년 좋죠.

정연이 음료수를 준비한다.

청년의 휴대폰이 울린다.

청년 (전화기에 대고) 어. 뭐 좀 먹었어? 배가 많이 아파? 예정일이 열흘이나 남았는데……. 장모님 옆에 있지? 알았어. 끝나자마자 갈게. 불안해하지 말고. 그래. (전화를 끊는다)

정연 아빠 되나 봐요.

청년 네. 녀석이 나오고 싶어서 안달이 났나 보네요.

정연 축하해요.

청년 고맙습니다. (헛기침하며) 저, 아시잖아요. 그죠?

정연 죄송해요.

청년 돈 버는 일인데요 뭐.

정연 (음료수를 건네며) 작년 이맘때쯤 아파트 놀이터에서 그쪽이 지나가는 걸 봤어요.

청년 부모님이 아직 거기에 사시고, 전 나와 살아요. 다니러 간 거였어요.

정연 처음엔 긴가민가했는데, 어렸을 때 얼굴이 남아 있더라구요.

청년 그런가.

정연 그쪽이 아파트 단지 빠져나가는 거 보고 있다가, 저도 모르게 뒤따라 갔어요.

청년 알고 있었어요. 티가 많이 났거든요. 제가 골목길 담벼락에 붙인 광고 스티커 하나를 그쪽이 떼어가는 것도 봤죠. (싱크대를 가리키며) 저 부르시려고 배수관 일부러 막은 건 아니죠?

정연 네? (어색한 웃음) 나 기억 못 할 줄 알았는데…….

청년 경찰서에서 봤잖아요. 억지로라도 제 입을 벌리고 싶은 간절한, 아니 화가 난 눈빛이었나? 억지로라도 제 입을 벌리고 싶었죠?

정연 아마도요. 이런 얘기 편하게 할 수 있을 줄 꿈에도 생각 못 했어요.

청년 편하세요?

정연　네?

청년　농담이에요. 그날 모든 사람의 눈이 그랬죠 뭐. 본대로만 얘기하면 된단다~

정연　근데 왜…….

청년　보긴 봤죠. 근데 말하는 게 너무 무서웠나 봐요.

정연　다들 듣고 싶은 얘기는 따로 있었으니까. 나는 엄마가 연을 빼내주려다가 발을 헛디뎌 떨어진 거라는 말을 듣고 싶었고, 아빠는 엄마가 연과 상관없이…….

청년　우리 부모님도 마찬가지였겠죠. 내가 아무 관련이 없기를 바랐을 거예요.

정연　일곱 살 소년이 감당하기엔 힘든 일이었을 거예요.

청년　힘들어해야 하는 상황이 됐죠.

정연　네?

청년　부모님 때문에요. 경찰서 갔다 온 날부터 부모님이 날 교회에 앉혀 놨죠. 꼼짝도 못 하게 했어요. 주님께 용서를 빌라더군요. 뭘 잘못 했는지도 모르겠는데. 아, 한 가지 있긴 해요. (뜸을 들이며) 말해도 돼요? (정연이 고개를 끄덕이자) 그쪽 어머니, 그 몸에서 새어 나온 피를 만졌어요, 나도 모르게……. 아, 죄송해요. 어떤 느낌일지 궁금했나 봐요. 애니까 그럴 수도 있잖아요. 그날 엄마가 내 손에 묻어 있던 피를 봤어요. 그게 바로 증거였어요. 죄를 지었다는 증거. 경찰서에 갔다 온 날부터 부모님이 날 교회에 앉혀 놨죠.

정연　사실 그쪽이 잘못 한 건 없죠.

청년　백날 앉아 있어 봐야 이런저런 가정만 불어나더라구요.

정연　어떤 가정이요?

청년　만약 그날 학교에서 미술 시간에 연을 만들지 않았다면, 집에 갔는데 형이 있어서 다른 놀이를 했다면, 심심해서 연을 날리는데 바람이 그쪽으로 불지 않았다면, 아주머니가 거기 서 있지 않았다면, 등등. '만약에, 만약에'가 자꾸 불어나는데 감당이 안 됐어요.

정연   (혼잣말로) 만약에…… 만약에…….

청년   엄마한테 그 얘길 했더니 만약이란 건 없대요. 다 주님의 뜻일 뿐이라고, 아직 내 기도가 부족한 거라고. 순간 화가 났어요. 다 주님의 뜻인데 왜 나더러 잘못했다는 거냐고, 교회 안이 쩌렁쩌렁 울리도록 비명을 질렀죠. (입만 벌린 채로 비명 지르는 흉내를 내다가) 바로 끌려갔어요. 병원으로.

정연   몰랐어요.

청년   알았다면요?

정연   알았다면…….

청년   그쪽이 할 수 있는 건 없었어요. 그러니까 그런 가정은 의미 없는 거예요. 아, 맞다. 그쪽 아버지가 병원에 여러 번 찾아오셨어요. 자신이 치료비를 대게 해달라고 부모님한테 사정하는 것도 봤어요. 절 보고 한 번도 말씀은 안 하셨지만, 언제나 그 눈이 묻고 있었죠. '그날 니가 본 걸 말해줄 수 있겠니……' 지금 그쪽 눈빛처럼.

사이

청년   (조용히 읊조리듯) 내가 본 걸 말하면, 그쪽한테 어떤 도움이 되나요? 내 이야기가 백프로 정확한 거라고 믿을 수 있어요? 내가 말하면 그 일이 완전히 정리되는 건가요?

정연, 천천히 고개를 젓는다.

청년   내 아내를 그 병원에서 처음 만났어요. 우린 결혼했고, 이제 아이가 태어납니다. 그렇게 이어지더라구요. 내가 지금 가장 하고 싶은 말은 아빠가 된다는 거, 그것뿐이에요.

정연, 청년을 응시한다.

에필로그. 끝나지 않는 이야기

벤치.

정연, 담담하게 트렁크를 끌고 들어와 벤치에 앉는다.

호열과 민기가 그녀 곁으로 다가온다.

정연, 호열을 바라본다.

정연   아빠.

호열   들어가자.

정연   일산에서 아빨 봤던 날 말이야.

호열   (정연 옆에 앉으며) 응.

정연   내가 그 레스토랑에서 뛰쳐나와서 지하철역으로 갔을 때, 엄마가 플랫폼 의자에 앉아 있었어. 난 모른 척했어. 조금 있으니까 지하철이 들어오는 소리가 들렸어. 엄마가 벌떡 일어나는데, 나도 모르게 달려가서 엄마를 붙잡았어. 엄마가 뛰어들지도 모른다고 생각했나 봐. 열차가 들어와서 문이 열리고 나서야, 내가 엄마 손을 놨어. 오는 내내 우린 지하철 안에서 마주 앉아 있었어. 엄마가 휴대폰을 꺼냈어. 잠시 후 내 휴대폰이 울렸어. 문자를 보낸 거야. '정연아 난 너한테 미안하지 않아.' 난 답장을 보내고 싶었어. '엄마가 나한테 미안해할 필요는 없어.' 그렇게. 근데, 난 아무 말 없이 휴대폰을 닫고는 엄마를 노려봤어. 아니, 노려봤다고 생각하고 있는 건지도 모르지. (사이) 그냥 솔직하게 문자를 보냈더라면 어땠을까, 하는 생각이 이제 와서 자꾸 들어. 아빠가 떠난다면, 그 죽음 뒤에도 나는 또 어떤 이야기를 더듬고 있겠지.

정연, 민기를 바라본다.

정연   민기야.

민기   (정연 곁에 다가와) 어디 따뜻한 데로 들어갈까?

정연   나 알고 있었다, 성진 씨가 계약직이라는 거. 성진 씨도 불안한 사람이라는 사실은 내 목에 걸린 생선가시였어. 가늘고 짧아서 아프지는 않은데, 넘어가지도 뱉어지지도 않는 껄끄러운 가시. 난 성진 씨 옆에 있으면서, 그 사람 눈을 보면서 문득문득 민기 널 떠올렸어. 내 마음에 박힌 또 하나의 가시였지. (사이) 니 말대로 그 일은 누구에게나 일어날 수 있는 그런 사고였을지도 모르지. 그 작은 가시들을 어떻게 해야 할지 몰라서 너를 찌르고 나를 찔렀던 걸까.

정연, 호열과 민기의 주변을 천천히 맴돈다.

정연   그러니까 그날은 말이죠. 바람이 불고 있었어요.

청년   그녀가 입을 열었다.

정연   아니요. 어떤 바람이었는지 잘 모르겠어요. 정확하게 말할 수가 없네요. 바람 속을 날고 있는 연이 있었죠. 여느 것과 다를 바 없는 연이었어요. 나도 잠깐 고개를 들어서 그 연을 봤죠.

청년   그녀는 다시 이야기를 시작했다.

정연   언제나 일은 너무 짧은 시간 안에 벌어져서, 정작 그 일 자체에 대해선 길게 말할 수가 없어요. 항상 일이 벌어지기 전과 후가 중요하다고 여겨지죠. 그러니까 그 날 말이에요. (사이) 근데, 지금 내가 하려는 이야기가 정말 그때 그대로일까요.

청년   그녀는 그렇게 묻고 또 묻는다. 너무도 짧은 사건의 긴 에필로그 속에서.

서서히 암전.

〈우릴 봤을까?〉 공연 기록

제4회 CJ영페스티벌 연극 부문 최우수작품 선정

일시 2010년 5월 7일 ~ 16일
장소 남산예술센터
제작 남산예술센터

연출 김한내
출연 김은석, 김나라, 홍우진, 김슬기

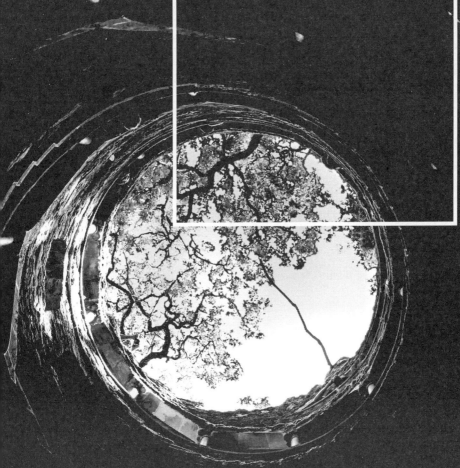

그 샘에 고인 말

등장인물

귀례댁
진주댁　　60대, 귀례댁의 며느리
정경댁　　60대
박영감　　60대, 정경댁의 남편
진구　　　30대 중반
샘　　　　공간 '샘'의 정령

무대 중심에 샘이 있다. 샘 주변에는 잡풀이 무성하다. 샘의 오른편으로 귀례댁
의 마당이 자연스레 이어진다. 마당을 향해 세 개의 방문이 ㄱ자로 나 있고 방문
앞에는 작은 툇마루가 연결되어 있다. 마당 중앙에는 낡은 평상이 자리한다.
샘의 뒤쪽으로는 아래로 향하는 길이, 왼쪽으로는 이웃집들로 향하는 길이 나
있다.

1.

저녁.

귀례댁이 평상에 앉아 꾸벅꾸벅 졸고 있다.

긴 사이.

샘이 들어온다.

마른 침을 삼키며, 알 수 없는 소리를 웅얼거린다.

샘   가니? 갔어요. 가버려. 가려고? 갑니까? 갑시다. 갈 거야? 가니?

말라붙은 말들이 서걱거려. 까끌거려.

온다! 못다 한 얘기가, 아직 남은 말들이 온다. 이리로 오고 있다.

멀리서 들려오는 굴착기 소리.

샘, 천천히 샘 안으로 들어간다.

물이 솟는 소리.

귀례댁, 몸을 부르르 떨며 깨어난다.

샘을 한참 쳐다보다가, 다가가 안을 들여다본다.

귀례댁   그럼 그렇지. 물은 무슨 물. 꺼칠한 내 살 껍데기마냥, 버석거리는 내

목구멍 마냥 바짝 말라붙어서는 아주 넋을 놓았네. 나, 곧 갑니다. 간

다고요!

샘의 반응이 없자, 혀를 끌끌 차며 샘의 뒤편으로 난 길을 내다본다.

귀례댁   수없이 오르내리던 길. 저기를 향해 난 길인가, 여기를 향해 난 길인

가. 누구는 그저 팔자라 여기며 뚜벅뚜벅 오르내렸고, 누구는 의기양

양 내려갔고, 누구는 흘끔흘끔 뒤를 돌아보다 내처 달려갔고, 누구는 고개를 푹 숙이고 다시 올라왔고, 또 누구는 그저 마음으로만 내달렸던 길. 길이네. 그 수많은 발자국으로 길은 더 단단하고 선명해졌나. 아니면 흐려지고 지워져 갔나.

귀례댁, 지팡이로 길을 툭툭 때린다.
진주댁, 보따리를 들고 방에서 나온다.

귀례댁 어디 가냐.
진주댁 예?
귀례댁 다 저녁에 어딜 가냐구.
진주댁 가긴 어딜 가요. (보따리를 가리키며) 내일 고물상이 오기로 돼 있어요. 이것저것 버릴 게 한두 가지여야지요. 하나씩 내놔야,
귀례댁 아주 갈 사람 같구나.
진주댁 아주 가는 거 맞잖아요. 이삿날 일주일도 안 남았어요.
귀례댁 이사냐. 쫓겨나가는 거지.
진주댁 버틸 만큼 버티셨어요. 다 떠나고 우리만 남았잖아요.
귀례댁 그건 뭐냐.
진주댁 안 입는 옷가지하고…….
귀례댁 내려놔 봐.
진주댁 어머니.

귀례댁, 평상으로 가 보따리를 살펴본다.

귀례댁 내가 내놓으마.
진주댁 제가 할게요.
귀례댁 방이나 좀 훔쳐다오.

진주댁, 귀례댁의 방으로 들어간다.

귀례댁, 보따리를 들고 어찌할 바를 모르다가

누군가가 오는 소리가 들리자 샘에 툭 던져 넣는다.

정경댁과 박영감이 들어오는데,

정경댁은 짐이 실린 유모차를 밀고 있다.

정경댁 (귀례댁을 보고는 큰 소리로) 아이구, 우리 오는 줄 아신 거마냥 나와 계시
네.

귀례댁 깜짝이야. 귓구멍 터지겠다.

박영감이 귀를 가리키자, 정경댁은 얼른 보청기를 끼운다.

정경댁 이게 영 적응이 안 되네요. 하도 응응대는 통에 골이 지끈거려가지고
·······.

박영감 (정경댁의 말을 자르며) 전화가 연결이 안 돼서 난데없이 나타난 꼴이 됐
습니다.

귀례댁 건설사에서 하도 전화질이라 선을 빼놨더니, 이것들이 아주 끊어버렸
나 봐.

진주댁 (방 안에서) 어머니, 자리 봐 놨어요. 어머니!

방에서 나온 진주댁, 부부를 보고 의아해한다.

정경댁 아파트에 난리가 났지 뭐에요. 갑자기 옹벽이 무너져 내려가지고서는
외벽에 금이 쩍 가서······. 뉴스 못 보셨어요? 기자들이 와서 찍고 가
고 난리였는데. 이제 테레비도 안 나와요? 고립무원이 따로 없네. 하
긴 예전부터 아파트 사람들 산책 삼아 올라오면 깜짝 놀라고는 했지.
'어머, 여기 마을이 있었네.' (이제야 진주댁을 보고는) 형님 잘 계셨어요?

진주댁   어…….

정경댁   장에 나가는 길에 한번 들르시라니까는. 들르나마나 그놈의 아파트는 지은 지 얼마 되지도 않았는데, 여기저기 허술하기 짝이 없더니 기어이 사단이 나서…….

귀례댁, 인상을 찌푸리며 박영감을 본다.

박영감   공사할 때까지 며칠 지낼 곳이 마땅찮아서요.

귀례댁   아들한테 가지 않고서.

정경댁   안 그래도 우리 창수가 오라고 오라고 하는데, 공사를 제대로 하는지 가까이서 눈 치켜뜨고 들여다봐야지 않겠어요? 근데 모텔이며 여관이며 벌써 다 꽉 찼더라고요.

귀례댁   돈이 아까워서는 아니고?

정경댁   아이구, 따블로라도 주고 지낼 데만 있었으면 안 올라왔죠.

귀례댁   그래 버리고 간 집을 다시 찾아왔구만.

정경댁   버리긴 뭘 버립니까. 집 놔두고 나가라니 하는 수 없이 간 거지요. 어르신도 곧 내려가실 거면서. 맨 나중에 나가면 뭐 보상금 더 얹어준대요? 어차피 나가야 되는데 어르신은 괜히 토지공사 사람들 계측도 못하게 지팡이로 휘젓고 야단치고 막아서고,

귀례댁   얼씨구나 박수치면서 문 활짝 열어줘야 되나 그럼?

정경댁   그 사람들 몇 번씩 헛걸음 하는 바람에 보상 절차가 늦어졌다 이 말이지요.

귀례댁   한평생 갈던 밭을 두고 어떻게 나가냐고 울고불고하더니, 보상금 나오자마자 제일 먼저 짐 쌌지. 그 전에 싸 놨는지도 모르고.

정경댁   미련 남길 게 있나요. 저하고 이 양반하고 그놈의 밭 때문에 좀 고생을 했어야지요. 돌덩이 천지에 흙은 푸석거리니 한 몇 년은 심는 것마다 크다 말고.

귀례댁 후회가 되면 물리지 그랬어.

정경댁 나는 도지 인생밖에 안 되나 싶었는데, 야금야금 사들이는 맛이 뭐 괜찮았지요.

귀례댁 내게 싼 값에 사서 보상 잘 받았으니 고마울 일이지.

정경댁 암요.

귀례댁 자넨 예수 믿어 덕 봤네.

정경댁 그 은총 말로 다 못하지요.

귀례댁 그 예수 오지랖도 넓지.

진주댁 (정경댁에게) 그만하게.

정경댁 하나님의 어린 양 가슴에 가시를 콕콕 박잖아요, 어르신이. 아이구, 주님.

정경댁, 샘가로 간다.

정경댁 (샘을 발로 툭 차며) 이럴 때 솟으라고 있는 게 샘이지. 한 바가지 들이키면 속이 뻥 뚫리겠구만.

진주댁, 물을 가지러 들어간다.

박영감 내내 고일 것 같더니, 뽀로록뽀로록 내내 솟을 것만 같더니.

정경댁 언제 적 얘기야. 진즉에 싹 메워서 길 닦았으면 차 다니기나 편했을 걸.

진주댁, 물잔을 들고 나온다.
이때, 차가 지나가는 소리가 다가왔다가 멀어진다.
소리와 함께 눈을 찌를 듯한 헤드라이트가 무대를 비추었다가 멀어진다.
모두, 눈을 가렸다가 뗀다.

박영감 과수원 쪽으로는 벌써 길이 났나 보네요.

진주댁 저 옆 단지로 넘어가는 지름길인 셈이지요.

정경댁 중간에 딱 끼어가지고 애물단지가 됐네, 이 마을이. (귀례댁이 노려보자)
길 난 줄 알았으면 저리로 택시를 타고 올라올 걸 그랬다 이 말이지요.

진주댁 (물을 건네며) 깜깜해지기 전에 얼른 가봐.

정경댁 예?

귀례댁 고이 모셔두고 간 자네 집에 묵으려고 온 거 아니야? 그 김에 나한테
인사라도 하러 온 걸 테고.

정경댁 아니, 그러니까……. (박영감에게 말을 좀 하라고 쿡쿡 찌른다)

박영감 두어 달 새에 집이 엉망이 됐더라구요.

정경댁 여기저기 내려앉고, 벌써 풀도 무성하고.

귀례댁 집이 절로 저를 돌보나? (돌아서 피식 웃다가 평상을 가리키며) 좀 앉아.

정경댁 아, 예.

진주댁 (정경댁이 앉으려 하자) 그나저나 방이 없는데.

정경댁 문간방 있잖아요.

진주댁 구들 망가진 지 한참이야. 초봄이라 아직 불을 때야 하는데.

귀례댁 어쩌나. 우리 며느리가 싫다네?

진주댁 예? 제 말은…….

귀례댁 니 방 내줘.

박영감 아이구, 아닙니다.

진주댁 어머니.

귀례댁 우리 며느리가 나랑 자기 싫다네?

진주댁 ……앉아들 계세요. 방 좀 닦을게요.

귀례댁 뭘 또 닦냐.

진주댁, 자신의 방으로 들어간다.

박영감 (진주댁의 등에 대고) 귀찮게 합니다.

정경댁 이웃이 달리 이웃이에요? (진주댁에게) 형님, 신세 좀 질게요~ (귀례댁에게) 아, 참. 이웃님께 선물 하나 가져왔습니다.

정경댁, 유모차에서 짐을 내린다.

유모차를 밀어 귀례댁 곁에 세운다.

정경댁 우리 교회 애기 엄마가 내다놨더라고요. 보세요. 깨끗하지요? 자고로 차는 바퀴가 생명 아닙니까. 이 정도면 완전 새 차에요.

귀례댁, 돌아앉는다.

정경댁 지팡이보다 훨씬 낫다니까요. (유모차에 상체를 의지하고 밀며) 양쪽 팔만 툭 걸쳐도 한결 걷기가 수월하다니까요. 얼마나 의지가 되는데요.

귀례댁, 지팡이로 유모차를 밀치고 방으로 들어간다.

진주댁, 나온다.

진주댁 아파트 살다가 와서 너저분하다고 흉잡으면 안 되네.

정경댁 아파트가 살림하기는 수월하더라고요.

귀례댁 무너지기 직전이라면서 아슬아슬 살림하는 맛이 아주 좋겠네.

정경댁 ……이 댁 들어갈 집은 어느 마을로 정했어요?

귀례댁 저승 마을이다.

정경댁 예?

진주댁 어머님은, 참. (정경댁에게) 하늘 마을.

정경댁 (고개를 끄덕이며) 여기는 숲속 마을이 될 거래요. 어째 저 뒷산을 반은 남겨둔다 싶었더니, 저거를 배경 삼아 아파트를 세울 계산인가 보더라구요.

귀례댁의 헛기침 소리.

진주댁   들어가게.
정경댁   아, 영감 뭐해요.
박영감   어…….

박영감, 머뭇거리다가 정경댁을 따라 들어간다.
진주댁, 귀례댁의 방으로 들어간다.

사이

무대, 서서히 어두워진다.
밤.
귀례댁의 코고는 소리.
박영감이 조심스럽게 나와 툇마루에 앉는다.
정경댁이 문을 열고 나온다.

박영감   왜 나와?
정경댁   당신은 왜 나왔대요?
박영감   들어가.

박영감이 정경댁을 밀고 함께 들어간다.
긴 사이

정경댁   (목소리) 잠자리가 바뀌니 영 그러네.

박영감　(목소리) 드르렁드르렁 코만 잘도 골더만.

후두둑 빗소리.

진주댁이 나와 앉는다.

박영감　(목소리) 비가 오나?

정경댁과 귀례댁의 코 고는 소리.

빗소리가 더 커진다.

2.

낮.

탕, 탕, 탕. 망치질 소리가 집안을 울린다.

정경댁, 소리가 나는 곳을 노려보며 평상에 앉아 있다.

탕, 탕, 탕.

귀례댁, 호미를 들고 들어온다.

탕, 탕, 탕.

귀례댁　눈알 돌아가겠다.

박영감, 연장을 들고 들어온다.

귀례댁　다 됐는가?

박영감　예.

정경댁   (박영감에게 다가가) 머슴이우?

귀례댁   내가 손 좀 봐달라고 했어.

정경댁   (박영감에게) 참말이우?

귀례댁   아이구 별유세를 다한다. 이웃이 달리 이웃이야?

박영감   호미 찾다 보니 광의 미닫이문이 내려앉아서 삐그덕거리길래…….

귀례댁   고맙네.

박영감   별말씀을요.

귀례댁   툭닥거리니 사람 사는 집 같구만.

    진주댁, 들어온다.

진주댁   어머니.

    진주댁, 박영감을 발견하고는 영 어색한 듯 쭈뼛거린다.

진주댁   전기밥솥은 왜 도로 가져다 놓으셨어요. 부품 없어서 고치지도 못한다는데.

귀례댁   왜 아주 이 집을 들어다 내놓지 그러냐. (화제를 돌리려는 듯 박영감에게) 길이 말끔하니 개운해서 좋으네. 뒤 한번 돌아보지 않고 줄줄이 나가니 사방이 쓰레기야. 힘이 달려 엄두도 못 냈는데.

정경댁   길까지 치웠수?

귀례댁   잠시 잠깐 머물러도 그 자리가 사람 품성을 말해주지.

박영감   밭에 다녀오셨어요?

귀례댁   어. 간밤에 비가 꽤 왔잖어. 흙이 촉촉하게 젖었길래 아욱씨 묵혀놓은 게 생각나서 좀 뿌렸어.

박영감   한창 고추 모종 심고 할 땐데.

귀례댁   그렇지.

정경댁	고추 모종 같은 소리 하시네. 아니 금방 무너뜨릴 집을 왜 고치고 앉았으며 거두지도 못할 거를 뭣 하러 뿌리신대요.
귀례댁	토지공사랑 건설사랑 분쟁이 났대.
정경댁	예?
귀례댁	건설사가 아파트를 제대로 지을 수도 없을 만큼 꼬라지가 시원찮대.
정경댁	그래서 살던 대로 둔다고 다시 다들 들어오래요?
귀례댁	······쉽게 마을을 엎어트리지는 못할 거란 말이지.
진주댁	아욱 거둘 때까지 가만두기야 하겠어요?

사이

박영감	······광 문지방이요.
귀례댁	응?
박영감	그을음이 있는 거 말고는 이 집 지을 때 것 그대로더라고요.
정경댁	그을음? 아, 불이 났댔지.
귀례댁	(헛기침하며) 광은 한 번도 안 건드렸지.
정경댁	(박영감에게) 이 집을 지은 것도 아니면서 별걸 다 알아보시네.
귀례댁	짓기야 우리 시어른이 지었어도, 그 양반 돌아가시고 나서 손 볼 때마다 창수 애비가 애썼지. 형편대로 때우고 헐고 해서 지금이야 이 모양이어도 지을 때는······. 하긴 저 뒤의 사랑채는 그분도 다 짓지를 못했지. 돈도 돈이지만, 일꾼들 하는 대로 두질 못하고 하나부터 열까지 챙기면서 같이 짓다시피 하니 더딜 수밖에. 짓다 만 거를 나중에 결국 내가 팔아넘기고 집이 두 동강이 났으니······.
박영감	아깝기는 하지만 별수 있었나요.
귀례댁	자네는 어려서부터 봤지? 아담해도 탄탄한 댓돌하며 지주하며 꼼꼼한 이음새 하나하나며······. 내가 시집오고 한 육 년 뒤였을 거야. 안채를 짓고 나서 살림살이를 옮겨와 보니 기분이 좋더라고. 쓸고 닦고

기름칠하고 나는 하루 종일 집안을 휘젓고 다니는데, 그 어른은 저기 저 바위에 올라앉아서는 이 집을 쳐다만 보고 있는 거야. 아침이면 아침대로, 해가 중천이면 중천인 대로, 해 기울면 기우는 대로, 시시때때로 저기 앉아 집을 보시는 거야.

박영감   뿌듯하셨겠지요.

귀례댁   고래 등 같은 집도 아닌데 도취가 좀 심하신 듯해서, 아버님 어째 그림 보듯 서책 보듯 집을 보십니다, 했더니 그 양반이 빙긋이 웃으면서, 이름 없는 풀대기 보듯 개미 새끼 한 마리 보듯 보고 있는 거다, 다를 바 없이 저 집이 살아 있지 않느냐……. (집을 보며) 더 살 수 있을 거 같기도 한데, 늙은이들 욕심처럼. 혹시 벌써 죽었는데 다만 버티고만 있는 건가, 저 샘처럼.

귀례댁, 긴 한숨을 뱉는다.
이어 샘 안에서 깊은 한숨 소리가 전해진다.

귀례댁   응?

정경댁   예?

샘이 알아들을 수 없는 소리를 웅얼거린다.

귀례댁   응? 응?

진주댁   어머니.

귀례댁   샘이 깼나 보다. 다시 물이 솟나 보다.

귀례댁, 환하게 웃는다.
나머지 사람들, 의아해한다.
모두, 천천히 샘에 다가간다.

다 같이 샘을 둘러싸고 들여다본다.

사이.

박영감, 샘 안에서 물에 흠뻑 젖은 보따리를 꺼낸다.
진주댁이 보따리를 빼앗는다.

진주댁   어머니!
귀례댁   물이야. 물이 고인 거야.
정경댁   물은 물이네요. 빗물.
귀례댁   뭐?
정경댁   비 왔다고 좋아하셨잖아요. 보세요. 바닥에서 솟는 물이 아니잖아요.

진주댁, 평상에 보따리를 던져 놓는다.

정경댁   다 젖었네. 옷이에요?
귀례댁   저놈의 샘은 왜 남의 옷을 삼키고 지랄일까.

정경댁, 영문을 몰라 눈치를 살핀다.
귀례댁이 옷을 널자, 정경댁도 거든다.

정경댁   웬 남자 옷이에요?

귀례댁, 못 들은 척 들어간다.
박영감이 눈치를 주자, 정경댁이 알아차린 듯 고개를 끄덕인다.

정경댁   (나가려는 박영감에게) 어디 가요?

박영감, 대답 없이 나간다.

정경댁 (옷을 보며) 뭣 하러 아직까지 두셨대요. 하긴 없애기도 그렇지. 며칠
새라도 아드님이 돌아오실 거 같아서 저러시나. 그나저나 이제 이사
하면 어쩐대요? 엄밀히 말하면 거 뭐냐. 어, 실종자잖아요. 혹시라도
살아 계시면…….

진주댁 살아 있으면 뭐.

정경댁 아니…… 찾아왔는데 마을이 싹 없어져 있으면 물어볼 사람 하나 없
잖아요.

진주댁, 대꾸도 않고 부엌으로 간다.

정경댁 (널린 옷을 보며) 어깨가 이리 넓었나? 그래도 얼굴은 희멀건해서 중병
이라도 앓는 사람처럼 맥아리가 없었지. 사내는 자고로 우리 집 양반
처럼 작아도 탄탄해야 믿을 구석이 있어 뵈지. 볼품은 좀 없어도 뭐
…….

정경댁, 방으로 들어간다.

사이.

귀례댁, 방문을 열고 널린 옷을 내다본다.

3.

새벽.

샘이 나와 앉아 있다.

잠에 취한 얼굴이다.

다그닥다그닥 이를 갈기도 하고,

마른 침을 불편하게 삼키기도 한다.

샘   (눈을 감은 채로 잠꼬대처럼) 가니? 갔어요. 가버려. 가려고? 갑니까? 갑시
다. 갈 거야? 가니? (목이 불편한 듯 마른기침하며) 말라붙은 말들이…… 서
걱거려. 까끌거려. (눈을 번쩍 뜨며) 오, 오, 온다! 모, 모, 못다 한 이야기
가, 아직 나, 나, 남은 말들이 온다. 이리로 오고 있다!

샘, 안으로 들어간다.

샘의 뒤쪽으로 이어진 길로 진구가 배낭을 짊어지고 들어온다.

진구   신도시, 신도시 하더니 진짜였구나. (주변을 둘러보며) 이 동네가 맞는
거 같은데. 아직 사람이 살고는 있나?

진구, 툇마루로 살금살금 다가갔다가 놓여 있는 신발을 본다.

다시 살금살금 마당으로 와, 샘 쪽으로 뒷걸음 한다.

샘에 부딪혀 넘어질 뻔한다.

깜짝 놀라 입을 틀어막는다.

샘을 발로 툭 찬다.

안에서 샘이 벌떡 일어난다.

샘   (기지개를 펴며 내는 소리) 드그드그드그드그. (늘어지게 하품하며) 어……

어…… 얼마나 잔 거야?

샘, 안에서 페트병이며 쓰레기를 끄집어내 밖으로 던진다.

샘	우라질.
진구	(집 쪽을 보며) 불러 볼 수도 없고.
샘	내가 그 뭐냐…… 그…….
진구	(떨며) 노숙자 신세가 따로 없네.
샘	어. 내가 고새 노숙자 꼬라지가 됐네.

진구, 샘을 본다.

진구	소각장인가?
샘	뭐?
진구	샘인가? 아! 혹시 이 샘이…… 그 샘인가?
샘	그래, 그 샘이 이 샘이다.
진구	물맛이 좋았다고?
샘	말해 뭘 해. 그러니까…… 그게 그…… 말이 생각이 안 나.
진구	알 수가 있나.

샘, 뒷목을 잡는다.
진구, 소변이 마려운 듯 몸을 꼬다가 무대 왼쪽으로 나간다.
귀례댁이 방에서 나온다.
샘을 보고 반가운 기색을 감춘다.

샘	물맛이 어땠는지 말 좀 해 봐.
귀례댁	뜬금없으시기는.

샘	얼, 얼른!
귀례댁	뭐랄까. 입안에 닿는 순간,
함께	쩽!
귀례댁	하고 정신이 번쩍, 목울대를 넘어갈 때는 온몸이.
함께	찌릿찌릿.
귀례댁	혀끝에는 희미하게 단맛이 남아 입안에 돌고.
샘	내 말이! (진구가 있던 곳을 향해) 들었지? 어?
귀례댁	(샘이 가리키는 곳을 보다가) 죽은 듯이 퍼 자더니 말도 잃고 헛것까지 보는구만.
샘	내가…… 그……?
귀례댁	많이 잤냐구요?
샘	어.
귀례댁	으이구.
샘	그래 봐야 겨우…… 스, 스, 선잠이야.
귀례댁	겨우 선잠을 십수 년째 주무시나?
샘	그렇게나?
귀례댁	가 갸 거 교, 나한테 말이나 배우셔야겠네.
샘	쳇. 나는 물이지.
귀례댁	뭐 물이야 꼭지만 틀면 콸콸콸인데.
샘	본디 내 정체성이 깊은 산 속 옹달샘도 아니거늘, 시대의 흐름을 거스를 수는 없지.

샘은 술술 말한 것이 뿌듯하여 웃고, 할멈은 어이없어 웃는다.

귀례댁	애쓰시네. 나까지 곧 떠난다니 아쉬워 깨신 게요?
샘	아우, 손 흔들기도 귀찮어.
귀례댁	그럼 왜요?

샘, 마침 들어오는 진구를 턱으로 가리킨다.

귀례댁, 진구를 보고는 놀랐다가 모른 척 돌아선다.

진구　　　할머니. 할머니!

귀례댁　　쉿! (숨죽인 목소리로) 입 닫아!

진구　　　동네를 다 훑었어요.

귀례댁, 무대 왼쪽 구석으로 진구를 몰아세운다.

귀례댁　　할미 집도 모르는 게 네 팔자다. 그리 알고 가.

진구　　　이사 가시면 정말 영영 모르게 되겠네요.

귀례댁　　겁이 나서 찾아왔다는 거냐? 영영 나를 못 볼까 봐?

진구　　　그땐 주공 아파트 하나 있었는데.

귀례댁　　와 봤다는 거냐?

진구　　　저 초등학교 졸업식 때 할머니 처음 봤었잖아요. 그때…….

귀례댁, 무슨 소리라도 들은 듯이 집 쪽을 돌아본다.

샘　　　　휘이 휘이 바, 바람 소리야. 걱정 말어.

샘, 걸터앉아 긴 곰방대를 꺼내 문다.

샘　　　　초등학교 졸업식? (단어를 떠올리려 손짓 발짓 하다가) 호랑이 담배 피던 시절이네.

진구　　　식 끝나고 밥 한 끼 안 드시고 가셨죠. 아버지도 할머니도 말 한마디 없으셨지. 할머니 가시고 난 뒤에, 아버지 몇 날 며칠 가만히 앉아서 담배만 뻑뻑 피시다가 한날 갑자기 어디 좀 같이 가자시대요. 여기였어요. 정확히는 저기 저 아래 큰 도로.

귀례댁　(지팡이에 의지해 쪼그려 앉으며) 가지를 말 것을. 그 처음이 결국은 내 발목을 잡았지.

진구　그 뒤로 졸업식 때만큼은 꼭 할머니를 봤죠. 몇 년마다 한 번씩, 쭈뼛쭈뼛 완전 어색하게.

귀례댁　볼 때마다 니가 너무 징글맞게 커서 그래.

진구　아버지 닮았으니까.

귀례댁　그래도 넌 너무 커. 저놈의 아파트처럼.

진구　(능글맞게 들러붙으며) 할머니가 자꾸 작아져서 그래. 어른들은 애들 크는 거 보고 세월 흐르는 거 느낀다는데 나는 졸업식 사진마다 조금씩 변하는 할머니 보면서 느낀다니까.

귀례댁　늙은이 앞에서 못하는 소리가 없다.

샘　(할멈에게) 으이구, 이 할망구! 진짜 묻고 싶은 걸 물어.

귀례댁, 입술만 달싹인다.

진구　아버지요…….

귀례댁　됐다.

진구　할머니.

귀례댁　넌 요새 뭐하냐.

진구　영화 준비하고 있죠.

귀례댁　아직도 노냐?

진구　준비하고 있다니까요.

귀례댁　쯧쯧.

진구　나중에 VIP 시사회 때 내가 우리 할머니 제일 좋은 자리에 딱 모셔야지. 촌스럽게 감동해서 막 울고 그러면 안 돼요, 할머니. 알았죠?

귀례댁　(진구를 올려다보며) 아이구, 목 빠지겠다.

진구   (잽싸게 앉아 할머니를 보며) 이번엔 진짜 들어간다니까요.
귀례댁   내가 들어가야겠다. (진구가 꿈쩍하지 않자) 아, 안 가!

      진구, 쭈그려 앉는다.
      샘이 바닥에 곰방대를 톡톡 치며 재를 떨어내자,
      그 소리를 들은 듯이
      정경댁과 박영감, 그리고 진주댁이 모두 방문을 열고 나온다.
      귀례댁, 샘을 노려본다.
      샘, 모른 척 돌아앉는다.
      세 사람, 눈을 비비며 진구와 귀례댁에게 다가온다.
      귀례댁, 얼어붙는다.
      세 사람, 벌떡 일어서는 진구를 본다.

함께   누구……?

4.

      아침.
      따사로운 햇살과는 어울리지 않는 긴장감이 감돈다.
      진구를 제외한 네 사람이 평상에서 밥을 먹고 있다.
      따로 놓인 소반이 한쪽에 있다.
      말이 없는 가운데, 진주댁을 향한 시선이 오고 간다.

정경댁   어제는 날이 꾸물꾸물하더니, 우리 주님이 구름을 싹 걷어가셨네.

침묵

정경댁   쑥국. 쑥국. 쑥, 쑥국, 쑥국. 어르신 괜찮지요? 국은 제 작품입니다. 막아놓은 철조망 뚫고 들어가서 엄나무 순이며, 두릅이며 다 거둬왔지요. <u>흐흐.</u>

귀례댁   짜.

정경댁   이게 뭐가 짜요. 팔뚝까지 긁혀가면서 뜯어왔구만.

박영감   짜.

멀리서 들려오는 굴착기 소리.

정경댁   온다. 온다. 이리로 오고 있어요. 설마 여기 우리가 있는 줄 모르는 거 아냐? 모르고 찍어 내리면 어떡하나.

굴착기 소리, 멀어진다.

박영감   보청기 부작용이야.

정경댁   예?

정경댁, 보청기를 뺐다가 다시 끼며 귀를 만진다.
사이

정경댁   (진구의 방을 보며) 아직 자나? 밤길을 달려왔으니.

박영감   짜.

정경댁   물 부어 드시구려. (다시 진구의 방을 보며) 불도 안 들어가는데 안 춥나?

박영감   젊잖아.

귀례댁   딱 지 꼬라지에 맞는 방이지.

진주댁 잘 맞아서 계속 두시게요?

사이

귀례댁 시내 가서 새로 들일 가전 좀 보고 오너라. (정경댁에게) 같이 가. 돈
아까워서 아무것도 못 바꿨을 거 아냐. 내가 테레비 하나 해주지.

정경댁 예?

귀례댁 얄쌍한 거로다.

정경댁 벽에 걸어 놓는 거요?

귀례댁 벽에 걸든 목에 걸든.

정경댁 형님, 얼른 먹고 갑시다. 마음 바뀌시기 전에.

귀례댁 (진주댁에게) 냉장고는 문 두 짝짜리로 해라.

진주댁 지금 쓰는 것도 문 두 짝이에요. 위아래로.

귀례댁, 수저를 놓고 일어선다.

정경댁 또 밭에 가시게요? 보이는 거만 따세요. 심지는 마시고.

박영감 광에 씨감자가 좀 있던데요.

귀례댁, 정경댁에게 눈치를 주고 나간다.
박영감, 귀례댁을 따라 나간다.
진주댁, 밥상을 들고 부엌으로 간다.

정경댁 제가 할게요. (혼잣말) 완전 전세 역전이구만.

평상에는 진구의 밥상만이 놓여 있다.
진구가 문을 살짝 열고 밖을 살핀다.

진주댁이 나오자, 냉큼 문을 닫는다.

진주댁, 평상에 앉아 밥상과 진구가 있는 방을 번갈아 쳐다본다.

정경댁, 나와서 슬며시 진구의 밥상을 잡는다.

진주댁, 정경댁을 보며 눈을 부라린다.

정경댁 (깜짝 놀라 밥상에서 손을 떼며) **들여 주려는 게 아니라 치워버리려고요. 이젠 차리지도 마시우. 형님이 왜 밥까지 챙겨야 합니까. 아구, 머리야.** (보청기를 빼며) **안 듣고 사는 게 속 편하지.**

정경댁, 괜히 빗자루를 들고 마당을 쓴다.

진주댁, 한 치의 흐트러짐도 없이 꼿꼿하게 앉아 있다.

샘이 안에서 고개를 삐죽 내밀고 밖을 내다본다.

진구도 문을 살짝 열고 틈으로 내다본다.

샘 (이 사이로 바람 소리를 만들며) **스…… 스……. 어디서 싸늘한 바람이 부네.** (진구를 향해) **문 닫아라, 바람 든다.**

진주댁, 샘의 말을 듣기라도 한 듯 갑자기 뒤를 돌아본다.

진구, 냉큼 문을 닫는다.

샘, 입을 막고 쏙 들어간다.

정경댁 (보청기를 끼지 않은 탓에 목소리가 점점 높아지며) **차라리 죽었으면 모를까. 새 살림 차려서 자식까지 놓고 잘 살고 있었다? 나 같으면…….**

진주댁 자네 같으면 뭐?

정경댁 예?

진주댁, 됐다는 손짓을 하며 돌아앉는다.

정경댁 어르신은 손주가 올 줄 알고 있었던 거지. 기다리고 있었던 거지. 형
         님, 어떡하실 거요? 나 같으면,

진주댁, 정경댁에게 다가가 주머니를 뒤져 보청기를 찾아낸다.
정경댁의 귀에 꽂는다.

진주댁 나 같으면, 나 같으면? 자네는 내가 아니니까, 쉬운 말 하지 말어.

사이

정경댁 영화감독이래요. 휴대폰으로 캐봤지요. 새 영화를 찍는데요. 그 누구
         냐 노래도 하고 연기도 하는 이쁜 애⋯⋯. 걔가 주인공을 맡는다고
         기사가 났더라구요, 글쎄. (진주댁의 반응이 없자) 몇 시야? 예술 하는 사
         람들은 잠이 많다더니 진짠가 보네.
진주댁 아까부터 깨 있었어.
정경댁 예? 갑갑은 하겠다. 아무래도 떡고물 바라고 왔겠지요? 제가 좀 캐볼
         까요? 지금 이 집에서 형님 편 들어줄 사람 저 말고 누가 있어요?

진주댁, 어이없어 하며 돌아앉는다.

정경댁 (자신이 묵고 있는 방을 보며) 그나저나 우리 영감이 잠을 통 못 자네요.
         남의 집이라 영 불편한가. 참, 이불은 우리 이불 가지고 온 걸로 덮고
         자니까 혹시라도 신경은 쓰지 마세요. 형님 물건은 일절 안 건드리니.
진주댁 제발 입 좀 닫고 있어. 머릿속이 터질 거 같으니까.

박영감, 귀례댁을 들쳐업고 들어온다.

정경댁   아이구, 무슨 일이래요?

박영감, 귀례댁을 평상에 내려놓는다.

박영감   굴착기 지나간 자리에 웅덩이가 생겼는데 그걸 못 보셨어.
정경댁   아이구, 어쩐대.

정경댁, 할멈의 발목을 살펴본다.

귀례댁   거긴 괜찮고. 헛디디면서 허리가 놀란 모양이네.
정경댁   들어가서 좀 누우시지요.
귀례댁   됐어. 이 집이 내 관짝인가.
정경댁   (꿈쩍 않는 진주댁과 할멈을 번갈아 보며) 세다, 세.

박영감, 정경댁을 데리고 나간다.
샘, 얼굴을 내밀고 진주댁과 할멈을 본다.
하늘을 올려다보며 고개를 왼쪽으로 천천히 기울인다.
해가 기울어, 무대가 조금 어두워진다.
진주댁, 나간다.
귀례댁, 그제야 힘겹게 방으로 들어간다.
귀례댁의 앓는 소리.
진구가 부리나케 방에서 나오다가 넘어진다.
잽싸게 밥상을 들고 들어간다.

5.

밤.

샘의 이상야릇한 신음 소리.

끙끙, 응응.

샘, 일그러진 얼굴을 내민다.

샘   왜 안 되지? 금세라도 고일 거 같은데. 아, 하면 물이 고이던 시절이 떠오르기 시작했는데…….

몸짓 발짓, 소리에 기대어 기억을 떠올린다.

샘   울뚝불뚝 그 얼굴 시근시근 뿔난 볼때기 샐쭉샐쭉 그 입술 이 안에 일렁이던 그때. 시끌복작 욱시글욱시글 사근사근 소곤소곤 그 소리 이 안에 사르르 녹던 그때. 니가 날 보는지 내가 널 보는지 아리송아리송 송송송 물이 솟던 그때. (힘을 내며) 다시 일렁이고, 다시 녹고, 다시 솟을 거야. 다시!

샘, 들어간다.

다시, 신음 소리.

진구가 조심스럽게 방문을 연다.

뭔가를 주머니에 넣고 나와 샘의 옆쪽으로 난 길로 간다.

이어, 정경댁이 조심스럽게 방문을 열고 나와 거리를 두고 진구를 뒤쫓는다.

진구, 휴대폰이 진동하자 전화를 받는다.

진구   어, 엄마. 아니, 어디 좀 와 있어. 아빠는 아직 중환자실이야? 내가 있으면 뭐 달라져? 의사는 뭐래? 그 새끼 수술 제대로 한 거 맞아?

(자신도 모르게 목소리가 높아진 것을 의식하며) 근데 왜 열흘이 다 되도록 깨어나질 않냐구. 알았어. 곧 갈 거야. 예.

진구, 나간다.
정경댁, 놀라 어쩔 줄을 모른다.
조심스럽게 진구의 방 안으로 들어간다.

샘의 신음 소리.
정경댁, 진구의 방에서 나오면서 뭔가를 주머니에 감추고 나온다.
망설이다가 귀례댁의 방 앞으로 간다.

정경댁   (소리 죽여) 형님. 형님. 자나?

정경댁, 자신이 묵는 방으로 들어간다.
샘, 얼굴을 내민다.
샘, 가려워 등을 긁다가 옷 안에 손을 넣어 쓰레기를 꺼낸다.

샘   이러니, 내가 이 모양이지. 정월에는 제물 차려놓고 두 손 모아 절까지 하던 것들이. 흥.

몸을 매만지고, 먼지를 털어낸다.

샘   말라붙은 눈곱은 닦고, 손톱에 낀 때도 닦고, 머리도 빗고, 개개풀어진 눈에는 힘을 주고!

박영감이 나온다.
하늘을 올려다보며 한숨을 짓다가, 문득 샘을 본다.

박영감   이 안에 일렁이던 그 달은 어디 있나.

샘   달? (생각하다가) 달! (신이 나서는) 그 달이 품고 있던 그 사람은 어디
      있나.

샘의 뒤쪽으로 난 길로 진주댁이 들어와 무릎을 문지르며 서성인다.

샘   (진주댁을 보며) 벌써 몇 번째 저 길을 오르내리고 있누. 맞다, 그 걸음이
      다! 아주 가지도 아주 오지도 못하던 그 걸음.

진주댁   하룻밤에도 열댓 번은 오르내렸는데, 길 위에서 늙어버려 이제는 힘
      에 부치네. (귀례댁의 방을 보며) 불 끄고 누웠어도 다 아시겠지. 저 아래
      로 달음박질하는 내 마음, 이리로 끌려오는 내 마음 뒤쫓아 불안하게
      오르내리고 계시겠지.

샘   어디 보자. (진주댁을 보며) 사부작사부작 니 마음이 처음 저 길을 밟으
      려 들 때가…… 만삭인 몸으로 뒤뚱뒤뚱거릴 때였지?

진주댁   그 양반 사라진 걸 알기라도 하는 듯이, 뱃속의 아기가 시도 때도 없
      이 발을 차 대는데, 나더러 발길질을 하는 거 같았지. 이 등신, 이 등
      신! 하도 열이 나서 벌떡 일어나 앉았다가 벌컥 문을 열고 나왔더니,
      어머님 주섬주섬 돈을 꺼내 놓으시네?

샘   (귀례댁의 목소리로) 옛다, 아가. 사돈 양반 큰 수술 받는다믄서. 보태 쓰
      시라 해라.

진주댁   갓 태어난 애마저 시름시름 앓다가 기어이 가버렸을 때,

샘   옛다, 아가. 느희 오래비 빚보증 때문에 난리가 났다믄서. 갖다가 이
      자라도 막아줘라.

진주댁   더는 말자, 올봄까지만 있자 다짐하면서, 꼬박 마흔 번째 봄을 보네.

샘   아니지.

박영감   (생각에 잠겨 있다가) 마흔한 번째 봄을 보네.

샘, 고개를 끄덕인다.

사이

진구가 팩 소주를 쪽쪽 빨며 샘 옆의 길에서 들어온다.

진구, 두 사람을 발견하고 숨는다.

박영감 이 집 밭뙈기 얻어 갈면서 어르신이 부르실 때마다, 냉큼냉큼 달려오다 성큼성큼 세월이 갔지.

샘 저 아랫집 녀석이 술 먹고 경운기 몰다가 이 집 담 들이받아 내려앉았을 때.

박영감 아궁이 없애고 구들장 바꿀 때, 도배할 때, 이 댁 며느리 들일 때.

샘 (동네 사람들이 된 것처럼 진주댁을 훑어보며) 잘 얻었네. 곱다, 고와.

박영감 나도 흘끔흘끔 보는데, 문득 문득 찡그린 얼굴이 보여.

진주댁 버선이 작았나, 모로 눌린 새끼발톱이 자꾸 살을 파고들어. (발을 만지며) 결국 어머니 내미는 돈에 묶여 천근만근인 발이 됐지.

샘 (박영감의 발을 가리키며) 마누라 눈물에 폭삭 젖어 있던 그 발도 무겁기는 매한가지.

박영감 다들 마누라 보며 자식도 못 낳는 빈 배라고 수군수군. (헛웃음) 양자 들여서 앞세우고 돌아다니면 그 소리 그칠 줄 알았지. 마누라 눈물 그칠 줄 알았지.

진주댁 이 발이나, 그 발이나…….

박영감 그 발이나, 이 발이나…….

진구 (혼잣말) 저게 대화야, 독백이야? 내가 취했나?

박영감 이놈이 기어이 지 에미를 찾아내서 만나기도 하는 모양인데, 뿔난 마누라 튀어나온 저 입을 어쩌나.

진주댁 나야말로 헛살았지. 동생, 오래비 학교 보내고 시집 장가 보내는데 보탠 돈이, 저들 누이 억지 효부노릇으로 얻어낸 것인지도 모르고,

이제 와선 요것들 내 눈치 서러웠다고 앵앵거리기나 해.

박영감과 진주댁, 동시에 한숨 쉬며 달을 올려다본다.

사이

샘 쯧쯧. 무심한 달만 밝다. (뭔가 생각난 듯) 그날 말이야. 그날도 달이 훤했지?

박영감 그날 그 양반 그 걸음이 영 달아나려는 것인지는 몰랐지. 내가 장에 갔다가 막걸리 한잔 걸치고는 달 보매 터벅터벅 재를 넘어오니까, 입안이 들쩍지근해졌겠지. 그래, 예서 물 한 바가지 퍼가지고 벌컥벌컥 들이키고 있는데, 그 양반이 불쑥 집에서 나오대.

샘, 마당으로 갔다가 길로 나선다.

샘 이 야밤에 어델 가시오.

박영감 물어도, 대꾸도 안 해.

샘, 박영감을 스쳐 지나간다.

박영감 허겁지겁 저 길을 내려가는데,

진주댁 한 번이라도 돌아는 봤을까.

박영감 자꾸 뒤를 돌아 날 보네? 뭐라 할 말을 하려다 마는 듯도 하고.

진주댁 돌아봤대두, 어머니가 나와서 부르나 않을까 무서워 그랬겠지.

샘 아범아.

진주댁 그 한마디만 들었어도 그 사람 이 길 위에서 옴짝달싹 못 했겠지.

박영감 (고개를 저으며) 그날 어르신께서…….

진주댁 어머니도 그리 내뺄 줄은 몰랐겠지.

박영감   (고개를 저으며) 그날 어르신께서…….

샘   (박영감의 등을 쓸어내리며) 쉿! 말어.

박영감   (샘을 보며) 마흔한 번 봄을 맞아도 그 봄이 그 봄입디다.

박영감과 진주댁, 이제야 서로를 발견하고 놀란다.

귀례댁   (방안에서) 어멈아. 어멈아.

박영감, 놀라서 후다닥 들어간다.

진주댁, 그를 보며 웃다가 들어간다.

진구, 자신의 방 앞으로 가 툇마루에 앉는다.

사이.

정경댁이 나와 앉는다.

주머니에서 팩 소주를 꺼내 쪽쪽 빤다.

손가락으로 귀를 연신 후빈다.

진구와 정경댁, 술을 쥔 채로 서로를 본다.

사이.

정경댁, 술을 내려놓고 아무렇지 않은 척 능청스럽게 들어간다.

샘, 알코올 중독자처럼 본능적으로 달려가 팩을 움켜쥔다.

침을 꼴깍 삼키다가, 도로 내려놓는다.

이때, 진구의 휴대폰이 진동한다.

진구, 발소리를 죽여 샘가로 가서 전화를 받는다.

진구 어, 박피디. 반박 기사? 아냐, 걔랑 얘기 다 됐다니까. 이 새끼들이 어디서 협박질이야. 참자. 그래, 회사 쪽에서야 출연료가 적으니까 반대할 수 있지. 내가 걔하고 직접 통화해볼게. 회사에서 또 전화 오면 나, 헌팅 갔다 그래.

진구, 전화를 거는데 받지를 않자 씩씩거린다.

이내, 전화가 오자 화색하며 반긴다.

진구 어, 나야. 미안하긴. 나, 기사 같은 거 신경 안 써. 알아. 딱 한 달이면 찍는다니까. 알지. 드라마 스케줄 방해 안 되게 한다니까. 투자자들하고 얘기 잘 되고 있어. 그래. 회사에 얘기 잘 좀 해주라, 어? 그래, 너밖에 없다. 고마워. 내가 다시 전화할게~

진구, 전화를 끊고 빈 소주 팩을 샘가에 툭 던진다.

샘이 맞고 성질을 부린다.

빈 팩을 흔들어보며 아쉬워한다.

진구 (부르르 떨며) 밉다고 불도 안 때주냐. (샘을 들여다보며) 이번에도 영화 엎어지면, 여기라도 콱 들어가서 숨어버리든가 해야지.

샘 나야 좋지! 흐흐.

6.

낮.

진주댁이 방에서 나와 부엌으로 간다.

이를 지켜보던 진구, 방에서 나온다.

살금살금 진주댁의 방으로 들어간다.

잠시 후, 낡은 재킷으로 몸을 싸매고 방문을 연다.

귀례댁이 옷을 차려 입고 방에서 나오다가 진구를 본다.

순간, 멈칫 한다.

귀례댁   너…….

진구, 할머니를 발견하고 나오다가 문틀에 머리를 받는다.

진구   아야! 맨날 머리를 찧었다더니 정말이네. 할머니, 아버지 정수리가요 지금도…….

귀례댁   (말을 자르며) 당장 벗지 못해!

진구   저 감기 걸렸어요.

귀례댁   (부엌 쪽을 살피며) 벗으래두. 누구 속을 긁으려고 그걸 입어!

진구, 진주댁의 방에 들어가 옷을 벗어 놓고 나온다.

씩씩거리며 자신의 방으로 들어간다.

진주댁, 바구니를 들고 나와 평상에서 채소를 다듬는다.

귀례댁, 지팡이를 짚는데 팔이 부들부들 떨린다.

평상에 앉아 아픈 허리를 연신 쓸어내린다.

귀례댁   오늘은 밥상 시위 안 하냐? (진주댁의 대답이 없자) 몸도 성치 않은 늙은 이가 나가는 모양을 보고도 어디 가냐 말 한마디 없지?

진주댁   ……어디 가세요? 병원 가시는 길이면 저도 같이 가구요.

귀례댁   화병에 약이 있든?

진주댁   다 아시는 분이 화를 얹으십니까.

귀례댁   은행 간다.

귀례댁, 일어나 지팡이를 짚는데 엄두가 나질 않는다.
한쪽에 세워진 유모차를 보다가 진주댁의 눈치를 살핀다.

귀례댁   (코를 킁킁거리며) 뭐 올려논 거 아니냐?
진주댁   껐는데요.
귀례댁   탄내가 나는데.

진주댁, 부엌으로 간다.
귀례댁이 유모차에 다가가려는데 진구가 다시 나온다.

진구   어, 그 스카프 제가 사드린 거 맞죠?
귀례댁   며늘애가 사준 거다.
진구   아니에요. 한 삼 년 전엔가 저희 집 오셨을 때 제가 선물 드린 거잖아요.
귀례댁   아니래두.
진구   역시 제가 할머니 닮아서 눈썰미는 있다니까요. 완전 잘 어울려요.

귀례댁, 스카프를 풀어버린다.
지팡이를 짚고 걷는다.

진구   제가 큰길까지 업어 드릴게요. 거기서 은행 가는 버스 타시면 되잖아요.

귀례댁, 힘든지 지팡이를 집어 던진다.
유모차에 상체를 의지해 밀고 간다.

진구 야~ 유모차가 그렇게도 쓰이네요. 훨씬 편해 보이세요.

> 진구, 너스레를 떨며 할멈을 따라간다.
> 진주댁, 나와서 그 모습을 보다가 자신의 방으로 들어간다.

소리 (정경댁의) 어디 가세요? 유모차가 편하시죠? 진작에 몰아보시지.

> 정경댁, 등장한다.

정경댁 이제 아주 손주를 대동하고 나가시네. 참.

> 박영감, 등장한다.

박영감 어디 갔다 오는 길이야?

정경댁 그러는 당신은요?

박영감 비밀이다, 왜.

정경댁 흥. 비밀이 어딨어, 비밀이.

박영감 내가 어디 갔다 왔는데?

정경댁 짐이나 싸요. 내려갑시다.

박영감 갈 데 마련했어?

정경댁 여기서 평생 사시게?

박영감 여관에는 빈 방 난 거 없던데.

정경댁 갔다 왔수?

박영감 여기서 평생 살까. (한숨) 창수 집에라도 갈까?

정경댁 코딱지만한 원룸에 무슨…….

박영감 누가 와 있는지도 모르고.

정경댁 누구요!

박영감	······.
정경댁	그 여편네 그거,
박영감	창수한테는 그 사람도 엄만데 말이 그게······.
정경댁	뭐요?
박영감	······.
정경댁	그 여자 다신 얼씬 못할 거예요. (박영감의 눈치를 살피며) 돈 앞에 장사 있습디까.
박영감	돈이 어디 있어서.
정경댁	보상금 남은 거 마저 나오는 날이잖아요.
박영감	끌리는 피를 돈으로 막을 수가 있나.
정경댁	······창수 입양하고 나서 하날 더 데려올 걸 그랬어.

박영감, 일어난다.

정경댁	어디 가요.
박영감	다 안다며.
정경댁	가든지 말든지.
박영감	밭에 간다!

박영감, 나간다.

| 정경댁 | (진주댁이 다듬던 채소를 보며) 이게 뭐야. 다듬다 만 거야, 버리려다 만 거야? 무른 잎이고 성한 잎이고 죄 섞어놨네. |

진주댁, 옷을 한 아름 들고 방에서 나온다.

| 정경댁 | 어머, 왜 그 방에서 나오세요? |

진주댁	허. 이거 내 방 아니야?
정경댁	……빨래하시게요?
진주댁	불 좀 줘.
정경댁	한 대 태우시게?
진주댁	그거나 배웠으면 연기 뿜으면서 한숨이나 양껏 쉬긴 했겠다.
정경댁	그래서 내가 배웠잖아요.
진주댁	(옷을 가리키며) 태우려고.

샘, 안에서 빼꼼 고개를 내민다.

진주댁, 옷 뭉치를 바닥에 확 내던진다.

정경댁, 옷을 주우려는데 진주댁이 뿌리친다.

정경댁	어르신이 와서 보시면 또 뭐라 하시잖아요. 마음도 안 좋을 거고.
진주댁	테레비 한 대에 마음이 절로 가나 부지?
정경댁	형님은. 예, 태워요. 싹 다 태워!

정경댁, 라이터를 꺼내 준다.

진주댁, 옷에 대고 불을 붙인다.

샘, 다가온다.

샘	그래 가지고선 불이 붙다 말지. 불쏘시개가 있어야지.

정경댁, 가방에서 종이 뭉치를 꺼내 불을 붙이려 한다.

진주댁, 그 종이를 빼앗는다.

가전제품 전단지다.

진주댁	그새 가서 보고 오셨어? 하나 골라서 흥정까지 마쳐 놓고 왔겠지.

| 정경댁 | 형님도 고르면 되잖수. 세일 중이래요. 같이 하면 가격 잘 맞춰 준다는데. 밭일도 안 하니까 하루가 왜 그렇게 긴지. 내내 틀어놨더니, 구식이라 열을 식힐 줄을 몰라. |

정경댁　형님도 고르면 되잖수. 세일 중이래요. 같이 하면 가격 잘 맞춰 준다는데. 밭일도 안 하니까 하루가 왜 그렇게 긴지. 내내 틀어놨더니, 구식이라 열을 식힐 줄을 몰라.

진주댁　불이나 줘!

정경댁　깜짝이야. 뭐 저까지 거 태워서 속에 난 불이 꺼진대요? 이 집을 확불 싸질러버리지! 이 옷 들고 찾아가서 면전에 확 던져주고 오든가. 이도 저도 못 할 거면서.

진주댁　그러니 우습지? 그러니 딱하지? 한심하지? 고소하지?

정경댁　아니 왜 불화살이 이리로 날아온대요?

사이

정경댁　지난밤엔 일찍 잠들었나 봐요. 형님처럼 귀가 밝으신 분이…… 불러도 답이 없길래.

진주댁　왜.

정경댁　정말로 그 옷 태워야 될 때가 올지도 몰라요. 많이 편찮으신가 봐요. 저 방 청년이 통화하는 걸 들었어요. 큰 수술을 받은 모양이던데.

진주댁, 더 듣기 싫다는 듯 일어선다.
샘이 바닥의 옷 중 하나를 걸치고는
진주댁의 주변을 맴돌다가 등에 짐짝처럼 기댄다.

정경댁　어르신 곁을…… 떠날 생각이우?

진주댁, 샘의 무게를 느끼기라도 한 것처럼 평상에 털썩 앉는다.
부엌으로 간다.

정경댁   간대두 할 말씀 없으시겠지.

정경댁, 보청기를 뺀다.
샘, 이번에는 정경댁에게 다가간다.

정경댁   뭐 하나 물어봐도 돼요?

정경댁이 말을 쉬이 꺼내지 못하자, 샘이 입을 뻐끔거린다.

정경댁   왜 안 떠났어요? 혼자는 못 가도…… 둘이는 더러 용기가 나기도 하
잖아요, 왜. 죽기 전에 한번은 물어봐야겠다 싶어서…….

진주댁, 부엌에서 나와 정경댁을 본다.

진주댁   대답을 바란 물음은 아닌 듯하네. 보청기를 빼놓은 걸 보니.

진주댁, 나간다.
정경댁, 그제야 진주댁이 없는 것을 본다.
보청기만 만지작거린다.

정경댁   세상이 참 조용하네요. 그렇게 시끌시끌했던 건 세상이 아니라, 내
속이었던가 보우.

샘에 다가가 안을 들여다본다.

정경댁   꼭 내 귓구멍 같으네. 고이지도 않는 샘, 들리지도 않는 귀.
샘   그러네.

정경댁   참 회한하지? 들리지 않고서부터 속엣 말은 더 잘 들리는 거 같어.

샘, 애잔하게 웃는다.

7.

저녁.
답답한 얼굴의 진주댁이 평상에 앉아 있다.
갑자기 벌떡 일어나 진구의 방으로 간다.
방문을 확 연다.
비어 있다.
이때 귀례댁, 힘겹게 등장한다.
진구의 방이 열린 것을 보고 문을 닫으려 한다.

진주댁   뭘 더 감출 게 남았습니까?

사이

진주댁   아범이…… 아범, 이 말이 참 낯설으네요. 아범이…….
귀례댁   우리한테는 진작부터 산 사람이 아니었다.

할멈, 진구의 방문을 닫는다.
진구, 얼굴이 불쾌한 채로 들어온다.
샘 뒤로 난 길에서 전화를 받고 있다.

진구 뭐? 시발. 투자자 새끼는 배우한테 계약서 도장 받아오면 돈 준다고
하고, 배우는 돈 줘야 도장 찍는다고 하고. 나더러 뭐 어쩌라는 거야!

전화를 끊어버리고는 마당으로 들어선다.
진구, 방으로 들어가려는데 휴대폰이 진동한다.
휴대폰을 쥐고 다소 위협적으로 귀례댁과 진주댁에게 다가간다.

진구 엄마에요. 받으시겠어요?

진구, 두 사람에게 차례로 휴대폰을 내민다.

사이

진동이 끊어진다.

진구 우리 할머니, 오늘 목적 달성하셨네요. 저, 완전 지쳤습니다. (진주댁에
게) 아주 뺑뺑이를 돌리시더라구요. 병원 갔다가 약국 갔다가 시장 가
서 장 보다가 칼국수 한 그릇 깨끗이 비우셨다가…….

귀례댁 따라오라고 했냐.

진구 따라오는 줄 뻔히 아시면서, 저를 맥 빠지게 하려던 거였죠? 결국 문
닫기 직전에 은행 가서 돈 찾아가지고, 이사하실 집 잔금 치루셨죠.
저 보란 듯이, 아파트 딱지까지 파시고. (진주댁을 향해) 아, 집 명의는
어르신 앞으로 해놓으셨어요. 지난날의 보상이라고 해야 하나, 앞날
에 대한 보험이라고 해야 하나?

귀례댁 뭘 안다고 함부로 지껄이는 거냐. (주머니에서 서류 뭉치를 꺼내 읽으며) 기
와지붕 오백만 원, 안채 사백만 원, 광 칠십만 원, 장독대 육십만 원.
뒤뜰 감나무 삼십오만 원……. (숨을 고르며) 이 집을 보고 있는 니 눈도

이 꼬라지겠지. (봉투를 내놓으며) 옛다. 뒤뜰 매화나무 값, 내가 차비로
주지.

진주댁, 방으로 들어간다.

진구 (진주댁에게) 저한테 물어보고 싶은 거 없으세요? 엄청 많으실 텐데 왜
가만히 계세요? (진주댁이 말없이 일어서자) 어설픈 살얼음판이에요. 툭
차면 깨지고 말 걸, 서로 눈치 보고 돌아서서 한숨 쉬고……. 도대체
다들 뭐가 무서운 거예요, 뭐가?

진구, 평상에 철퍼덕 엎어져 눕는다.
진주댁, 다가가 진구의 등을 아주 세게 찰싹 때린다.

진구 엄마야! (휴대폰이 진동하자 전화를 받으며) 어, 엄마. 그래? 엄마도 알아보
고? 기쁘지 왜 안 기뻐. 알았어, 바로 갈게. 어. (전화를 끊고는) 이번이
세 번째 수술이에요. (망설이다가) 같이…… 가보시겠어요?

진주댁, 나간다.
무대 조금씩 어두워진다.

사이

진구, 가방에서 팩 소주를 꺼낸다.
전화를 걸며 팩을 뜯으려는 모양새가 위태롭다.

진구 (전화를 걸어) 박피디, 아깐 미안했다. 알지. 근데 우리 선투자 받은 거
정말 한 푼도 안 남았어? 내가 돈이 어딨어. 아버지 수술비 땜에 방도

빼야 할 처진데. 뭐? 돈도 없다면서 무슨 작가를 붙여. 내 시나리오가
뭐! (전화기를 보며) 어, 우리 배우님한테 전화 왔다. 통화하고 내가 전
화할게.

버튼을 누르려다 샘 안에 휴대폰을 떨어트리고 만다.

진구   어! 어! 에이 씨, 되는 일이 없어.

샘, 휴대폰을 잡고 고개를 내밀었다가 쏙 들어간다.
진구, 휴대폰을 꺼내려고 애를 쓰지만 잘 안 된다.
샘 안에서 벨이 울린다.
진구, 전화기를 꺼내려고 위태롭게 몸을 숙인다.

진구   우리 배우님, 전화 끊지 마. 끊지 마. 야, 내가 조감독 때, 내가 너 얼
마나…… 응? 엄만가? 어! 어!

진구, 버둥거리다가 결국 빠진다.

샘   어마나!

샘, 고개를 내밀고 야릇한 미소를 짓는다.

8.

손전등 불빛이 어둠을 휘젓는다.

진구를 부르는 소리들.

"진구 청년!"

사이

빛과 소리, 잠잠해진다.

귀례댁, 1장에서처럼 평상에 앉아 꾸벅꾸벅 졸고 있다.

샘이 할멈에게 다가가며 노래한다.

샘   가니? 갔어요. 가버려. 가려고? 갑니까? 갑시다. 갈 거야? 가니?

말라붙은 말들이 서걱거려. 까끌거려.

온다! 못 다 한 얘기가.

아직 남은 말들이 온다. 이리로 오고 있다.

귀례댁 몸을 부르르 떨며 깬다.

샘   생각나? 그거?

할멈, 고개를 끄덕이며 웃는다.

샘   그것도 생각나?

할멈, 고개를 다시 끄덕이며 웃는다.

샘   그래, 그거!

음악이 흐른다.

정경댁과 박영감, 진주댁이 들어온다.
젊은 시절의 그들이 된다.

정경댁　줄기 따라 영근 감자 캐내듯.
박영감　뜬 눈으로 하나를 잡아당기면.
진주댁　줄기 따라 또 하나가 툭, 투둑.
귀례댁　밤을 새워 기억의 밭고랑을 더듬지.

샘　　날 사이에 두고 아낙들 둘러앉던, 흔하디흔한 어느 날도 툭 솟고.

진주댁, 정경댁이 샘과 할멈의 기억 속 인물이 된다.

샘　　아낙 하나만 더 들어와도 자리 물려주며 궁댕이 부딪히는 소리. 나는
　　　그 소리가 좋더라. (머릿수건을 쓰고는 진주댁에게) 나물을 잘 말렸네. 불리
　　　면 야들야들해지겠어, 자네처럼.
진주댁　(얼굴을 붉히며) 형님은.
샘　　에이 고사리는 너무 질겨 뵌다. (정경댁을 보며) 누구 심지 같이.
정경댁　쳇.
샘　　시어머니 며느리 볶듯, 들기름에 들들 볶으면 맛나겠다.

진주댁과 정경댁, 깔깔깔 웃는다.
샘이 귀례댁에게 손짓하자,
귀례댁은 중년의 그녀가 되어 샘가로 다가간다.
모두, 얼어붙는다.

샘　　호랑이 앞에선 숨소리도 멎고, 그저 눈알 굴러가는 소리만.
정경댁,

진주댁　(귀례댁을 보고는 몸을 숨기며 동시에) **아이구, 어마나!**

정경댁, 다시 일어서면 모자를 눌러쓴 박영감이 얼굴을 드러낸다.

정경댁　**아휴, 물동이 날라주려고 왔나 보네.**

모두의 시선이 집중되자, 박영감이 물동이를 들고 부리나케 숨는다.

샘　**줄줄 새는 게 반이다. 흐흐.**

귀례댁, 웃는다.

샘　**툭, 투둑.**

귀례댁, 언제인지 알겠다는 듯 고개를 끄덕인다.
한판 굿판이 벌어지는 듯 요란한 소리가 들려온다.
정경댁을 제외한 모두가 굿판이 벌어지는 먼 산을 본다.

샘　(정경댁을 보며) **어느 날 밤 흠뻑 젖었던,**
정경댁　**내 하얀 속곳!**
샘　(주변을 둘러보며) **쉿!**

모든 소리가 사라진다.

사이

귀례댁, 정경댁이 들어앉은 샘을 본다.

귀례댁　어서 나오지 못해!

샘　자식 보겠다고 벌인 굿판이 끝나자, 무당이 시키는 대로 내 안에 몰래 들어앉았는데,

귀례댁　그 물이 어떤 물인데. 어서!

정경댁, 고개를 푹 숙인 채로 떨며 나온다.
아랫도리에서 물이 뚝뚝 떨어진다.

샘　(진주댁의 배를 만지며) 허공을 향해 이 배는 터질 듯 팽팽하게 불러오는데. (정경댁의 속곳을 만지며) 차가운 물 속에서 이 속곳은 뜨거운 기대로 축 늘어지고. 종아리께로 뚝뚝 떨어지는 한 방울 한 방울의 기대. 파르르 떨리는 살갗에 찰싹 들러붙은 하얀 기대.

귀례댁　(고개를 저으며) 마른다. 다 마르게 돼 있다.

정경댁, 울음을 터트린다.
박영감, 다가가려다 만다.

샘　툭, 투둑. 그 날 새벽! (코를 막으며) 아우, 술 냄새.

박영감이 비틀거리며 바가지를 들고 샘의 물을 퍼낸다.
정경댁이 이를 본다.

샘　바가지가 다 닳도록 퍼내고 또 퍼낸다.

박영감　(정경댁을 보며) 한 방울 남아 있는 기대와 벌겋게 고인 부끄러움을 퍼낸다.

박영감, 퍽 하고 바가지를 깬다.

샘	툭, 투둑.
샘	환한 저 배꽃 좀 봐. 봄기운 간질간질 꽃봉오리를 긁어대니, <u>크흐흐</u>. (입을 앙 다물고 몸을 비비 꼬다가) 저 꽃송이 더는 참지 못하고 툭 벌어져 헤벌쭉 웃고 말던 봄날.

샘, 박영감을 스쳐 지나간다.

박영감	(샘을 향해) 이 야밤에 어델 가시오?

샘, 말을 참는 듯 머뭇거린다.
샘, 박영감을 돌려 세우면
그곳에 귀례댁이 서 있다.
박영감, 할멈의 아들이 떠난 곳을 가리키며 놀란다.
귀례댁도 놀란다.
샘을 노려본다.

박영감	어르신, 내려가도록 가만 두십니까.
샘	(귀례댁을 보며) 떠날 줄 알았다는 듯이, 오늘일 줄 알았다는 듯이.
귀례댁	못 봤어. 나는 못 봤어.
박영감	어르신!

박영감, 진주댁에게 다가가려는데,
귀례댁이 애타는 눈빛을 보낸다.
정경댁과 박영감, 나간다.

샘	툭, 투둑! (진주댁을 보며) 돌아오지 않을 것임을 아는 듯이 작정하고

숨을 들이키고는, 처음이자 마지막으로 어머니를 향해 쏘아붙였던 그
밤.

귀례댁과 진주댁이 마주한다.

진주댁 어머니가 조금만 덜 몰아세웠어도 그 사람 그렇게 줄행랑치지는 않았
을 거예요.

귀례댁 어려서부터 석이 개가 하는 짓이 당최 내 마음에 차질 않았다. 남들
돈 없어서 못 하는 공부, 저는 하기 싫어 안 하고, 남들 배운 거 없어
농사지을 때, 돈 써서 군청엘 넣어줘도 한 달을 못 버티고. 도대체
하고 싶은 게 뭐냐고 물어도 똑 부러지게 말 한마디 할 줄을 아나.
얼버무리다가, 둘러대다가, 입을 닫았다가, 아주 내빼버린 거지.

진주댁 아무 말 없이 꼬옥 한번 안아주기를 바랐는지도 몰라요.

귀례댁 …….

진주댁 저도 못 했지요. 그 사람은 항상 이 집이 춥다고 했어요. 방바닥이
지글지글 끓는데도 한여름이 올 때까지 솜이불을 덮었지요.

귀례댁 이 집이 해가 얼마나 잘 드는데.

진주댁 한날 아범이 그러더군요. 자기는 항상 이 집이 뜨겁게 활활 타오르는
상상을 한다고. 열 살 갓 넘었을 땐가 진짜로 불을 지른 적이 있었다고.

샘 불이야! 불이야!

귀례댁 (긴 한숨) 천만다행으로 광만 태우다 말았지. 사정없이 후려쳤다.

진주댁 그리고는 가뭄에 말랐던 이 샘에 가두셨지요. 뚜껑을 덮고 돌덩이를
가득 올려놓고.

귀례댁 단 하룻밤이었다.

진주댁 아범한테는 그 밤이, 그 무서움이 바로 어머니였을 거예요.

진주댁, 나간다.

귀례댁 집이라도 움켜쥐고 있어야 한다는 생각으로 이 집만 봤지. 창으로 스며든 빛이 비추는 무엇도 보질 못하고, 오로지 집만 보고 있는 나만 들여다봤지.

진주댁, 정경댁, 박영감이 무대 한구석에서 고개를 들이민다.

귀례댁 가니?
박영감 갔어요.
진주댁 가버려.
정경댁 가려고?
진주댁 갑니까?
박영감 갑시다.
정경댁 갈 거야?
귀례댁 가니?

사이.

샘, 한 사람 한 사람에게 차례로 다가간다.

샘 하고 싶은 말. 하지 못한 말. 하려다 만 말. 모두 내게로 왔지. (사람들의 인중을 만지며) 입술 위의 이 주름 좀 봐.

진주댁, 정경댁, 박영감이 점점 현재의 몸으로 늙어감을 표현한다.

샘 그래, 이 주름은 말을 뱉느라 생긴 게 아니었구나. (입술을 힘주어 모았다가) 힘주어 삼키느라 깊어진 거였구나.

| 함께 | 시간의 줄기 따라 또 하나가 툭, 투둑
밤을 새워 기억의 밭고랑을 더듬지 |

샘   물. 물이야! 다시 물이 고이기 시작한다. 조금만, 조금만 더! 툭, 투둑! 툭, 투둑! 툭, 투둑!

샘은 자꾸만 무언가를 떠올리며
아이처럼 뛰어다닌다.
진주댁과 정경댁, 박영감은 이를 듣지 못하는 듯 나간다.
'툭, 투둑!'을 외치는 샘의 목소리와
진구를 찾는 사람들의 목소리가 한데 섞인다.

사이

샘   (목소리만) 엄마…… 엄마…… 엄마.
귀례댁   석아?
샘   (보채듯) 엄마, 손. 소온.
귀례댁   (발을 떼다 말고 고개를 저으며) 안 돼. 그리 약해 빠져서 어디다 써.
샘   엄마 너무 추워.
귀례댁   세상이 그래. 알아야 해. 네가 뱃속에서 나오고도 한참을 울질 않아서 엉덩이가 벌게지도록 산파가 때리고 또 때렸지.
샘   아야. 아야. 엄마 내 고추가 얼어붙었어.
귀례댁   소스라치게 울어야 내 뱃속을 잊지. 잊혀야 살아가지.
샘   엄마.
귀례댁   안 잊으려고 용을 써서 속이 흐물흐물한 게야.
샘   자꾸, 자꾸 물이 차올라 엄마.
귀례댁   발을 딛고 서!

샘	엄마! 엄마!
귀례댁	석아!

귀례댁, 샘으로 달려가 안을 들여다본다.

샘, 진구를 일으켜 세운다.

진구, 귀례댁에게 손을 뻗는다.

샘이 진구를 부축해 데리고 나온다.

진구의 몸에서 물이 뚝뚝 떨어진다.

진구	(잠꼬대처럼) 할머니…….

귀례댁과 샘이 진구를 평상에 앉힌다.

진구, 오돌오돌 떤다.

할멈, 자신의 옷을 벗어 덮어준다.

진구	할머니, 아빠가…….
귀례댁	응. 석이, 우리 석이…….
진구	(정신이 혼미한 채로) 할머니, 물이…….
귀례댁	물?
진구	응, 물이…….
귀례댁	물은 무슨 물. 저 샘은 말랐어. 마른 지가 언젠데.

진구를 찾는 사람들의 목소리가 무대 밖에서 계속 들려온다.

손전등의 불빛도 함께.

귀례댁, 불빛이 다가오자 이리저리 피한다.

귀례댁	내 욕심을 들이비추는 것 같아. 그래도 어쩌니. (아이처럼) 진구야. 니

가 안 가면 며늘애가 가버릴지도 몰라. 나는 무섬증 많아서 혼자는
못 있는다.

손전등 불빛이 사라진다.
귀례댁, 천천히 샘에 발을 담근다.
샘, 손을 내민다.

샘 (늙은 아들의 목소리로) 어머니.
귀례댁 오냐.
샘 어머니.
귀례댁 아범아.
샘 (손을 내밀며) 제 손 잡으세요.
귀례댁 그래, 그래.

귀례댁, 샘 안으로 들어간다.
샘과 귀례댁의 웃음소리가 한데 섞인다.

9.

낮.
고요하다.
진주댁, 샘을 들여다보고 있다.
박영감, 들어온다.

박영감 짐 다 실었습니다.

진주댁	예. (샘을 가리키며) 샘 치셨어요?
박영감	예.
진주댁	아무 일도 없었던 듯 물이 말갛네요.
박영감	예.

사이

진주댁	그 양반도 편히 눈 감았다네요.
박영감	가봐야 하는 거 아닙니까?
진주댁	마주 봐야 욕이라도 나오지.
박영감	모자가 인연이 질겨서 같이 가셨나 봅니다.
진주댁	고부 인연도 만만치 않습니다. (샘 안으로 고개를 숙이며) 손이 바닥에 닿을 거 같은데, 어머니한테는 그다지도 깊었나.

진주댁이 몸을 휘청거리자, 박영감이 잡아준다.
진주댁, 몸을 추스르면서 괜스레 옷자락을 턴다.
정경댁이 헛기침하며 들어온다.

박영감	집에는 왜?
정경댁	그저 가기 전에 한번 보려구.
박영감	손가락은 왜 그래?

정경댁, 천으로 손가락을 감은 채다.
누렇게 바랜 신문지 뭉치를 펼쳐 보인다.
깨진 거울 조각이다.

정경댁	(큰 소리로) 시집올 때 갖고 왔던 민경이요.

박영감이 귀를 가리키자, 정경댁이 소리를 낮춘다.

정경댁　이사하면서 깨트리고는 그냥 버려두고 나왔지요. 바닥에 떨어져 있던 이 조각이 가만히 천장을 비추고 있습다.

거울 조각의 빛이 이리저리 반사된다.

박영감　이리 줘. 또 베일라.

정경댁, 박영감에게 거울 조각을 건넨다.

박영감　이제 갑시다.

진주댁, 집을 둘러본다.
귀례댁의 방문이 조금 열려 있다.
진주댁, 그 방문을 정성스럽게 닫는다.
박영감, 나간다.
정경댁과 진주댁, 나가다가 샘에서 무슨 소리를 들은 듯 뒤돌아본다.

정경댁　형님, 들었어요?
진주댁　자네도 들었어?
정경댁　(고개를 끄덕이며) 나는 보청기도 안 꼈는데.

둘, 샘을 보다가 나간다.

사이
샘과 귀례댁이 나와 앉는다.

샘   휘이휘이 바람 소리뿐이네. 바람결에 무심히 묻어온 풀이파리 하나,
           살포시 이 안에 내려앉네. 자네가 다시 올렸던 저 기와는.
귀례댁   툭 건드리기만 해도 와르르 쏟아져 내리겠지.
샘   떠받치고 버티느라 욕봤어.
귀례댁   들어주고 품어주느라 욕봤소.

           멀리서 굴착기 소리.

샘   땅이 들썩이네.

           굴착기 소리, 점점 다가온다.
           할멈과 샘의 나직한 한숨.

샘   긴 한숨이 땅을 다독이네.

           무대, 서서히 어두워지는 가운데 진구가 들어온다.
           집과 샘을 오래도록 바라본다.

〈그 샘에 고인 말〉 공연 기록

창작팩토리 우수연극제작지원 선정

일시 2009년 12월 3일 ~ 16일
장소 대학로예술극장소극장
제작 극단 코끼리만보

연출 김동현
출연 이연규, 배수현, 천정하, 염혜란, 이미지, 전박찬, 서미영

일시 2014년 11월 20일 ~ 30일
장소 아르코예술극장소극장
제작 극단 코끼리만보

연출 김동현
출연 전국향, 천정하, 임진순, 강명주, 전박찬, 문성복

잔다리 건너
제물포

등장인물

윤인서	여, 23세, 제물포 상회 지배인
김이경	여, 23세, 잔다리 화방의 운영자, 화가
박영무	남, 24세, 하역일꾼
이석훈	남, 25세, 노동운동가
김송근	남, 48세, 이경의 아버지, 화가
반계창	남, 50세, 제물포 상회 사장
히로토	남, 19세, 제물포 상회 직원
정명신	여, 31세, 노동운동가
반상호	남, 33세, 반계창의 아들
할머니	60대, 정명신의 할머니

소년/종업원, 투기꾼들, 섬사람들

배경

1924년, 인천, 봄

1.

무대에는 플래카드가 걸려 있다.

'축, 애관극장 開館'

소년 자, 자, 극장으로 오셔요! 협률사로 시작하여 축항사로 이어졌던 공연장이, 드디어 활동사진 상설관 애관극장*으로 거듭났습니다. 기대하세요, 개관 기념 사은품 행사도 열립니다. 활동사진 구경하고 쌀도 타고, 광목도 타고, 이런 기회 또 어디 있을고~ 자, 자. 곧 영화가 시작됩니다. 애관이 거금을 들여 사들인 시네마토그라프가 화려하게 영사하는 활동사진을 구경하러 오십시오. 저 멀리 불란서에서 날아온 귀하디귀한 활동사진이올시다. 저 하늘의 달나라가 눈 앞에 펼쳐집니다. 토끼가 떡방아를 찧는 달도 아니오, 정안수 떠놓고 두 손 빌며 올려다보던 달도 아니올시다. 입이 떡 벌어질 기상천외한 달 구경 오시오!

무대는 극장의 객석.

이경과 석훈을 비롯한 사람들이 들어와 자리를 잡고 앉는다.

석훈 이경 씨, 영화를 처음 보는 건 아니겠지요?

이경 그럼요. 작년에 경성까지 가서 단성사에서 하는 〈장화 홍련〉도 보았어요. 계모가 꼭 극장에 들어와 있는 것만 같더라니까요. 너무 신기하고 무서워서 한동안 잠을 못 잤어요.

석훈 이 영화는 우스꽝스러운 장면이 많다니 너무 걱정은 말아요. 시작하려나 보오.

---

* 1895년 조선인 정치국이 인천에 설립한 협률사는 1902년 조선 황실이 지금의 서울 정동에 세운 극장과 다른 사설 극장이다. 이후 항구 구축에 따른 인천의 모습을 반영하여 축항사로 변경되었다가, 애관극장으로 재개관하였다.

무대, 어두워진다.

스크린에서는 무성 영화 〈달세계 여행〉*이 상영된다.

스크린 속의 우스꽝스러운 상황에 객석에서는 연이어 웃음이 터진다.

그런데, 이경의 얼굴만 유난히 심각하다.

석훈이 그런 이경을 감지한다.

석훈　　혹 어디 불편하십니까. (이경, 고개를 젓자) 재미가 없으면 나갈까요?

이경, 크게 고개를 젓고는 더 심각한 얼굴로 영화를 본다.

잠시 후, 영화가 끝나고 이경과 석훈은 나간다.

박장대소하며 남아 있던 사람들,

갑자기 심각해지며 미두장의 투기꾼들이 된다.

초조한 얼굴로 전면을 응시하며 뭔가를 메모하고 귓속말을 주고받는다.

플래카드 옆에 또 하나의 플래카드가 붙는다.

인천 미두취인소.

잠시 후,

인서와 히로토가 들어온다.

인서　　(일본어로) 오늘 처음 와 본 건가?

히로토　네.

인서　　우리 상회에서도 미두 대리 업무를 하고 있어. 저쪽 테이블에서 전화

---

* 1902년 작. 감독 조르주 멜리에스. 쥘 베른의 소설 〈지구에서 달까지〉를 각색하여 만든 14분짜리 흑백 무성 영화다. 최초의 SF영화이며 스톱모션과 디졸브 등의 영화 기법이 사용되었다. 감독은 연극배우이자 마술사였던 경력을 살려 세트 제작자 및 배우로도 참여하였다. 애관극장에서 이 작품이 상영되었다는 것은 작가의 상상이다. 1928년부터 이 극장에서 외화수입사의 도움을 받아 할리우드 영화가 상영되었다고 전해진다.

를 받고 있는 사람 있지? 저 직원이 우리 상회에서 파견된 사람이야. 저 자리 하나 잡는 것도 정말 힘들었는데. 조선 사람한테는 안 내줬거든. 근데 예전 같지가 않아. 요즘은 시세를 맞추기가 쉽지가 않아서 사람들이 많이 빠졌어. 저기 저 투자자들이 얼마에 살지 팔지를 결정하면 우리가 취인소 업무를 대신 봐주는 거야.

히로토　저……. 그런데 쌀과 콩이 어디에 있습니까. 미두를 사고파는 곳이라고 하셨잖습니까.

인서　너 일본에서 시골에 살았구나? 큰 도시에는 이런 미두장이 꽤 있을 텐데. 지금 니가 있는 여기도 30년이 다 돼 가거든. 콩은 뭐 옛날 얘기고. 이젠 쌀만 취급하지. 태풍이나 장마에 따른 수확량 변동, 총독부의 정책, 정세 변화, 뭐 이런 것들을 염두에 두고 쌀 가격을 예상하면서 미리 사고파는 거야.

히로토　도박장이군요. 아직 모내기도 안 했는데, 쌀 가격을 가지고 논다니.

인서　여기 인천 미두취인소는 오사카랑 연결되어 있어. 아무래도 일본으로 넘어가는 쌀이 많으니까.

히로토　우리 일본이 쌀 가격을 쥐락펴락하고 싶어서 만든 거군요.

인서　역시 빠르다고 얘기하고 싶은 거야, 가혹하다고 얘기하고 싶은 거야?

히로토　(멋쩍게 웃다가) 30년 전이라면 제가 태어나기 전이긴 하지만, 많이 들었어요. 쌀이 부족해서 난리가 났었다고. 온 나라가 공업에만 치중할 때였는데 1차 대전까지 벌어지니까 쌀 구경하기가 더 힘들어졌대요. 제가 어렸을 땐 조선 쌀이 많이 들어왔어요.

인서　솔직히 더 맛있었지?

히로토　맛은 비슷했는데, 확실히 더 쌌어요.

인서　지난해에만 백만 석이 넘게 일본으로 넘어갔으니까. 근데 여기서 돈을 잃고 있는 인간들의 구십 퍼센트가 조선인이라는 게 참 웃기지.

히로토　저 사람들이 다들 가지고 있는 저 종이는 뭡니까.

인서　미두 통장이야. 저게 있어야 거래를 할 수가 있어. 보증금 백 원을 내면 저 통장을 개설해주지. (히로토가 계산하자) 쌀 백석 값이야. 네 월급 넉 달 치고. 그러니까 다른 목적으로는 절대 여기 오지 마. 알았지?

딱딱이 소리. 딱, 따닥, 따닥.

인서 시작한다는 소리야.

이때, 이경의 아버지 송근이 바지춤도 못 추스른 채로 뛰어 들어온다.
인서가 인상을 쓰며 그를 본다.

히로토 근데, 사람들 모양새가 돈이 많아 보이지 않는데요?

인서 (위를 올려다보며) 큰 손들은 저 2층에 있어. (송근 쪽을 보며) 이 사람들은 대체로 잔챙이인 마바라이거나, 밑천도 별로 없이 투기하는 하바꾼들이지. (한심하다는 듯 둘러보며) 미두장이 한물가고 있나 보군. 저런 인간들이 죽 치고 앉아 있는 걸 보니.

송근 (옆의 남자에게) 이거 왜 이래. 나 마바라 아니야! 술은 지가 처먹고 와서 지랄이여 지랄이!

인서 쯧쯧.

소리 (일본어와 조선어로 각각) 천 석! 한 석당 이십칠 원 삼 전에 팔겠다!

인서 이 층에서 들어온 주문을 바다지가 대신 외치는 거야.

사람들, 콧방귀를 끼며 욕을 한다.

송근 너무 비싸지 않수? 그걸 누가 사유! (투기꾼1에게) 그렇지유?

투기꾼1 젠장. 왜, 점쟁이가 저 김포 평야에 우박이 가마니로 쏟아지기라도 한대? 올여름에 태풍이 싹 훑고 간대?

투기꾼2 전쟁이 또 난대? 뭐가 그렇게 비싸!

미친 사람, 들어와 어슬렁거린다.

미친 사람 사! 얼른! 더 오른다니까. 전염병이 돈다는 소문이 있어.

투기꾼1 미친 새끼. 전염병에 입 달렸냐. 소문부터 내고 돌게?

투기꾼2 야. 저 사람이 그 유명한 미두왕이야. 한때는 부르는 족족 다 성공했대. 미두로 재산을 어마어마하게 불렸대.

투기꾼1 (새삼 미친 사람을 훑어보며) 뭐?

투기꾼2 노비였는데 글쎄 나중에는 조정 대신의 딸하고 결혼까지 했다지 뭐야. 진짜라니까.

투기꾼1 어쨌든 지금은 꼬라지가 이 모양이잖아. (미친 사람에게) 저리 안 가!

인서 (이들을 바라보며) 미두왕과 광인 사이, 그 널뛰기가 바로 미두라는 걸 믿고 싶지 않은 게지. 흥.

미친 사람, 투기꾼들 주변을 뛰어다닌다.

인서, 이들을 바라본다.

잠시 후,

소리 (일본어와 조선어로 각각) 사백 석! 한 석당 이십삼 원 이 전에 팔겠다!

사람들, 동요하기 시작한다.

송근 (투기꾼1에게) 사유, 말어유?

투기꾼1 거 잘못 말해줬다가 쌈 나기 딱 좋지. 칼질도 한다니까.

투기꾼2 더 내려가지 않을까.

투기꾼3 어쩌지? 나는 이제 팔아야 하는데 어떡하나. 아까 팔 거를 그랬나.

사람들의 동요 커진다.

이내 서로 손을 들며 엉켜, '돗다(사겠다)' '얏다(팔겠다)'를 외쳐댄다.
무대 밖에서는 연신 전화기가 울려댄다.

인서 한 달 단위로 정산이 이루어지니까 월말이 되면 누가 땄는지 누가 잃
었는지 알게 될 거야. 그러면 취인소 옆으로, 뒤로 줄지어 선 은행과
금융조합의 문지방이 닳겠지. 저 본정통에 있는 조선식산은행이 내년
엔 여기 해안정으로 건물을 크게 지어 옮겨온다는군. (둘러보며) 이분
들이 다들 일조하신 게지. (히로토를 보며) 어쨌든 정산이 다가오면 우리
상회의 업무도 늘게 될 거야. 누군가에게는 돈을 빌려주고, 누군가에
게는 받아내고. 그러다 보면 좀 지저분한 일도 생기겠지?

히로토 제가 할 일이 뭔지는 잘 알고 있습니다.

인서 (투기꾼들을 보며) 뒤늦게 울며불며 서쪽으로 서쪽으로 걸음을 옮기다
보면 검은 바다가 코앞일 터인데, 당장은 한 치 앞도 못 보지.

인서, 송근을 본다.

2.

바닷가.
이경과 석훈이 거닐고 있다.

석훈 아직 날이 찹니다. 찻집에라도 들어가자니 어째 그리 말을 통 안 들으
십니까.

이경 바다라도 보면서 머리를 좀 식혀야 할 거 같아요.

석훈 괜히 영화를 보자고 했나 봅니다.

이경   아니라니까요.

사이

이경   화가 나서 그럽니다. 화가 나서요. 1902년에 만들어진 영화라면서요. 제가 태어나던 해에 만들어진 거예요. 그런데, 어떻게 대포에 타고 펑 솟아서 달에 갈 수 있다는 상상을 펼치고, 달에 가서 달에 사는 사람을 만날 수 있다고 생각하고, 게다가 우산이 버섯이 되고, 펑 하니 사람이 사라지고, 무엇보다 점점 커지는 달의 얼굴 하며 그 왼쪽 눈에 꽂히는 대포의 그 이마쥬라니…….

석훈   끝났습니까. 숨 좀 쉬십시오.

이경   그런 상상을 하고 그런 걸 영화로 찍어내고 하는데, 저는 그저 빨래터의 여인네를, 자치기를 하는 아이들을, 곰방대 빠는 노인네들을, 제물포의 지게꾼을 그리고 있네요. 그것도 같은 그림을 수십 장씩. 때로는 남의 그림까지 베끼죠.

사이

석훈   글쎄요. 촬영 기술이 놀랍기는 합니다만, 다 저마다의 상상이 있는 것 아니겠습니까. 그렇다고 저들이 정말로 달에 발을 디뎌본 것도 아니니까요. 저마다 바라보고 상상하는 달이 달라야 이 세계가 좀 더 풍성해지는 것 아닐까요. 전쟁을 하고 나니 대포가 남아돌아 달에도 쏘아 올릴 수 있지 않을까 하는 상상이 나왔답니다. 전쟁을 하고 있을 때는 그런 상상을 못했겠지요. 그러니 다른 나라의 침략을 받고 있는 이 땅에서 왜 그런 예술의 창작자가 나오지 않는가 하고 따져 물을 수야 있겠습니까.

이경   내 앙상한 사유와 상상의 탓을, 그저 이 시대와 식민지 조선에게만

돌릴 수는 없겠지요.

석훈 이경 씨가 그런 그림을 그리는 건 다 아버지 때문 아닙니까.

이경 벗어나고자 크게 애써 본 적도 없지요.

석훈 달리 그려보고자 애써 본 적은 있지 않습니까.

이경 …….

석훈 언젠가 저 바다로 지는 해를 기어이 건져 올려 부둥켜안고, 붉고 뜨거운 해에 덴 그 마음을 그려보고 있다고 하지 않았습니까. 그림이 완성되면 제게 꼭 보여주십시오.

이경 (웃으며) 가봐야겠습니다.

석훈 벌써요?

이경 갑자기 그림이 그리고 싶어졌어요.

석훈 종잡을 수가 없군요. 저의 안부는 단 하나도 물어보지 않았습니다.

이경 제가요? 그래요? 솔직히 겁납니다. 물어보기가. 일이 잘 되어가고 있대두 걱정이고, 그렇지 않대두 걱정이고.

석훈 조선청년동맹 인천지부 결성이 멀지 않은 것 같습니다.

이경 대조 방직에서도 함께하겠다는 직공들이 꽤 조직되었나 보군요. 하긴 그거 하려고 위장 취업을 하셨으니.

석훈 대조 방직뿐만 아니라, 애경사 비누 공장과 카토 정미소에서도 함께 하겠다는 사람들이 하나둘 생기고 있습니다. 그래서 말인데, 오늘 밤 모임에 수가 조금 늘 것 같습니다.

이경 네.

석훈 기뻐해 주시는 거 맞죠?

이경 ……최근 들어 많이들 잡혀갔잖아요. 석훈 씨처럼 활동하는 사람들 말이에요. 대부분 직공들이 사측에 넘어가서 이름을 판 거잖아요.

석훈 저라고 안 들킬 재주는 딱히 없죠.

이경 (어이없어 웃다가) 지금은 밀정의 시대니까.

석훈 독립운동 조직에도, 노동운동 조직에도 조직원보다 밀정의 수가 더

많은 것 같다고 우스갯소리를 하기도 하지요. 그러니 저같이 침투하
는 한 사람 한 사람이 해야 할 몫이 더 큰 거죠.

이경   이 시대의 무게를 종잡을 수가 없어요. 어느 쪽은 한없는 가벼움과
경쾌함으로 어둠을 걷으려 들고, 어느 쪽은 한없이 무겁고 비장하게
어둠 속으로 들어가려 하고.

석훈   너무 그리 나누지는 맙시다. 내가 이경 씨를 통해 일종의 쾌를 배우지
않았겠습니까. 나는 경쾌한 비장을 무기로 삼으렵니다.

이경   경쾌한 비장이라. 멋진 패러독스네요. (주먹을 불끈 쥐며) 석훈 씨만의
무기가 아니라, 우리의 무기가 되기를!

인서, 등장한다.
그 뒤로 히로토가 뒤따른다.

히로토 (일본어로) 상회로 바로 안 들어가십니까.

인서   (일본어로) 좀 걷자. 미두장의 공기가 탁했나. (숨을 들이마시며) 봄이 오고
있기는 한 건가.

인서, 이경과 석훈을 보고 피해 가려 한다.

이경   인서야! 윤인서!

이경, 히로토를 발견하고 멈칫한다.

이경   사무실에 들어가는 길이야?

인서   보시다시피.

인서, 히로토에게 먼저 가라고 고갯짓한다.

히로토, 나간다.

이경   (나가는 히로토를 보며) 새로 들어온 아이야?

인서   아이는 아니고, 낭인이지.

이경   그래서 그런가? 어려 보이는데, 눈빛은 무시무시하다.

석훈   안녕하세요.

이경   (석훈을 가리키며) 알지?

인서   안다고 할 수는 없고, 인사를 한번 나눈 적은 있죠. 안녕하세요.

이경   저쪽에서 오는 거 보니까, 미두장에 들렀나 보네?

석훈   미두도 하십니까?

이경   얘가요? 미두장이라고 부르면서 정작 거기에 있지도 않은 쌀을 두고 돈을 거래한다? 인서한테는 말도 안 되죠. 이마쥬로서의 쌀이 아니라, 만질 수 있는 쌀이 있어야죠. 지어먹을 수 있는 쌀이 눈앞에 있어야죠.

인서   그래서 너는 쌀을 그리기만 해도 배가 부른가 보지? 그림의 떡이라는 말이 너한테는 통하지 않겠구나.

이경   사람이 배만 부르자고 사는 건 아니지. 때로는 상상이 더 많은 것을 채워주기도 하니까.

인서   미두장에 있는 사람들이 그런 마음으로 자신의 손에 쥐어질 돈을 상상하며 눈을 치켜뜨고 있지. 결국 무턱대고 빌린 돈을 못 갚아 두들겨 맞고서야, 찢겨진 등짝의 고통을 느끼고서야, 비로소 상상의 대가를 깨닫지.

이경   때로는 아까 그 낭인의 칼맛도 보고? 상상이라는 단어의 쓰임이 어째 무시무시하네?

인서   (석훈에게) 저, 잠깐 자리 좀 물려주시겠습니까. 나눌 얘기가 있어서요.

석훈   아, 그러죠.

석훈, 이경에게 인사하고 나간다.

인서 너희 아버지 오신 거 같더라.

이경 응, 며칠 됐어. 오늘 부산 간다던데.

인서 미두장에 계시던데.

이경 들렀나 보지.

인서 (어이없어) 그래? 알았어. 갈게.

이경 너한테, 아니 너네 상회에서 돈을 빌린 모양이네? 뭐 너도 알다시피, 번 돈 쉽게 못 날려 안달인 분 아니니.

인서 그런 아버지를 그리 넋 놓고 얘기하는 너도 참 대단하다.

이경 니 생각엔 내가 어떻게 했으면 좋겠니? 지금이라도 가서 울며불며 매달려 끌면 우리 아버지가 못 이기는 척 따라올까?

인서 걱정돼서 한 얘기야.

이경 배고프다. 우리 집에도 미두장에도 쌀은 없으니, 보리죽이라도 쒀 먹어야겠다. 같이 먹재도 싫다겠지? 나 먼저 간다. 참. 아까 그 낭인 아이 이름이 뭐야? 조만간 화방에 돈 받으러 올 거 아냐.

인서 (어이없어 웃다가) 히로토.

이경 히로토? 대상(大翔)? 큰 비상이라, 이름 한번 거창하네. 크게 날아 여기로 왔나, 아니면 여기서 크게 날아오를 건가? (인서에게) 안녕!

이경, 장난스레 날갯짓하며 나간다.

인서, 고개를 절레절레 흔든다.

3.

제물포 상회와 잔다리(細橋) 화방이 길을 두고 마주하고 있다.

화방 입구에는 빨랫줄에 그림들이 널려 있다.

앞서 이경이 언급했던 그림들이다.

'제물포 상회'의 사무실.

반계창이 앉아 화방 쪽을 내다보고 있다.

한쪽 책상에서는 인서가 주판을 두드리며 문서를 작성하고 있다.

히로토가 술을 가지고 들어온다.

히로토	(일본어로) 술 받아왔습니다.
계창	(인서에게) 내 여서 한 잔 들이켜도 되갔니?
인서	사장님이 직원한테 그런 걸 묻습니까.
계창	니한테 2층까지 내주고 나니까, 내 니 눈치를 더 본다 야.
인서	묵을 집을 구할까요?
계창	그 말이 아이지 않니!
인서	왜 번듯하게 지어놓은 양옥집을 두고서, 널리고 널린 술집을 두고서, 꼭 여기서 술을 드시겠다는 겁니까.
계창	몰라. 여서 술맛이 나는 거를 어쩔 수 없지비. 그래도 기생은 아이 불렀지 않니. 하하하.

인서의 반응이 없자, 멋쩍어하던 계창이 히로토에게 눈치를 준다.

히로토가 술과 안주를 테이블 위에 놓는다.

계창	(들이키며) 그라니 니가 같이 한잔하믄 서로 군말 읎이 좋을 거 아이가.
인서	하나 마나 한 소리를 기어이 하십니다.

계창 다른 가이내들, 종내기들은 다 날랐구만, 니만 어째 일을 그래 하나.

인서 그래서 저한테 월급 더 주시잖아요.

계창 (히로토에게) 배아라. 알간? 으이구, 조선말부터 배아라. 알간!

인서 그 정도는 알아들어요. 사투리를 쓰시니까 당황하는 거죠. (히로토에게) 퇴근해.

히로토, 인사하고 나간다.

계창 저 종간나새끼. 돈은 내가 주는데 말은 니 말을 처듣는다야. 뭐 저런 새끼가 다 있나. 2층 같이 쓰는 거 아이 불편하니. 저것도 오갈 데가 없는 놈이라⋯⋯. 혹시라도 니한테 안 집적거리니. 자는 인자 막 뜨거울 나이지 않니.

인서 저, 지금 정산 중이잖아요.

계창 알았다, 알았다. 미안타.

인서 남들은 재보다 사장님이 훨씬 더 위험하다고 생각할걸요?

계창 크크크. 내 니한테 이래 죽어 사는 거 상상도 못 할 기라. 인스야. 니 내 밑으로 호적 안 옮길래? (인서가 노려보자) 첩 말고 딸! 오해하지 말라.

인서 가족들이 어지간히 좋아하시겠습니다.

계창 니도 봤지 않니. 내 아들 새끼는 아이된다. 이 상회 이거 한 사흘이면 싹 다 날릴 기야. 내가 미두 시장에서 남의 주문 넣어주는 바다지로 시작해서 어떻게 여기까지 왔는데. 내 그 간나새끼한테 미두 대리점 하나 내줄라고 했다가 손모가지를 자를 뻔했지비. 쌀값 좀 오르니까네, 이 새끼가 눈까리가 확 뒤집히가이, 막 덤비다가 다 잃고서는 애비 이름 달고 사설 미두까지 했다이. 사설 미두! 가가 집 두 채를 해묵었다. 한 채라도 니를 줄 거를.

인서, 어이없어 주판을 탁 친다.

계창, 깜짝 놀랐다가 웃는다.

계창   주둥이에 침은 바르고 말했다야.

인서   아드님 요새 그래도 조용하던데요.

계창   내가 미두 못 끊는 인간 한 둘 봤다? 니 오늘도 미두장에서 그 병신 봤지비? 가가 야 내가 바다지 할 적에 미두왕이라꼬 불리는 놈이었다. 끊을 때 못 끊으면 그래 된다이. 안 미쳤으면 지 스스로 목이라도 매가 욕을 덜 봤을 긴데. 오늘도 미두재이들 눈물 덕에 제물포 앞바다가 더 솟는다니. (술을 들이켜며) 내 아들놈은 안 돼. 가가 머라 카는지 아니. 이제 조만간 저 아래 군산에도 허가가 떨어져서 거도 미두장이 들어설 기라고, 거 가서 대리점을 한다지 않니. 지가 미두를 하면서 대리를 해? 쳇. 고양이한테 쥐새끼를 맡기는 꼴이지. (술을 들이켜며) 인스 니가 여 들어온 지 몇 년 됐지비? 열여섯에 들어왔으니까네…….

인서   칠 년이요.

계창   니가 조실 부모 했지만은 이래 잘 났는데, 이래 일을 똑뿌라지게 하는데, 시집 가가 남들맹키로 그래 살 수 있간?

인서, 두툼한 장부를 들고 계창에게 온다.

인서   오늘 들고 난 돈입니다. 살펴보세요.

계창   치아라 마, 술맛 떨어진다. 그거 그 잔 푼 오고 간 거 알아가 뭐하겠나. 미두장도 인자 시세 예측이 안 들어맞으니까네 큰 손은 다 빠져삐리가 대리점 노릇 하는 것도 파이고, 본국에서는 쌀이고 뭐고 그냥 막 긁어갈 생각만 하니 이문 남길 여가도 읎고. 쪼매씩 빌려준 돈 받고 살자카이 품만 디지게 들고, 피 보는 것도 마 인자 듯정 읎다. (한숨 쉬며) 내가 와이카지? 버러 다 살았나.

인서   (피식 웃으며) 밀려오는 모던의 파도가 사장님도 덮친 건가요?

계창   지랄한다.

인서   저기 다방에 들어앉은 사람들 보세요. 무기력과 권태가 조만간 조선
      을 삼킬 듯한데요.

계창   배는 곯으면서 머리만 찬 것들이 일하기 싫어가 만드는 소리지비. 항
      구에만 나가보라 캐. 저 큰 배에서 쏟아지는 물자들을 보라 캐. 그거
      이고 지고 나르는 인간들을 보라 캐!

      사이

      둘, 밖을 내다본다.
      계창의 한숨.

계창   (자신의 가슴을 치며) 이기 미칬나. 와 자꾸 한숨이 기나오나.

인서   새로 뭐 좀 해보시겠습니까.

계창   머? (인서가 뜸을 들이자) 믄데!

인서   저한테 맡기셔야 하는데요.

계창   아이믄 누가 있기나 하나.

인서   월미도가 풍치지구*로 지정돼서 한창 개발 중인 건 아시죠?

계창   알다 뿌이가. 쪼매 일찍 인천에 들어와가 자들한테 비빘으믄, 내 콩고
      물이라도 얻어 먹었을 긴데.

인서   다른 섬을 하나 더 개발한다는 얘기가 있습니다.

계창   믿을 만하나. 하기사 안 그라믄 니가 내인데 말도 아이 냈겠지비. (피
      식 웃으며) 말이 좋아 풍치지구지. 망국의 국민들이여 슬퍼지 말고
      놀아라 이기가? 웅? 정신 줄 놓고 놀믄, 저거가 이 나라를 다 알아서
      이끌어준다 이기가. 하기사 조선 반도에 또 뱃대지 불러가 놀 사람들

* 風致地區. 도시계획구역 안에서 자연을 유지하기 위해 지정한 곳. '경관지역'으로 용어가 바뀜. 1918년 일
  제는 월미도를 풍치지구로 지정했는데, 천혜의 자연을 활용한 유원지 조성을 목적으로 함.

많지비. 맛난 거 찾아 댕기고 좋은 물 찾아 담그고, 좋구나야. (냉정한 장사꾼의 얼굴로 확 변하며) 해봐라.

인서   섬사람들이 소문 듣고 설레발치기 전에, 재빨리 땅을 싸게 사는 게 가장 중요할 거 같습니다.

계창   하하하. 인서 니 요전에 하던 말이 심심풀이로 한 기 아이구나. 땅 중매재이로 나서겠다 이 말이제?

인서   작게 시작해야죠.

계창   얼씨고.

인서   이제 일본 사람들이 본격적으로 이주해올 겁니다. 각 지방에서는 조선 사람들이 올라오고 내려오고 할 거고요.

계창   내가 좀 빨랐지비.

인서   경성도 인천도 미어터질 거예요. 주거 정책이라는 것 자체가 없으니 집을 못 구해 난리가 날 겁니다. 이런 마당에 땅장사만 해야겠어요? 땅을 사면 지도를 새로 그어야지요. 구획을 나눠가면서 설계를 하고, 작금의 감각에 맞추어서 집을 짓고, 신문에 광고를 내서 불타나게 팔고. (웃으며) 제가 너무 멀리 나갔네요.

계창   와? 꿈은 크게 묵어야지. 니는 조용히 땅 알아보고, 내는 토목공사 하는 놈들하고 함 만나봐야겠네.

인서   조선인 건축업자는 안 되는 거 아시죠? 입찰에 끼지도 못합니다.

계창   그래. 일단 섬 한쪽에 뜨끈한 조탕 딸린 쪼맨한 호텔이라도 한 개 올리보자.

둘, 창밖을 내다본다.
이경이 햇빛에 말린 그림들을 걷는다.

계창   요새도 저런 그림 찾는 양놈들이 있나.

인서   그림이라기보단 상품이죠. 기성품.

계창 진짜로 찍어내디끼 그리던 시절이 있었다. 내인테도 저런 그림 구해 달라카는 양놈들 많았지비. 도자기 같은 거는 저거 나라에 들고 드가 는데 돈이 마이 들지 않간. 그림 저거는 머 수백 장씩 들고 드가가 팔아묵을 수 있갔지. (창밖의 그림을 가리키며) 이기 동방의 해 뜨는 나라 다, 주디 닫고 사는 조용한 나라, 이기 조선 여인의 속살이고, 아직도 이래 미개하고, 그마만큼 이색적이고, 마 이카면서 주디를 놀리가 팔 아묵갔지, 몇 곱절로. 자 아부지가 유명했다아이가.

인서 그래요?

계창 그래. 옛날에 부산에서 내가 봤지비. 마 지 밑에 그림재이들 한 스물 씩 두고 진짜 찍어내디끼 그렸다니. (이경을 보며) 인자 즈그 딸래미 하 나 딸랑 일 시키는 갑지비? 머, 그림 솜씨는 개안네. 니 자한테 내 초상화 한 장 그리달라 캐라.

인서 사진이 낫죠.

계창 그림도 그림대로 나름의 맛이 있지비. 여 딱 하나 걸어놀라꼬. 사장 반계창. 딱 써가지고, 일하는 아들이 기겁할랑가. 하하하. 참, 인스 니 자하고 동무 아인가?

인서 이웃에 살았어요.

계창 이웃? 니도 토막집에 살았드나?

인서 …….

계창 자 아부지가 돈 번 거 다 날리삐고, 저 우에 겨우 토막집 짓고 살았다 카대. (넌지시 인서를 살피며) 한 잔 주까.

인서 (계창을 뚫어질 듯 보며) 옛 시절 얘기 안주 삼아 홀짝거릴 그런 사람으로 보이십니까.

계창 (피식 웃으며) 고마 니도 인자 정리해라.

계창, 술잔을 마저 비우고 나간다.
그러다 들어오는 이경의 아버지 송근과 마주친다.

불콰해진 송근, 꾸벅 인사를 한다.

계창이 나가자, 인서의 시선이 잔다리 화방에 머문다.

송근　쳇. 지가 뭐라고 절을 받어 받기를.

인서　(송근을 보며 혼잣말) 애초에 허리 숙여 인사하지를 말지.

송근　저나 나나 뭐가 다르다고. 함경도 촌놈이나 충청도 촌놈이나. (상회를 보며) 흥. 상회? 지가 뭘를 팔아? 인제 쌀도 안 팔믄서 상회는 얼어죽을. 아이구, 그려 돈을 팔지유, 그쥬? 쳇.

송근, 제물포 상회를 향해 침을 탁 뱉고는 화방으로 들어간다.

인서의 인상이 찌푸려진다.

송근　물 안 내오는 겨!

이경　(사발을 내밀며) 안 가요?

송근　왜, 서방이라도 하나 숨겨둔 겨? 그림이나 내 와. 헛걸음할 뻔했잖여.

이경　아, 맞다.

송근　너, 요새 영 수상혀. 정신이 딴 데 가 있는 겨. 차라리 서방이라도 맨들어서 시집이나 가든가혀.

이경, 포장된 그림 뭉치를 가져와 던지듯이 건넨다.

송근　주문 들어온 거 없어?

이경　…….

송근　혹시라도 찾는 사람 있으면,

이경　(말을 끊으며) 예.

송근　이런. (그림 하나를 내밀며) 참, 이거 되는대로 한 쉰 장 베껴 그려봐. 너는 어째 그리 손이 느리냐 잉?

이경	엄마 닮았나보지요.
송근	찾아서 델고 와 봐, 닮았는지 안 닮았는지 찬찬히 나도 좀 보게 잉?
이경	나 낳자마자 내뺀 사람을, 얼굴도 모르는 사람을 어디서 찾아. 내 볼 땐 아부지가 내빼기 전에 선수 친 거여.
송근	따지고 드는 게 똑 닮았다 이년아.
이경	생각은 나나 보네. 돈 줘요. 일을 했으면 돈을 주어야지.
송근	내가 다음번에 똑 줄 것이여.
이경	미두값 오르면?

이경, 작정한 듯 송근의 사발을 앗아 남은 물을 들이켠다.

이경	사람 구하세요. 나 이제 이런 그림 더는 안 그려.
송근	이런 그림? 그림 덕에 밥 먹고 사는 년이 뭐라는 거여?
이경	그림으로 밥 먹기 싫어. 밥 먹기 위해서가 아니라 그림을 위한 그림을 그릴 거여.
송근	(피식 웃다가 달래며) 그려, 그려.
이경	저작권이라는 게 있어. 알아? 쓰고 그린 사람의 권리. 자기 작품에 대한 권리 말이야. (그림 뭉치를 가리키며) 이런 걸 그리는 건 화가 스스로 그 권리를 포기하는 거라고.

사이

이경	있지. 내가 오늘 불란서 영화를 봤는데, 그 감독이 그렇게 훌륭한 영화를 만들고 돈을 하나도 못 벌었대. 에디슨 알지? 전기를 만들었다는 사람. 그놈이 그 영화를 몰래 복사해가서 여기저기서 틀어대는 바람에, 조르주 멜리에스라는 그 감독은 배를 곯았대.
송근	하여튼 이놈의 인천 바닥은 보고 들을 게 많아서 큰일이여.

이경　아부지. 우리가 그짓을 하고 있는 거여. 내가 본 거, 내가 생각하는 거, 내가 느낀 거를 그려야지.

송근　이경아. 에디슨이 그 영화를 안 베껴갔으면, 그 불란서 감독은 돈을 벌었겠지? 근데 있잖여. (자신이 준 그림을 가리키며) 이 그림을 그린 사람은, 우리가 안 베껴도 이걸로는 못 먹고 살어.

이경　왜.

송근　…….

이경　왜. 그 사람도 백정이래? 그 사람 아부지도 할아부지도 백정이래? 그래서 정식 화원도 못됐고, 양반들이 거들떠도 안 본대?

송근　요즘 같은 세상에 무슨 백정이여.

이경　나도 알아. 아부지 고향에만 내려가도 이렇게 살 수 없다는 거. 누구나 다 아는 백정이라는 거. 그래서 아부지가 이렇게 떠돈다는 거.

　　　　멀리서 뱃고동 소리.

송근　이 그림 그린 사람, 백정 아녀. 그리고 스스로 그림을 내어준 겨. 돈이 다인 세상에서 어쩌겠냐. 백 년이 지난들 같을 거여. 알아볼 줄 아는 사람한테 눈에 띈 몇 놈 빼고는 풀칠 못 하는 거 매한가지일 거여. 더 힘들어질지도 모르지. 그러니 너는 아부지 돕는 것만 혀. 따로 더 그릴 생각 말어.

　　　　송근, 그림을 챙겨 나간다.

이경　그럼 세상을 먼저 바꿔야겠네.

　　　　이경, 밖으로 나온다.
　　　　인서도 나와 있다.

이경, 크게 숨을 들이쉬고 내쉰다.

둘의 머리 위로 달이 뜬다.

이경, 환하게 웃으며 인서에게 달을 가리킨다.

인서도 달을 올려다본다.

이경 (인서에게 큰 소리로) **내가 보고 있는 달은 좀 다를걸?**

평범한 달에, 영화 속의 달 이미지가 겹쳐진다.

인서 (혼잣말) **내가 보고 있는 달도 좀 다르긴 할 거야.**

둘, 그렇게 한동안 달을 올려다본다.

4.

밤.

상회와 화방 사이의 작은 길.

어둠 속에서 영무가 주변을 연신 살피며 등장한다.

일을 하다 왔는지 허름한 차림이다.

영무, 상회의 2층을 향해 뭔가를 던진다.

잠시 후,

촛불을 들고 인서가 등장한다.

잠옷 차림에 수건을 들고 있다.

인서 역시 주변을 살핀 후, 영무를 쳐다본다.

영무   잤어?

인서   잤으면?

영무   깨웠으니 미안하지.

인서   안 잤어도 미안해해. 내가 여기 오지 말랬잖아.

누군가가 다가오는 소리.

인서   너 혹시, 쫓기고 있는 거야?

영무   쫓기고 있는 거면 쫓아낼라구?

취객이 지나간다.

인서   아니. 신고할려구.

영무   (웃으며) 나 딱 한번 쫓겨봤다.

인서   그 딱 한번을 내가 봤잖아.

영무   내가 들킨 것도 아니었잖아. 노동조합 만들자고 나 끌어들인 선배가 들켜서 엉겁결에 같이 쫓긴 거지. 안 잡혔잖아. 그게 중요하지.

인서   잡혔으면 인천 바닥에서 일 못 하지.

영무   그대의 걱정에 보답하기 위해 오늘도 열심히 일하고 왔습니다.

인서   허. (사이) 야간에도 일이 많아?

영무   도크가 생긴 뒤로는 배에서 짐 내리는 게 때를 가리지 않게 됐잖아. 저 불빛 봐. 지금도 다들 잠 쫓으면서 하역 작업을 하고 있지.

인서   교대했으면 잠이나 자지, 왜 온 거야?

영무   당연히 너 보려고 왔지. (화방을 가리키며) 저기 가는 길에 들렀어.

인서   화방에? 왜?

영무	조선청년총동맹 인천지부 조직 결성에 우리 이경이도 함께 애쓰고 있거든. 원래 모임 하는 장소가 따로 있는데 문제가 좀 생겨서. 이경이가 선뜻 화방을 내줘서 정말 다행이지 뭐야.
인서	이석훈인가 하는 사람하고 다닐 때부터 이상하다 싶긴 했는데, 몸에 맞지도 않는 옷을 기어이 걸쳤네.
영무	처음에는 그 사람 눈에 들고 싶어서 하는 건가 싶기도 했는데, 여성 조직을 따로 만드는 과정에 이경이가 힘이 많이 돼주고 있어. 이석훈이 오기 전까지 우리를 이끌어주셨던 분 있잖아? 이경이가 그분을 보면서 깨닫는 게 많은 거 같아. 같은 여성이어서 그런가?
인서	걘 그냥 남의 영향을 잘 받는 거야. 그 사람은 아직 모스크바로 유학 안 갔어?
영무	곧 갈 거 같아. 이경이 있잖아. 요새는 선전문 만들 때 카툰도 제법 그린다? 스스로를 노동자라고 칭하면서, 예술 노동자.
인서	가내수공업도 업은 업이지.
영무	또 끈다. 어렸을 땐 이경이가 너 그려주는 거 되게 좋아했으면서.
인서	너 그리는데 내가 옆에 있었던 거야. 가. 너의 우리 이경이가 기다리겠네.
영무	(다가가 등을 두드리며) 우리 인서 뿔났어?
인서	저리 안 가?
영무	땀 냄새 나지?
인서	(정색하며) 앞으로는 나한테도 그 누구한테도 얘기하지 마. 모임 장소든, 구성원이든, 뭐든 말하지 마. 아무도 믿지 마. 먹고 살려면.
영무	네가 신고하면 기꺼이 잡혀가야지.
인서	한심하다. 너만 잡혀가니? 모여 있는 사람들 죄다 잡혀가면 퍽이나 좋겠다.
영무	역시. 하나를 보면 둘을 생각하는 우리 인서.
인서	(수건을 건네며) 땀 좀 닦고 가. 좁은 방에 몇 시간을 다다다닥 붙어 있을

텐데, 옆 사람 괴로워.

영무, 좋아하며 수건을 받는다.
상회에서 발소리가 난다.

인서 얼른 가.
영무 잘 자!

영무, 잔다리 화방으로 향한다.
히로토가 들어온다.

히로토 무슨 일 있습니까.
인서 아니야. 소리가 나서 나와 봤더니 지나던 취객이 문을 찼나 봐.
히로토 아, 네. 이제는 직접 내려오지 마시고 저한테 말씀하세요.
인서 응.
히로토 저 근데, 저 화방 이름 말입니다. 세교화방(細橋畵房)이지 않습니까.
'세교'를 조선말로 뭐라고 하던데……. 들었는데 자꾸 까먹네요.
인서 잔다리. 잔다리 화방.
히로토 아, 맞다. 잔다리. 근데, 이 근방에는 세교가 없지 않습니까.
인서 저 화방 주인의 고향 마을에 예쁜 잔다리가 있었대.
히로토 제 고향 마을에도 있습니다. 그래서 저 이름을 볼 때마다 저도 고향
생각이 나곤 했습니다.
인서 그렇구나.
히로토 제가 문을 닫고 올라가겠습니다.
인서 아니야. 내가 할게. 먼저 올라가.
히로토 아닙니다.
인서 저녁 먹은 게 체했나 속이 좀 안 좋아서 그래. 잠깐 바람 좀 쏘이려고.

히로토   네. 그럼.

히로토, 나간다.

잠시 후,

석훈을 비롯한 한 무리의 여성 노동자들이

잔뜩 움츠린 채로 하나둘 들어와 화방으로 간다.

첩보 작전이라도 펼치듯, 시간을 두고 경계하며 등장한다.

인서   잔다리 화방이 곧 이름을 버리게 되겠군. 소박하고 담박한 이름이었는데.

이때 갑자기 화방 문이 열리고, 여성 노동자 명신이 나온다.

인서, 급하게 몸을 숨기려고 하지만 명신과 마주치고 만다.

소리   왜 그러세요?

명신   (인서를 응시하며) 아까 저쪽에서 인기척이 있었던 거 같아서. 혹시나 하고.

소리   누가 있습니까?

명신   내가 잘못 들었나 봐.

명신, 들어간다.

무대, 좀 더 어두워진다.

더 이상 들어오는 사람이 없는데도 인서는 주변을 살핀다.

인서   이제 다 모인 모양이군. 경찰이나 회사 사람들한테 길을 들킨 것 같지는 않고. (괜히 옷을 털며) 흥. 내가 지금 누구 걱정을 하고 있는 거야.

히로토, 멀찍이서 이런 인서의 모습을 본다.

5.

낮.

제물포 상회.

반상호가 상회 안을 빼꼼 들여다본다.

뒤에서 히로토가 들어와 인사한다.

히로토 안녕하십니까!

상호 (소리 죽여) 아, 이 새끼. 놀랐잖아!

히로토 죄송합니다. 사장님 안 계십니다.

상호 알어. 그 영감 집에 있어. 그러니까 왔지.

히로토 그런데 왜 놀라십니까.

상호 그러게 말이다. (헛기침하며) 윤인서 그년은 요새 바쁘다면서. 어디 섬에 땅 보러 다닌다고?

히로토 네. 다른 분들도 외근 중이십니다. 들어가시죠.

히로토가 잠긴 문을 연다.

반상호, 들어와 앉는다.

상호 찾아났어?

히로토 네.

상호 정말?

히로토, 문서 하나를 가지고 온다.

반상호, 들뜬 마음으로 문서를 펼쳐본다.

상호   (뒷목을 잡으며 일본어로) 아, 놔. 이거는 내 앞으로 된 보험 증서잖아.

히로토   조선총독부 체신부에서 발행한 보험 증서라고 하지 않으셨습니까.

상호   (조선어로) 촌놈 새끼. 하긴 보험을 들어봤어야 알겠지. (일본어로) 야, 이건 내가 죽으면 내 가족들한테 돈을 준다는 보험 증서야. 이걸 내가 왜 좋아라하면서 찾겠냐. 응? (조선어로) 영감쟁이 하나밖에 없는 아들 하루빨리 뒈지라고 아주 고사를 지내는구만. 우리 대일본제국은 참말 머리도 좋아. 말이 좋아 보험이지. 돈 내놓으라고 아주 대놓고 협박을 하는 거 아냐. 나라까지 망했는데 사람 겁 먹이기 좀 쉬워? 조선이 이리 될 줄 알았나, 우리 개개인도 마찬가지다, 언제 무슨 일로 갑자기 죽을지 어떻게 아나, 또 전쟁이 터질지 모른다, 그러니 요즘 같은 시대에 일인 일 보험은 기본 아니겠느냐! 모르는 놈들은 얼마나 좋아하겠어. 뒈지면 꼬박꼬박 부은 돈의 곱절을 준다는데. 이제 시작인 거지. 한 몇 년 있으면 전 조선인을 보험에 가입시킬걸? 그렇게라도 지들 전쟁 자금을 끌어모아야지.

반상호, 히로토에게 돈을 건넨다.

상호   나는 너한테 보험을 붓는 거야. 내 편 되라고. 알았어?

히로토   네.

상호   (보험 증서를 툭 던지며) 이건 있던 자리에 갖다 놓고, 이 비슷하게 생긴 걸 다시 찾아봐. 여기 이 제물포 상회 앞으로 영감이 들어놓은 보험이 있어. 이 건물에 무슨 일이 생기면 돈을 내어주는 그런 보험이라구. 피보험자 제물포 상회, 이렇게 적혀 있는 거야. 알았어?

히로토   네.

상호   잠깐. (보험 증서를 다시 빼앗아 펼치며) 헉! 이 영감쟁이 이게 얼마야? 나
         뒈지면 천삼백오십삼 원을 받기로 되어 있다고? 미상불, 영감의 행보
         는 항시 나의 예측을 넘어선단 말이지. 아, 뭐. 그냥 내가 죽었다 치고
         지금 이 돈 나한테 주면 안 되나? 가만, 이거 참 곤란하게 되었군.
         조선이 혹여라도 독립을 하면 말이지, 일본이 이 보험금을 내어줄 리
         가 없단 말이야. 입을 싹 닫겠지. 어쩐다. 조선이 독립을 하기 전에
         내가 먼저 뒈져야 하나. (히로토에게 일본어로) 그러니 다른 보험 증서를
         꼭 찾아야 해. 알았어? 찾기만 하면 니 뽀나스도 두둑해지는 거야.
         (답답한 얼굴로 사무실을 둘러보다가 조선어로) 집에는 없던데, 분명히 여기 어
         다다 뒀을 텐데.

     반상호, 잠시 아까워하며 증서를 돌려주고 파이프를 입에 문다.

     무대 앞쪽.
     뱃고동 소리.
     인서가 지도를 들고 등장한다.
     청사진을 그리듯 섬 주변과 바다를 둘러본다.
     인서 옆에 다가온 일본인 관계자와 지도를 펼쳐놓고 얘기를 나눈다.

     제물포 상회.
     반계창이 문을 벌컥 열고 들어온다.
     반상호, 깜짝 놀라 벌떡 일어난다.

상호   물 좀 마시고 가려던 참이었습니다.
계창   이 집 물은 독하대이.
상호   예?
계창   니같이 약해빠진 놈은 이 집 물 삼키지도 못하지비.

상호   예! 딴 데 가서 차라리 우물을 파지요!

계창   얼씨고. 니가? 니가? 니가!

반상호, 뒷걸음질 치며 나간다.

사이

계창   (책상 위에 놓인 돈을 가리키며) 챙기라. 꽁돈 아이가.

히로토 감사합니다.

계창   앞으로도 웬만한 거는 대충 다 들어주고, 내인테 보고만 해라. 알겠나.

히로토 네.

계창   내가 오죽했으면 보험을 있는대로 다 들었겠나. 식구들 생각해가? 쳇. 됐다 캐라. 보험 저거 얼마나 된다꼬. 아침에 눈 뜨면 세상이 또 요래조래 바끼가 있는데, 정보도 없는 조선놈이 돈 벌어볼라 카믄 내 주머니도 쪼매씩 열어줘야 되는 기지비. (상호가 나간 문을 보며) 종간나 새끼. 와 이 건물에 불이라도 질러볼라꼬? 내 눈 하나 깜빡할 줄 아나. (긴 한숨) 아이고, 저거를 우얄꼬. 내 업보다 업보.

6.

잔다리 화방.
이경이 그림을 그리고 있다.
화선지에 그리는 그림이 아니다.
이젤을 세워놓고 캔버스를 올려놓은 채 그리는 그림이다.
이경, 잠시 자리를 비운다.

사이

인서가 들어온다.

이경을 찾다가 인서의 그림을 들여다본다.

몬드리안과 칸딘스키를 적당히 섞어놓은 듯한 그림이다.

인서, 한쪽 테이블에 놓인 선전물도 본다.

인서   인천의 청년은 조선의 청년이다! 청년이여, 조선민중해방의 선구자
           가 되자! 음······. 이게 이경이가 그렸다는 카툰인가?

이경, 들어와 재빨리 그림을 가린다.

인서   (자신이 들고 있는 선전물을 가리키며) 난 네가 이걸 먼저 뺏을 줄 알았는데.
           인체의 비례에 비해서 주먹이 너무 큰 거 아니니? 사람 얼굴만 하네.
           미안, 몰래 들어온 건 아닌데······. 미안, 네가 가리고 있는 그 그림도
           이미 봤어.

이경, 인서의 손에서 선전물을 빼앗는다.

인서   잠시 생각했어. 저 캔버스의 추상화와 이 카툰 사이의 간극에 대해서.
이경   둘 다 나야.
인서   아버지가 주문받은 그림까지 그려야 하니, 자아가 분열될 수준이겠다.
이경   너처럼 목표가 단순하질 못해서.
인서   내 목표가 뭔데?
이경   돈 아니면 집?
인서   (피식) 난 목표가 너무 단순한 게 문제고, 넌 솔직하지 못한 게 문제네?
이경   ······.

인서	넌 저 추상화를 그리는 마음으로 꿈꾸듯이 그렇게 이 카툰도 그렸겠지.
이경	왜 달라야 하는데?
인서	(이경의 카툰을 다시 빼앗으며) 이건 투쟁이야.
이경	(캔버스를 내밀며) 이것도 투쟁이야.
인서	달라.
이경	다르지 않아.

사이

이때, 석훈과 명신이 들어온다.

명신을 보고 당황한 인서, 선전물을 손에서 놓는다.

영무까지 들어온다.

명신과 석훈은 인서를 보고 긴장한다.

명신은 바닥에 떨어진 선전물을 보고는 이경과 인서를 번갈아본다.

영무	(과장된) 우와~ 화방에 손님들이 많으시네. 인서 안녕? 이경 안녕? 저희가 친구거든요. 실은 제가 한 살 더 많은데, 이것들이 오빠 소리를 안 해요.

어색한 침묵

이경	같이 온 거 아냐?
영무	아니.
이경	넌 왜 왔는데?
영무	그게…… 지난번에 여기에 뭘 두고 가서.
이경	뭐?
영무	아니야.

이경　뭔데?

영무　아니야.

이경　석훈 씨랑 선생님은요?

석훈　아니, 그게, 저…….

사람들의 시선이 인서에게 쏠린다.

인서　우리 사장님께서 초상화 한 장 그려 달래.

이경　사진 찍으라고 해.

인서　내 말이. 흔해서 싫다네. (사진을 건네며) 그나마 덜 심술궂게 나온 걸로 골랐어. 보고 그리는 게 편할 거 같아서. 급한 거 아니니까 천천히 해줘.

영무　(나가려는 인서의 뒤에 대고) 야, 너 요새 일 땜에 맨날 섬에 들어간다며. 휴일에 이경이랑 나도 좀 데리고 가. 우리도 바람 좀 쏘이게. 응?

인서　지금 할 얘기는 아닌 거 같은데.

인서, 사람들에게 목례하고 나간다.
제물포 상회 쪽으로 가려다가, 길을 따라 걷는다.

이경　뭘 두고 갔는데?

영무　에이 참. 수건!

이경　아! 빨아놨어.

이경, 수건을 가지러 나간다.
명신이 선전물을 주우려는데, 석훈이 재빨리 나선다.

명신　모임 장소를 옮기는 게 좋겠네요.

영무	그런 친구 아니에요.
명신	영무씨.
석훈	안 그래도 알아보고 있습니다. 여긴 사람들이 자주 드나들어서.
영무	그래서 오히려 안전하다고 하지 않으셨습니까?

이경, 들어와 영무에게 수건을 건넨다.

명신	(수건에 수로 새겨진 글자를 가리키며) 제물포 상회에서 찍어낸 수건이네요?
영무	네, 뭐…….
이경	(너스레) 뭐 대단한 상회라고 창립 기념일 때마다 수백 장씩 마구 돌려요. 저희 집에도 있어요. (영무에게) 야, 그거 우리 거 아닌가 모르겠다. 같이 막 빨아서.
영무	(수건을 살피며 혼잣말) 안 되는데…….
석훈	(명신에게) 두 분과 작별 인사를 나누시는 게 좋겠네요. (영무와 이경에게) 여기 박명신 선생님께서 모스크바로 떠나십니다.
영무	지금이요?
명신	아니요. 며칠 후에요. 고향에 가서 인사는 드리고 가야죠.
영무	선생님 너무 아쉽습니다.
명신	자꾸 선생님이라고 부르지 마십시오. 여러분과 같은 청년입니다. 서른을 넘긴 좀 늙은 청년.
석훈	이제 진짜 선생님이 되려고 떠나시는 거죠.
영무	그러네요. 대학에서 공부를 하실 거니까.
석훈	고려공산청년회에서 학비를 대주기로 했답니다.
명신	부끄럽습니다. 이런 마당에 공부라니. 지금 마음 같아선 인천지부가 결성되는 대로 상해로 가야 하는 건데……. 시대가 저로 하여금 청년의 시기를 연장하게 만드는군요.
이경	(영무에게 살짝) 대학 명칭이 뭐랬지?

명신   동방노력자공산대학입니다. 모스크바공산대학이라고도 하죠.

이경   그 긴 명칭의 학교에서 무슨 공부를 하시는 건가요?

명신   혁명 공부죠. 프롤레타리아 해방과 조선의 독립을 위해서.

이경, 천천히 고개를 끄덕인다.

그러다 문득 자신이 뒤집어놓은 캔버스를 본다.

이경   선생님, 저는 백정입니다. 아버지가 백정이니까 아마 저도 그럴 거예요. 저희 아버지가 자본가라고 볼 수도 없으니 제가 노동자라고 칭하는 건 어불성설이죠. 그래도 기어이 우겨본다면, 백정과 노동자 사이의 간극은 어떻게 메워질까요?

명신   시대가 급변하는 가운데 벌어진 일입니다. 우리 민중의 힘으로 조선 왕조를 극복하고 민주 국가를 세웠다면 봉건적 계급 사회는 이미 옛일이 되었겠지요. 그걸 못했기 때문에 지금 여러 종류의 계급투쟁이 동시다발적으로 일어나고 있는 거죠. 일제는 양반들의 지배 방식을 더 적극적으로 써먹고 있습니다. 지방에서는 노비 문서를 확보하고서 대놓고 백정을 탄압하고 있어요. 너희들이 해오던 방식 아니냐고 말하는 거죠. 지금 저 아래 진주와 영주 등지에서는 형평 운동이 들불처럼 번지고 있습니다.

이경   형, 평?

석훈   백정들의 신분 해방 운동이죠. 지각 있는 양반들도 함께하고 있다고 들었습니다.

이경   그렇군요.

영무   이런 말씀 좀 그렇지만, 다들 너무 하시네요. 이경이 앞에서 백정이라는 단어를 그렇게, 그냥, 너무, 아무렇게……

명신, 석훈   미안해요.

명신   하지만 스스로를 객관화시킬 수 있어야 한다고 생각합니다. 우리 노동자도 마찬가지지 않습니까. 이게 형평 운동 포스터에요.

명신, 포스터를 건넨다.

이경	(피식) 여기도 주먹을 엄청 크게 그렸네요.
명신	네?
이경	아닙니다.
명신	그림은 이경 씨 것이 훨씬 낫죠.
석훈	선생님께서 이경 씨 그림을 가지고 모스크바로 가시겠답니다.
이경	네?

명신, 두터운 선전물을 가방에서 꺼낸다.

명신	지난번에 제가 이걸 번역해서 읽어드렸지요?
모두	네.
명신	모스크바에서 만든 잡지를 번역해서 읽고만 있을 때가 아닌 듯합니다. 우리도 우리만의 생각을 보태어서 만들어야지요. 상해에 계신 분들과 힘을 모아서 조선청년총동맹의 기관지 '콤뮤니스트'를 만들어보려고 합니다. 제 일호에 이경 씨 그림을 넣고 싶어요.
영무	야, 멋지다!
명신	(그림을 보며) 단단하게 쥔 주먹의 솟은 부분을 백두대간의 산머리들로 형상화한 것도 놀라운데, 손등에 울뚝불뚝 드러난 핏줄을 굽이굽이 흐르는 강줄기로 묘사한 것이 너무 훌륭해요. 우리 청년의 주먹이 조선의 산하를 품고 있지 않습니까! 참, 이경 씨는 판화를 배워본 적이 없나요?
이경	네, 아직.
명신	중국에서는 판화가 크게 유행하고 있습니다. 이런 그림을 되도록 많

은 이들이 보고 느끼면 좋지 않겠습니까. 목판에 새겨서 찍어내면 더
할 나위가 없지요.

석훈   그럼 원본을 받아가려고 이렇게 들르신 겁니다.

이경   네……

이경, 움직이지 않고 생각에 잠겨 있다.

석훈   이경 씨?

영무   김이경!

이경   어?

이때, 히로토가 들어온다.
모두, 놀란다.

석훈   (명신에게 소리 낮춰) 선생님, 제가 받아서 가겠습니다. 이따 뵙지요, 거
기서.

명신   (히로토를 의식하며) 저는 꼭 인천으로 돌아올 겁니다. 다시 뵙지요.

명신, 인사하고 길로 나선다.
좀 걷다가 자신 쪽으로 걸어오는 인서와 마주친다.
둘 사이에 잠시 긴장이 흐른다.
서로 눈인사만 나눈 채, 명신이 나간다.

히로토   인서 상, 어디에 있습니까.

이경   갔어.

히로토   그래요?

거들먹거리며 화방을 둘러본다.

석훈 뭡니까.

히로토 이 그림들은 가치가 좀 있습니까? 돈을 갚지 못하면 뭐라도 내놓아야
지 않겠습니까.

영무 (이경에게 조용히) 아버지 문제니?

이경 (히로토에게) 인서는 아무 말 않던데.

히로토 그랬을 거 같아서 제가 말씀드리는 겁니다. 그럼, 또 오겠습니다.

히로토, 길 위로 나선다.

인서, 그를 본다.

인서 네가 왜 거기서 나와?

히로토 제 일이잖아요.

인서 뭐? (웃으며) 어깨 힘 빼. 돈을 못 갚고 있는 사람이 내가 아는 사람이
라서, 사사로운 감정이 발동해서 내가 너를 안 보낸 거라고 생각하는
구나.

히로토 그럼?

인서 일종의 보험이야.

히로토 보험?

인서 그래. 그 돈도, 저 화방도.

인서, 제물포 상회로 들어간다.

히로토 조센진들, 그놈의 보험 참 좋아하는군. 쳇.

히로토, 인서의 뒤를 따라 들어간다.

7.

중국 식당.

무대 앞쪽에 테이블이 놓여 있다.

송근과 상호를 비롯한 몇몇 사람들이 둘러앉아 있다.

사람들의 차림은 매우 허름하다.

송근 역시 몹시 초췌한 얼굴이다.

밖에서 메뉴를 외치는 화교들의 소리가 들린다.

남자1, 눈치를 살피며 들어온다.

남자1   (상호에게) 거시기 미두 통장이 없어도 쪼까 낄 수 있다고 하던디요.

상호   아이구, 멀리서 올라온 모양이군. 그럼요. 앉아요, 앉아. 어떻게 취인소에서 공식적으로 좀 해보셨습니까?

남자1   씨부럴, 다 잃었어라.

남자2   (손을 내밀며) 이하 동문이라예.

상호   (코를 잡으며) 아우 정신이 번쩍 드네.

남자1   죄송하게 됐어라. 축현역*에서 거시기 노숙을 좀 오래 했어라.

같이 앉아 있던 사람들, 키득거린다.

남자2   (남자1에게) 아이구, 그래도 자리를 우예 잡으셨구만예. 날이 쪼매 풀리니까네 축현역이 마 바글바글해가 지는 끼지도 못했심더.

여자1   쳇. 아무데서나 눕고 싸고, 사내들은 좋겠수다.

남자2   맞심더. 남녀평등이 절실하다카이!

---

* 현재의 동인천역.

모두, 웃는다.

갑자기 무대 밖에서 박수와 환호성이 터진다.

남자2 (밖을 가리키며) 자들도 이하 동문이라카네예. 하하하.

화교 종업원, 술을 날라 온다.

상호 오늘 왜 이렇게 시끄러워?

종업원 (어설픈 조선어) 옆방에서 혼례가 있습니다.

상호 그럼 다른 손님은 받지를 말았어야지.

종업원 조선 사람 혼인식입니다.

상호 그래서 뭐? 같은 민족이니까 이해를 하라고?

종업원 (눈치 살피며 너스레) 공짜 안주 좀 올리겠습니다. 헤헤.

투기꾼들, 좋아서 어쩔 줄 모른다.

상호 이쪽에나 좀 드려.

종업원 예. 근데, 이거 재밌어요? 미두하지 말고 마작 해요. 훨씬 재밌어요.

여자1 한자를 알아야 하든지 말든지 할 거 아니야.

남자1 씨부럴, 나랏 말쌈이 듕궉에 달아! 웅? 세종대왕님의 헤아림을 이제 와서 깔아뭉개라 이 말이여 시방?

종업원 (기에 눌려 나가며 혼잣말) 그래. 왜놈들 좋은 일이나 열심히 하셔들.

종업원, 나간다.

사이

뱃고동 소리.

인서와 계창이 등장하여 섬을 둘러본다.

인서가 지도를 보며 계창에게 열심히 설명한다.

계창은 기분이 좋아 연신 고개를 끄덕인다.

두서넛의 섬사람들이 다가온다.

계창은 눈치를 살피며 자리를 피해 나간다.

섬사람1   여기에 별장이라도 짓습니까.

인서   아직 확실치는 않습니다.

섬사람2   확실하지도 않은데 심심풀이로 집과 땅을 사 모읍니까.

인서   (섬사람1에게) 가격이 마음에 안 드셨습니까. 시세보다는 좀 더 쳐 드렸
       는데요.

섬사람3   이런 섬에 시세가 어딨어, 시세가.

섬사람1   아까 나간 그 양반이 사들이는 건가 보지요?

인서   저한테 말씀하시면 됩니다.

섬사람3   흥. 어린 계집이 영감 밑에서 마름질을 하는 모양이군?

       사이

인서   파시는 분들도 저희도 다 남는 장사를 하는 겁니다.

섬사람1   두고 봐야 알지요.

섬사람2   너도나도 다 남기는 장사가 세상에 어딨어?

섬사람3   그런 장사가 있으면 뭐 하러 새빠지게 그물을 던지고 있겠어?

인서   그 탓을 제게 하십니까. 세상 물정 몰라서, 배우지 못해서 대를 이어
       고기만 낚고 사는 탓을, 지금 제게 하시는 겁니까.

섬사람3   뭐!

섬사람2   이년이!

섬사람1   (2와 3을 막아서며) 섬이 어수선해져서 그럽니다. 배가 준비된 모양이니 어서 나가세요.

인서, 섬사람1에게 돈 몇 푼을 쥐여준다.

섬사람1   뱃삯은 이미 받았습니다.
인서   탁주라도 한잔들 하시지요.
섬사람3   아니, 우리를 뭘로 보고!
섬사람2   지금보다 더 안 쳐 주면 우린 안 팔 거야. 알아? 똑똑히 전하라구!

받은 돈을 내려다보는 섬사람1의 낯빛이 어둡다.
인서, 나간다.
뱃고동 소리.

사이

중국 식당.
히로토, 들어온다.
상호에게 은밀히 보험 증서를 전한다.

히로토   저, 이거. 찾았습니다.
상호   (반색했다가 차갑게) 가 봐.

히로토, 말없이 테이블과 사람들을 둘러본다.

상호   뭐? 왜? 볼일 끝났으면 가보라고.

히로토, 고개를 저으며 나간다.

상호, 이 모습을 보고 어이없어 한다.

남자1 저는 부끄럽지만 한 이십 전만 걸고 하겠습니다.

상호 예, 뭐. (종이를 돌리며) 현재 오사카 시세하고, 오늘 발표된 인천 시세 변동입니다. 참고들 하셔서 사고팔지 결정들 하셔요. (우스꽝스러울 정도로 비장한 송근에게) 아, 말 좀 해요. 비장하기만 하면 다 따나?

송근 여기 수수료는 오 전씩, 겨우 고량주 값이유. 다른 데 가보신 분들은 알겠지만, 못해도 십 전씩은 받어유. (상호를 가리키며) 가끔은 이분께서 자장면을 내시기도 합니다. 하하.

상호 다 재미 삼아 이런 합백(合百) 자리를 만드는 겁니다. 공식 미두만 미둡니까. 이런 사설장도 다 제 역할을 하지요.

남자2 (남자1에게) 이십 전으로 하다가 백 원이 되기도 하고, 뭐 그런 거 아이겠심니꺼.

상호 자네는 부산 안 가도 돼?

송근 배편에 그림만 부쳤어유.

여자1 (종이를 보며) 아니, 이 금액이 진짜에요? 지난달보다 폭삭 내려앉았네. 좀 참았다가 살걸. 아휴, 아까워서 이걸 어떡해.

남자2 (상호에게) 앞으로 더 내리가겠심니꺼?

송근 예상 질문 금지유. 싸움 나유.

여자1 망할 놈의 점쟁이.

남자2 그쪽도 점 봤수? 미두 취인소 앞에 늘어선 점집만 호황이네.

송근 (책을 하나 건네며) 이거라도 보시든가.

여자1 (날름 받으며) 일확천금비법? 세상에 별의별 책이 다 있네.

남자2 (책을 함께 보며) 간지 오행 십이운 배합법.

여자1 오행의 상생과 상극에 따른 가격의 움직임?

둘, 감탄하며 열심히 책을 본다.

남자1, 꾸벅 졸기도 한다.

상호는 보험 증서가 든 가슴팍을 연신 쓰다듬으며 좋아한다.

종업원, 등장한다.

종업원 김송근 씨 계십니까.

상호 왜.

종업원 조용히 밖으로 안 나오면 소리 없이 돼지실 수 있다고 합니다.

상호 (송근에게) 우리 아부지 돈 말고 딴 데서 끌어다 쓴 게 있수?

송근 …….

상호 쯧쯧쯧. (술을 따라주며) 다짜고짜 들어와서 패지는 않는 걸 보면, 그래도 매너를 갖춘 무뢰배들이구만.

송근, 술을 털어 넣고 나간다.

모두들 마치 아무 일 없는 척한다.

사이

다시 무대 밖에서 박수와 환호가 터진다.

상호 깜짝이야. 아직도 결혼식이 안 끝났나?

남자2 저기, 수원이 여서 멉니꺼?

상호 가깝죠. 왜요?

남자2 (소리 죽여) 혼인식 한다카이까 생각이 나네예. 수원에서 어떤 부부가 같이 와가 마 다 잃어삐리고 죽었다카데예.

상호 (바깥을 힐끗 보고는) 두들겨 맞아서요?

남자2   은지예.

여자1   모루히네를 맞고 죽었답니다.

남자2   소문 다 났나 보네예.

남자1   모루히네?

상호   모르핀. 아편에서 아주 독한 성분만 뽑아서 만든 거죠.

남자1   (뒤늦게 아는 척) 아 거시기 그거?

남자2   빛이 으마으마했답니다.

상호   근데 다들 너무 어두운 얘기들만 하시네, 웅? 저야 여기 인천에 살고
        있습니다만, 여러분같이 멀리서 올라오고 내려오고 하시는 분들이 우
        리 인천 경제의 한 축을 지탱시키고 있지 않습니까?

여자1   맞아요. 여관에 있든 하숙을 하든 다 돈이죠.

남자1   저도 좀 땄을 적에는 카페고 요릿집이고 허벌나게 댕겼지라.

남자2   내가 묵은 삐루 병으로 산성을 쌓지예.

상호   그래요. 이게 바로 자본주의 아닙니까, 여러분?

        모두, 건배한다.

남자2   (격렬하게 고개를 끄덕이다가) 아! 까페 금파에 그 가시나 얼굴을 못 잊어
        뿌겠다카이.

여자1   참, 누가 그러던데요. 재작년에 경성에 생긴 주식현물취인소 있잖습
        니까. 그거하구 여기 인천미두취인소하구 합병을 해서 내년에 경성으
        로 옮겨간다는 얘기가 있던데요.

남자1, 2   예?

남자2   (상호에게) 그게 말이 됩니꺼!

여자1   이참에 주식으로 돌아서야 하나.

상호   쉽게 성사 안 될 겁니다. 인천 부민들이 가만있겠습니까. 안 그래요?
        (남자들 고개를 연신 끄덕거리자) 자, 자. 곧 공식 미두장에서 거래가 시작될

겹니다. 긴장들하시구. 오늘이 이달 거래 마지막 날인 거 아시죠들?

송근, 사색이 되어 들어온다.
사람들, 송근을 힐끗거리면서도 아무 일 없는 척한다.

상호 (송근을 훑어보다가) **어째 멀쩡하군.** (밖을 향해) **훌륭해. 무뢰배들이 매너만 갖춘 것이 아니라, 인내심도 퍽이나 갖췄구만.**

송근, 테이블을 내려친다.

상호 아니, 내 말은……
송근 돈 될 일 없슈?
상호 지금 돈 만들고 있잖수.
송근 밑천이 요 모양이니 크게 벌 일도 없구……
상호 정 급하면 뭐 좀 해보겠수?

상호와 송근, 차례로 일어나 한쪽 구석으로 간다.
상호, 주머니에서 보험 증서를 꺼내 보인다.

상호 제물포 상회 앞으로 들어놓은 보험이요. 마침 나도 돈이 좀 필요해서.

멀리서 미두 거래를 알리는 딱딱이 소리.
딱, 따닥, 따닥

8.

길.
이경이 화방에서 나온다.
석훈이 문을 잡고 화방 안에 있다.
이들의 모습을 제물포 상회에서 인서가 본다.

석훈 정말 그림 원본 안 주실 겁니까.

이경 얼른 나오세요. 문 잠그고 가야 해요.

석훈 어딜 가시는데요.

이경 ……산책이요.

석훈 예? 아니 그림이 알려지면 이경 씨한테도 좋은 일 아닌가요?

사이

석훈 잘 생각해보세요. 아직 며칠 남았으니까.

석훈, 나간다.
이경, 문을 잠그고 반대쪽으로 나간다.

제물포 상회.
인서가 집문서와 땅문서를 확인하고 있다.
히로토도 한쪽에 앉아 있다.
계창이 들어온다.
히로토와 인서, 일어나 인사한다.

계창 집문서 땅문서 다 챙기라.

인서	어디 가십니까?
계창	집에 가지, 어딜 가. 중요한 회계문서도 다 보따리에 싸라.
인서	네? 집에 보관하시게요?
계창	니 못 믿어서 이카는 기 아이다.
인서	아드님 때문이라면 집도 안전하진 않을 텐데요.
계창	은행도 못 믿겠고, 내 참. 일단 싸라.
인서	알겠습니다.

히로토, 인서의 지시에 따라 이것저것 챙긴다.

계창	인자 한 집 남았다고?
인서	네.
계창	다 됐네.
인서	근데 보셨다시피 그 집이 좀 큽니다.
계창	그기 뭐가 크나. 구중궁궐도 아이고.
인서	그 섬에서는 큰 편이죠. 주인이 일본에 가 있답니다. 곧 들어온다고.
계창	배운 사람이드나? 배운 것들은 시끄럽지비.
인서	일본과 경성을 오가면서 장사를 하는 모양입니다.
계창	쯧쯧쯧. 그카믄 섬을 개발한다는 정보를 벌써 들었을 거 아인가.
인서	아직 확실치 않습니다.
계창	당연히 들었겠지. 장사하는 놈들을 모르나.
인서	…….
계창	이거 이거 돈 들어가게 생겼네. 됐다 마. 그래도 나머지기는 싸게 샀으이까네 애썼다.
인서	(문서를 보여주며) 확인해보십시오.
계창	혹시 그 집 주인이 아는 눈치면은 자들보다 무조건 더 쳐 준다 캐라.
인서	제가 알아보겠습니다. 모를 수도 있지 않습니까.

계창   내가 시키는대로 해라!

히로토와 인서, 모두 놀라 서로의 눈치를 살핀다.

인서   네, 알겠습니다.

계창   밥 묵자. 머 묵고 싶나. 내 한턱 내지비. 중국요리는 싫다 캤고, 스테
        끼 물래?

이때, 한 할머니가 들어온다.

인서   (할머니를 보고는) 여긴, 어떻게…….

할머니, 다짜고짜 돈뭉치를 내놓고 인서의 손을 잡는다.

할머니 아가씨, 아니 사장님. 집문서 좀 돌려주세요, 네?

인서, 손을 뺀다.

인서   (히로토에게 계창을 가리키며) **식당으로 모시고 가. 뭐해, 어서.** (계창에게)
        곧 가겠습니다.

계창, 인서에게 눈길도 주지 않고 귀찮아하며 나간다.
히로토도 나간다.

사이

인서, 할머니에게 의자를 내어주고 물도 가져다준다.

인서	좀 앉으세요.
할머니	아휴, 마음도 좋으셔라. 고마워요. 집문서 그거 어딨어요? 혹시, 그 사이 어디 딴 데 팔아넘긴 거는 아니죠?
인서	네.
할머니	아휴, 다행이다. 내가 사흘 동안 밥을 못 먹었어요.
인서	할머니. 할머니께서 직접 계약서도 쓰셨고, 돈을 받고 문서도 내놓으셨어요. 그죠?
할머니	…….
인서	제가 강요하지 않았다는 말이에요.
할머니	사장님 탓 안 합니다. 내 잘못이에요. 잠시 판단을 잘못했던 겁니다. 나는 시집와서 그 섬을, 그 집을 떠나 본 적이 없어요. 내 아들하고 며느리가 차례로 죽어 나갈 때도, 내 손녀가 뭍으로 떠날 때도 난 그 집을 지켰어요. 남의 눈에 별 볼 것도 없는 집이지만.

인서, 시계를 본다.

인서	할머니.
할머니	내 손녀 때문에 잠시 판단이 흐려졌던 겁니다. 하도 공부를 하고 싶다고 해서 내가 경성까지 유학을 보냈습니다. 배화여고보를 댕겼지요. 졸업을 못 시켰어요. 도저히 형편이 안 되어서. 그때 집이라도 팔았어야 했는데 하는 생각이 내내 나를 괴롭혔지요. 그 아이가 세상을 바꾸기 위해서 살기로 작정했다고 했을 때, 섬에 있는 배는 모조리 태워버리고 싶었습니다.

인서의 얼굴이 굳는다.

| 할머니 | 나이 서른이 넘었는데 시집도 안 가고 그렇게 쫓기면서 살더니만, 그 |

아이가 타국으로 간답니다. 일본도 중국도 아니고 소련으로요. 이번에는 그냥 보낼 수 없겠다 싶어 집을 팔았지요.

인서 손녀 분께서 찾아오라고 했나 보죠?

할머니 아이구, 집 팔았다는 말을 어떻게 꺼냅니까. 다행히 학비를 대주는 사람들이 있답니다. 그 아이가 헛살지는 않은 모양이에요.

인서 아드님 내외분은 왜……. (질문을 후회하며) 아닙니다, 아니에요.

할머니 괜찮아요. 이제는 상처도 아니지요. 우리 손녀는 지 엄마 얼굴도 몰라요. (물을 들이켜며) 삼십 년 전 갑오년에 말이에요. 우리는 아무것도 몰랐어요. 동학도, 앞으로 벌어질 전쟁도. 뭍에서 무슨 일이 일어나는지 정말 아무것도 몰랐어요. 그때 우리 섬이 그랬어요. 일본이 잠시 배를 갖다 댔을 때에야 나라 꼴을 알게 됐지요. 낭인들이 몇 집을 헤집었어요. 만삭이었던 우리 며느리가 당했지요. 며느리도 애비도 얼마 안 가 세상을 버리더군요. 그 와중에 태어난 애가 내 손녀요. 그 아이가 크고 나서 우리 둘이 손 맞잡고 울면서 그랬어요. 차라리 동학이 뭔지나 알았으면, 믿고 따르기나 했으면, 동학이 무서워 남의 나라 끌어들여 전쟁까지 하게 됐다는 걸 알기나 했으면, 그렇게 다 알고 당했으면 덜 억울할까. (긴 한숨) 그러니 내가 그 아이를 못 말리는 겁니다.

지는 해로 무대가 붉게 물든다.

인서 이미 배가 끊겼겠네요.

할머니 까짓 배가 대숩니까.

인서 할머니, 저는 집문서 못 돌려 드립니다.

할머니, 눈물을 떨어트린다.

인서 깰 수 없는 약속이에요. 저 혼자 하는 일이 아닙니다.

할머니 갑오년 그때처럼, 또 내가 모르는 무엇이 있나 보군요. 느닷없이 바닷
       가의 집들을 사들이는 이유 말입니다.

       사이

인서 (돈 봉투를 돌려주며) 여관에 모셔다드리겠습니다.
할머니 됐습니다.
인서 이렇게 돈을 가지고 다니시면 위험합니다.
할머니 글쎄요. 그쪽이 더 위험하게 느껴지는데요.

       할머니, 일어나며 잠시 휘청거리지만 단단하게 걸어 나간다.
       인서, 꼼짝 않고 앉아 있다.

9.

       벚꽃이 흩날리는 월미도.
       사람들의 웃음소리, 유원지의 각종 소음들.
       양산을 받쳐 쓴 인서, 화창한 날씨에 마냥 좋은 이경,
       그들 뒤에서 걷는 영무와 석훈.

이경 야~ 그래도 나오니까 좋다. 요 며칠 갑자기 날이 따뜻하더니 벚꽃이
       속절없이 헤벌쭉 피었네.
석훈 일렬로 쭉 늘어선 사쿠라가 지극히 작위적인 모양새를 뽐내는군요.
이경 석훈 씨.
석훈 부지런히 갖다 심은 어떤 놈들 노력이 가상해서 봐줍니다.

이경	으이구, 이쁘면 이쁜 거지. 기어이 토를 답니까?
석훈	잡지 〈개벽〉에 기사가 났더군요. 여기가 올여름 최고의 휴양지 중 하나가 될 거라고.
이경	다른 후보지는요?
석훈	평양의 모란봉, 원산의 명사십리.
이경	그리고 여기, 해상낙원 월미도!

모두, 바다를 바라본다.
여기저기서 들려오는 사람들의 웃음소리.

| 영무 | (이경과 인서에게) 나, 여기 처음 와봤다. 나 같은 막노동꾼한테 월미도가 말이 되냐. (석훈에게) 팔자 좋은 사람들이 이렇게 많을 줄 몰랐네요. 여름은 더 하다는 거죠? |

사이

이경	이왕 왔으면 좀 즐겨. (영무의 볼을 잡아당기며) 얼굴 좀 펴구.
영무	(애써 활달하게) 어허. 오라버니의 존안을 어디 함부로!
이경	어째 까칠까칠 누리끼리하니, 영 못 쓰겠는데? 인서야, 애 좀 봐.

인서의 반응이 없자, 이경이 인서를 잡아당긴다.

이경	애 꼬라지 좀 보라구. (인서의 얼굴을 보며) 그러고 보니 니 얼굴도 아주 가관이다.
영무	밥은 먹고 일하냐?
인서	넌.
영무	나야 안 먹으면 일을 못 하지. 어제 잠을 잘 못 자서 그래.

이경	여기 온다고 설레서?

이경　여기 온다고 설레서?

영무　말도 마. 밤새 가위눌렸어. 배에서 들어 올린 그 많은 물건과 짐들이 내 가슴팍에 와르르 쏟아지는 거야.

이경　그물이 찢어졌나?

영무　몰라. 하여간 한 열댓 번은 그렇게 쏟아진 것 같아. 우루루 떨어질 때마다 멍들고 찢어지지, 가슴이고 얼굴이고 다 눌려서 숨통은 조여 오지, 아주 죽는 줄 알았다니깐.

사색이 된 인서가 숨을 크게 들이쉬고 내쉰다.

영무　괜찮아?

인서　어.

이경　야, 친구는 친구네. 꿈으로라도 친구의 고통을 온몸으로 느낄 줄도 알고.

인서, 부러 딴청을 피우며 바다를 본다.
어디선가 들려오는 공사장 소음.
인서, 소리가 들리는 쪽을 본다.

석훈　근데 우리 지금 어디로 가는 겁니까?

이경　월미도에 왔으면 그만이지, 목적지가 또 필요한가요. 그냥 걸어요. 바람 맞으면서 햇살 쬐면서 걷다가 지치면 쉬고. 윤인서, 힘들면 언제든 얘기해. 알았지?

인서　어. 좀 앉자.

이경　벌써? 그래, 앉자. 큰일이네. 어렸을 땐 우리 중에 니가 제일 튼실하고 다부졌는데.

영무　에이 무슨.

이경   야, 너는 얼마나 비실비실했는데. 너네 엄마가 걱정 무지 했어.

석훈   (셋이 대화에 끼지 못하자 어색하다가) 마실 것 좀 사오겠습니다.

이경   저는 삐루요~

영무   저두요~

석훈   네~

석훈, 나간다.

이경   (영무에게) 배워라 좀. (영무가 목에 두른 수건을 잡고 흔들며) 야, 너는 제물포
        상회 광고하니? 닮겠다 아주.

영무   내가 땀을 좀 많이 흘리잖아.

이경   (인서를 가리키며 조용히) 콘크리트 바닥이라 차다구. 제 지금 상태 안 좋
        은 거 같아.

영무, 인서가 앉을 자리에 수건을 깔아준다.
인서, 그 수건을 한동안 내려다본다.

이경   왜, 너한테 월급 주는 데라 깔고 앉기는 좀 그러니?

인서   (피식) 글자를 참 이쁘게도 수놓지 않았니?

인서, 수건을 들어 본다.
셋, 자리를 잡고 앉는다.

인서   해마다 이 수건 잔뜩 배달돼서 올 때, 사무실 한쪽에 쌓여 있는 거
        보면 내내 체하는 기분이야. 쭉 늘어앉아서 쉴 새 없이 저 수를 놓았
        을 사람들이 떠올라서.

영무   좀 있으면 기계가 다 할 거야.

| 인서 | 그 기계는 사람이 작동시키지 않니? |

인서 그 기계는 사람이 작동시키지 않니?

영무 어떤 일본 작가가 쓴 공상과학소설을 읽었는데, 기계가 다 알아서 하는 시대가 올지도 모른대. 물건 내리고 옮기는 일이야말로 정말 그렇게 되기 쉽겠지. 인천의 그 많은 정미소도 마찬가지일 거야.

인서 정미소도 없어진다? (수건을 보며) 수백 명의 여성들이 하얀 머릿수건을 둘러쓰고 앉아 모래나 겨로부터 순백의 쌀을 골라내는 일도 없어진다는 거네.

영무 제대로 골라내지 못했다고 두들겨 맞는 일도 없을 테고.

이경 파업을 조직하기 위해 애써 공장에 들어가는 석훈 씨 같은 사람도 없게 되는 건가? 얘기하다 보니, 그런 시대가 정말 좋은 건지 모르겠네. 모르긴 해도 우리 아부지는 좋아하겠다. 그림 찍어내는 기계.

인서 예술가가 그런 걱정을 하니?

이경 쳇. 예술가는 얼어 죽을.

영무 너 정말 박 선생님 편에 그림 안 보낼 거야?

이경 응. 내가 진짜 그리고 싶은 그림이 아니야.

인서 만약 내가 구라파로 나간다면, 캔버스에 그린 그 추상화를 달라고 하겠어.

이경 언제는 그게 무슨 그림이냐더니.

인서 가끔 봤어. 보였어. 저녁에 네가 불 켜놓고 그림 그리고 있으면 창에 그림이 비쳤거든. 나 같은 문외한이 뭘 알겠어? 그래두 다른 건 알아. 다른 그림들하고 다르다는 건 알아. 그 다름이 너라는 것두.

사이

이경 우리 어렸을 때 생각난다, 그지? 언덕 위에서 우리 이러고 앉아 있던 거.

인서 난 정말 싫었어. 움막이나 다름없이 구질구질한 토막촌이 한눈에 내려다보여서.

영무   말을 하지 그랬어.

인서   계획을 세웠지. 벽돌집들이 반듯하게 줄지어 섰고, 아담한 개량 한옥이 나란히 들어선, 그런 도시를 만들 계획.

이경   역시 남다르셨군. 나는,

영무   (말을 자르며) 너는 뭐 그때도 실없이 잴잴거리고 다녔지.

인서   이경이가 슬픔을 이기는 방식이지.

이경, 영무   오~

인서   그런다고 슬픔이 사라지는 것도 아니지만.

이경   치.

석훈, 땀을 뻘뻘 흘리며 음료를 들고 들어온다.
영무가 받는다.

석훈   이렇게 멀 줄 몰랐습니다.

이경   땀을 이렇게나 흘렸으니 뜨끈한 조탕에 한번 들어가셔야지 않겠어요?

석훈   아휴, 싫습니다. 신문에 난 사진만으로도 부끄럽던데요. 뭔가 불결해 보이고.

이경   네? 무슨 그런 영감 같은 소릴.

인서   석훈 씨 눈에는 사람들의 욕망이 녹아들어 불결해 보이는 것이겠지요. 해수를 퍼 당겨서 물을 갈아도 별수 없을 거예요. 시간이 흐를수록 욕망은 불어날 일만 남는다고 생각할 테니까요.

다시 공사장의 소음들. 전보다 더 크게 들린다.
탕 탕 망치질 소리, 나무들이 내던져지는 소리.

석훈   월미도는 아직 완성되지 않은 모양이군요. 저 위에 가보니 해수풀을 짓는다고도 하고, 어마어마한 요릿집을 짓는다고도 하고, 아주 난리네요.

인서	한 칠팔 년 전이죠? 처음에 여기 방파제 놓을 때, 사람들이 웃었죠. 일본 사람들 말고 여기 와서 놀 조선 사람이 어딨냐고. 작년에 월미도 유원회사에서 조탕 짓고 해수욕장 정비할 때, 다들 쓸데없이 돈 쓴다고 했어요. 어떻게 바뀌었나 보세요. 중요한 건 그게 일 년 만에 된 게 아니라는 거예요. 계획을 하고 수정하고, 땅 마련하고 정비하고, 지으면서 또 생기는 문제들 해결하고. 십 년은 족히 걸리는 일이죠.
석훈	그러는 사이, 여기가 원래 일본의 군용지로 개발됐었다는 사실은 다 잊히는 거지요.
인서	망각과 기억 중 무엇을 전제로 하든 간에, 인간은 변화를 이끌어가고 싶어하지요. 혁명도 마찬가지 아닌가요?
석훈	자본에 의한 무자비한 변화와 인간의 변혁 의지에서 비롯되는 변화를 같다고 말씀하시는 건 아니겠지요?
인서	어차피 욕망은 같다고 생각합니다.
석훈	그래도 민중은 자신의 욕망을 다스리고 제어하면서, 공공의 선을 지향해나갈 힘을 가지고 있습니다.

둘의 대화에 혼란스러운 영무, 괜히 바다를 본다.

인서	그렇게 믿고 싶은 거겠죠.
석훈	나의 삶만이 아니라 모두의 삶을 생각해야 할 책무가, 우리에게 있지 않습니까?
이경	있죠. 그래서 인간의 평등과 나라 사이의 평등을 함께 고민하는 거죠.
인서	그 모두의 삶에 내가 포함되어 있기는 하니?
영무	당연하지! 지금 이 월미도를 함께 즐기고 있잖아.
영무	(이경에게) 오랜만에 우리 좀 그려 보지 그래?
이경	그럴까?
석훈	제가 껴도 되는 겁니까?

| 이경 | 그럼요. |

이경, 종이와 연필을 꺼내 그들을 그리기 시작한다.

10.

늦은 저녁.

제물포 상회.

사무실에 대여섯의 사람들이 비장하게 앉아 있다.

등만 보인 채로 쭈욱 앉아 있어 무거운 기운이 감돈다.

길 한쪽.

히로토와 상호가 사무실의 눈치를 살핀다.

히로토	안 들여보내주면 당장 무슨 일이라도 저지를 것 같아서 할 수 없이 문을 열어줬습니다.
상호	다 알고 왔구만. 섬이 풍치지구로 지정됐다는 걸 알고 온 거야. 몇 곱절은 더 받을 수 있었다고 생각하겠지.
히로토	그 반대일 수도 있지요. 총독부가 나서면 보상 없이 그냥 쫓아낼 수도 있는 거죠.
상호	역시 자국민으로서 자국의 스타일을 잘 알아, 웅?
히로토	(상회 안을 보며) 사장님께 고맙다고 해야 할 처지인 줄도 모르고 나대는군요.
상호	역시 훌륭한 직원이야. 넌 나서지 마. 일 커져.
히로토	네.

상호   내가 할 일이 좀 있을 거 같은데 말이야. 잠깐 집에 갔다 올 테니까,
      지켜보고만 있어. 알았어?

      상호, 나간다.
      히로토, 상호가 한심한지 고개를 젓는다.

      사이

      이번에는 송근이 등장한다.
      기름통을 들고서 비장하게.
      멀찍이서 사무실 안을 보고는 당황한다.

송근   뭐여, 저것들은? 불 지르라며. 집 태우라고 했지, 사람 태우라고는 안
      했잖유. 어쩐댜?

      송근, 히로토를 보고는 멋쩍은 듯 화방으로 간다.
      하지만 문이 열리지 않는다.

송근   이년은 어디를 간 겨?

      인서, 등장한다.

인서   장에 갔습니다. 아버지 다녀갈 때 됐다고 뭐라도 해 먹인다고. 왜요.
      화방에 불 지르시게요?
송근   무슨!
인서   지르세요. 이참에 이경이도 훨훨 날아 떠날 수 있게 화방을 아주 없애
      버리세요. 지르세요. 이제 저 화방이 딴 구실을 하지 못하게 아주 없

애버리세요. 저 화방은 이미 위험해졌어요. 불 지르시라니까요!

송근   아니라니까 얘가 왜 이랴.

인서   기름 냄새가 진동을 하는데, 들고 있는 사람만 모르는 모양입니다. 참 못나셨습니다. 불 지르면 반상호가 얼마를 준다고 하던가요? 조선총독부 체신부가 바봅니까! 어떻게 불이 났는지 조사도 안 하고 보상금을 내어준답니까.

송근   거기에도 줄을 대났다고 하니까…….

인서   아저씨!

송근   차라리 나를 패거나 죽인다면 이렇게도 안 혀. 돈 안 갖고 오면 이경이를 팔아먹는다는데 내가 어쩌겠냐. 어쩌야겠냐고!

이경, 등장하여 송근의 말을 듣고 있다.

이경, 화방의 문을 열고 그림들을 가지고 나온다.

송근이 오래전, 백정으로 살면서 그렸던 그림들이다.

고기에서 피가 뚝뚝 떨어지는 모습, 시퍼렇게 날이 선 칼과 붉은 피.

도마 위의 칼자국들, 오래도록 쥐어 낡은 칼 손잡이, 피가 튄 사람의 얼굴 등 선명하고도 섬뜩한 분노와 살기로 가득한 그림이다.

이경   아부지, 이제 불 질러.

인서   이경아, 그런 거 아녀.

이경   아부지, 내가 왜 못 떠난 줄 알어? 이 그림들 때문이야. 알어? 아부지 심장이 펄떡거릴 때 그렸을 이 그림들 때문에, 벽장 속에 처박혀버린 이 분노와 슬픔 때문에 내가 못 떠난 거여. 이 훌륭한 그림을, 이 뼈저린 그림을, 이 아름다운 그림을 나라도 품고 있어야 할 거 같아서. 알어!

이경, 그림들을 하늘에 던져버린다.

그림들이 날린다.

이경, 송근의 기름통을 들고 나간다.

송근이 따라 나간다.

사이

조금 더 어두워진다.

인서, 바닥에 떨어진 송근의 그림들을 본다.

제물포 상회의 사람들, 인서를 보고 일제히 일어선다.

인서, 그 사람들과 눈이 마주친다.

그림과 그들을 번갈아 본다.

인서　어느 대장장이 솜씬가 칼날 한번 매섭네. 갓 잡은 고기에서 뚝뚝 떨어지는 피가 아직도 뜨겁네.

인서, 스스로 사무실로 향한다.

사람들, 인서를 몰아붙인다.

인서, 그들에게 둘러싸여 두들겨 맞는다.

사이

상회 밖의 사람들은 상회 안의 상황이 아무렇지 않다는 듯 반응한다.

상호, 금고를 들고 등장한다.

히로토, 다가온다.

히로토　저…… 화방 주인이…….

상호　됐어. 그 인간은 깜냥도 안 돼. 애초에 믿지도 않았어. 안에서 두들겨 맞고 있는 거, 윤인서냐?

히로토 네.

상호 그 인간이 윤인서 반만 닮았어 봐. 여기 벌써 잿더미 됐지. 아휴, 무거
워. (금고를 히로토에게 건네며) 못 열었는데, 분명히 이 안에 다 들어 있을
거야. (사무실 쪽을 보며) 살살 좀 하지. 그래도 계집인데.

상호, 담배를 물고 괜히 시간을 보낸다.

상호 아휴, 하긴 저 사람들도 속이 어떻겠어.

히로토 (상호 모르게) 흥.

상호 금고 줘봐. 집문서 땅문서 다 돌려주자고. 다들 윤인서한테 받은 돈
갖고 왔을 거 아냐. 자, 이제 교환을 해보자구.

상호가 움직이려는 순간, 신발이 날라와 상호의 머리를 때린다.
계창이 들어온다.

계창 으이구, 으이구!

히로토, 금고를 계창에게 넘긴다.

상호 (히로토에게) 야!

계창 (히로토에게) 치아라. 그 안에 아무것도 없다.

계창, 상호에게 돈뭉치를 내민다.

계창 자. 불 질렀다 치고, 보험회사에서 주는 기라 치고, 받아라. (상호가 받
지 않자) 저 안에 저 훨훨 타오르는 거 안 비나? 니는 저 지옥불에 기드

갈 수 있겠나. 으잉?

상호   …….

계창   그라이 니는 그 돈 가지고 가서 조용히 입 닥치고 놀기나 해라. 알긋
나.

상호, 계창의 손에서 돈을 낚아채 나간다.

계창   저 사람들 화 풀릴 때 됐다 싶으면 니가 정리해라. 인서, 병원에 데리
다주고.

히로토   네.

계창, 나간다.
이경, 바닥에 떨어진 그림을 주우려고 들어왔다가
제물포 상회의 상황을 목격한다.

이경   (히로토에게) 뭐야? 너 왜 보고만 있어? 왜!

이경, 상회 문을 열려고 하는데 잠겨 있다.

이경   (문을 두드리며) 인서야! 윤인서! (무대 밖을 향해) 영무야! 영무야!

히로토   알아서들 처리하겠군.

히로토, 반대쪽으로 나간다.

잠시 후, 영무와 석훈이 뛰어들어온다.
영무, 제물포 상회의 문을 부수고 들어간다.
사람들, 흩어져 도망간다.

이경   인서야, 정신 차려봐! 인서야!

영무, 인서를 업고 뛴다.
무대, 어두워진다.

긴 사이

목소리   (영무의) 지게 지고 짐만 졌던 내 등에 너를 업고 뛸 줄은 몰랐다.
목소리   (인서의) 달이 참 이쁘다. 우리도 애관극장 가서 이경이가 봤다는 그
          활동사진 한번 볼까. 그 달 한번 볼까.
목소리   (영무의) 그래, 그래.

11.

제물포 상회.
계창과 히로토가 일을 보고 있다.
전화가 울리자 히로토가 받는다.

히로토   제물포 상회입니다. 아, 네. 알겠습니다. 그렇게 전해드리겠습니다.
          예. (계창에게 와서) 나루토 상이 입찰을 따냈다고 합니다. 내일 찾아뵙
          고, 철거계획부터 말씀드리겠습니다.
계창   입찰 못 따내면 등신이지. 가도 내도 돈을 울매나 썼는데. (긴 한숨)
          와 이래 한숨이 기나오노. 저번에 내인테 보여준 호텔 건축 설계도,
          그거 한 장 더 그려서 가오라캐. 그거라도 여 걸어놓고 매일 올리다보
          면 한숨이 쪼매 덜 기나올라나.

히로토	네.
계창	사람 뽑는 거 광고 냈나.
히로토	그럼요. 벌써 이력서가 꽤 들어왔습니다. 지금 보여드릴까요.
계창	됐다. 이따가 보지 뭐.

계창, 책상에 다리를 올려놓고 눈을 감는다.

잔다리 화방.
이경이 배냇저고리를 펼쳐놓고 본다.
인서가 화방 안쪽 방에서 나온다.
상처투성이다.

이경	배고파?
인서	아니. 그게 뭐야?
이경	내가 입었던 배냇저고리래.
인서	아저씨 은근히 세심하시네.
이경	아마 이것 때문에 못 버렸을 거야. 여기 고름 끝에 까만 거 보여?
인서	응.
이경	백정의 딸은 고름 끝에 이렇게 표시를 해야 하는 거래. 우리 엄마가 하는 수 없이 이걸 칠하고선 분해서 잠을 못 자다가 도망가버렸대.

이경, 저고리의 고름을 뜯는다.

인서	성냥 가져올까?
이경	아니. 안 태울 거야.

이경, 이젤 앞으로 간다.

이경   그림으로 만들 거야. 캔버스에 붙이고, 이 고름을 따라 퍼져가는 웃음을 그릴 거야. 우리 아부지가 잘하는 자학이나 조소가 아니야. 껄껄껄 웃으며 우리 스스로를 들여다보는 웃음이야. 작품의 제목은 가가대소(呵呵大笑).

인서   가가대소라. 내가 먼저 한바탕 크게 웃어도 되겠니? 푸하하. 그래, 너는 니 방식대로. 뭐 그림이 잘 팔릴 것 같지는 않지만.

     이경, 계창의 초상화를 가져온다.

이경   이거는 팔아줘야겠다. 이왕 그린 거니까.

인서   당연하지. 나 출근한다.

이경   그때 그 불란서 영화 보고 석훈 씨가 그러더라. 저마다 바라보고 상상하는 달이 달라야 이 세계가 좀 더 풍성해지지 않겠냐고. 인서야, 네가 지금 저 길을 굳이 건너려는 걸 내가 말리지 않는 이유야.

     인서, 초상화를 들고 길로 나온다.
     이경, 그런 그녀를 걱정스러운 눈빛으로 본다.

목소리   (인서의) 다들 길 하나씩 사이에 두고, 오늘도 저마다의 궤도를 돈다. 우리는 달의 뒷면을 보지는 못한다. 하지만 이 길 위에서 우리는 서로의 뒷면을 본다.

     길 위의 사람들, 인서를 보고 수군거린다.
     침을 탁 뱉거나 고개를 절레절레 흔들기도 한다.

     인서가 제물포 상회에 들어서자, 계창이 당황한다.
     인서, 벽에 초상화를 건다.

그리고 자신의 책상에 앉아 주판을 튕긴다.

잠시 후,

무대의 영상에 네 청년의 모습이 스케치 된다.

〈잔다리 건너 제물포〉 공연 기록

일시   2018년 12월 8일 ~ 16일

장소   인천문화예술회관

제작   인천시립극단, 제78회 정기공연

연출   강량원

출연   서국현, 이범우, 차광영, 심영민, 김세경, 강주희, 강성숙, 최진영,
정순미, 김문정, 김태훈, 이수정, 서창희, 김희원, 황혜원, 권순정,
이신애, 이규호

집집:
하우스 소나타

등장인물

박정금	2002년 당시 60대 초반, 빌딩 청소부
성현숙	2002년 당시 50대 초반, 박정금이 다니는 교회 집사
김재복	2002년 당시 40대 중반, 박정금의 아들
연미진	30대 초반, 어린이집 보육교사
이성근	30대 초반, 보안요원, 연미진의 남편
이웃1	60대, 연미진과 박정금의 이웃
이웃2	40대, 연미진과 박정금의 이웃, 장애가 있다
김민정	연미진의 친구
관리소장	박정금과 연미진이 사는 임대 아파트의 관리 책임자
복지사	박정금과 연미진이 사는 동네 주민센터의 복지사
부동산 전문가	부동산 프로그램의 출연자
사회자	부동산 프로그램의 진행자

시공간에 대한 일러두기

서서울의 한 임대 아파트가 주요 배경이다.
이 작품은 2021년의 603호와 2002년의 603호를 번갈아 그린다.

무대는 603호의 일부다.
객석을 향해 베란다 창이 있다고 가정된다.
무대를 중앙으로 가로질러 미닫이 유리문이 있는데 항상 열려 있다.
미닫이 안쪽은 안방 겸 거실, 바깥쪽은 부엌이다.
미닫이문 바깥쪽의 오른편으로는 싱크대의 일부가 보이고
왼편으로는 화장실 문이 보인다.

싱크대 옆으로 현관문이 있지만 무대에서는 잘 보이지 않는다.

그리고 화장실 문 옆으로는 복도로 난 창이 있는 문간방이 있다.

이 역시 잘 보이지 않는다.

현관문과 문간방은 소리로만 전달된다.

프롤로그. 연미진과 박정금의 잠

연미진의 꿈속.

연미진 우와 이게 말로만 듣던 그 복사꽃이구나. 짜증나게 이쁘다. (다른 한쪽을 보며) 뭐야. 이제 겨우 꽃이 폈는데 벌써 열매가 열렸어? 헐. (뭔가 생각난 듯) 연미진, 저거 따지 마! (자신도 모르게 손을 뻗으며) 먹지 마! 에이씨, 이거 태몽이잖아. 신선함 일도 없이 너무 뻔한 태몽이잖아! (자기도 모르게 입에 넣어 씹으며) 에이 씨, 달아! 열나 달아! 어떡해······.

연미진, 달게 복숭아를 먹는 가운데 눈물을 흘린다.

박정금의 잠.
브라운관 티비의 불빛이 일렁인다.
박정금, 바닥에 누워 자고 있다.
티비에서 노래가 흘러나온다.
오, 필승 코리아~
북소리에 박정금이 잠시 눈을 떴다가 다시 감는다.

1. 2021 연미진

먼지가 쌓인 낡은 공간과 어울리지 않게,
바흐의 평균율 1권 1번 프렐류드가 우아하게 흐른다.

사이

연미진, 끙끙대며 캐리어와 여러 개의 짐가방을 나른다.

관리소장이 신발을 신은 채 들어와 둘러본다.

관리소장　짐이 단출하네?

연미진　아, 안녕하세요.

관리소장　가구도 하나 없고. 이사하는 거 맞어?

연미진　살던 원룸이 풀옵션이었거든요.

관리소장　아.

연미진, 또 하나의 짐을 가지고 들어온다.

잠시 숨을 고르며 집을 둘러본다.

표정이 어둡다.

관리소장　기대 많이 했나 보네? 뭐, 임대 아파트가 다 이렇지.

연미진　그런가요?

관리소장　그래도 원룸보다야 낫지. 문간방도 하나 더 있고 부엌이랑 분리도 돼
있고……. 아파트잖아.

연미진　네, 감사합니다.

현관에 이웃1이 등장해 있다.

이웃1　뭐가 감사하대요?

관리소장　깜짝이야!

이웃1　문이 열려 있어서……. (연미진에게) 옆집 살아요.

연미진　아 네, 안녕하세요.

관리소장　옆집은 무슨.

연미진　네?

이웃1	쳇. 복도식 아파트에서 같은 층에 살면 대충 다 그렇게 얘기하는 거지. 뭐 그럼 옆옆옆집 살아요, 그렇니까?
관리소장	몇 호 삽니다, 보통은 이렇게 얘기하지요.
이웃1	내 집도 아닌데 몇 호고 나발이고 뭔 상관이래.
관리소장	저렇게 주인 의식이 없으니, 쯧쯧.
이웃1	그나저나 항상 바쁘신 우리 관리소장님이 여긴 어쩐 일이래요?
관리소장	어쩐 일은 무슨. 집에 문제는 없는지, 들어오는 사람은 또 문제가 없는지, 하나하나 살피는 게 다 내 일인데.
이웃1	처음 보는데? 이렇게 몸소 납시어서 이사하는 걸 일일이 다 보살피신다고?
연미진	(말을 돌리며) 앞으로 잘 부탁드립니다.
이웃1	뭘?
연미진	네?
관리소장	아니, 왜 저래?
이웃1	(집안을 둘러보며) 똑같네 똑같어. 소장님이 이 집 주인이면 이거 이르케 해놓고 세를 놓겠어요?
관리소장	살던 사람을 탓해야지 왜 애먼 사람한테 난리야?
이웃1	에이그, 이 집에서 바글바글 애들을 키우길 했나 비루빡에 똥칠하는 늙은이가 있길 했나. 이만큼 곱게 쓰고 나간 사람이 어딨다고.
연미진	여기 살던 분을 아시나 봐요.
이웃1	뭐 안다고 할 수는 없지만서두, 집을 보면 모르나.
관리소장	도배해줬잖아요!
이웃1	세상에, 이십 년을 쓰다 나갔는데 도배 하나로 생색을 내. 에이그, 아가씬지 새댁인지 고마워서 절이라도 해야겠네?
관리소장	뭐요?
이웃1	(연미진에게) 여기가 새천년 특집으로다 지은 임대 대단지거든.
연미진	새천년? 진짜 오랜만에 듣는 말이네요. 어르신 들어오셔도 돼요.

이웃1　　에이그, 이사한다고 정신없는 집엘 뭐하러. (관리소장을 보며) 난 누구처럼 눈치 없고 안 그래요. 에이그, 부지런히 쓸고 닦고 해야겠다. 티나 날라나 몰라.

　　　　이웃1, 연미진에게만 손인사를 하고 나간다.
　　　　관리소장, 어이없어하며 괜히 헛기침한다.

연미진　　민정이가 전화했어요? 저 오늘 들어온다고?
관리소장　제일 친한 친구라고, 잘 좀 들여다 봐달라고 어찌나 들들 볶든지. 평소엔 전화 한 통도 잘 안 하는 녀석이 말이야. 이럴 때만 삼촌이지. 참, 결혼을 했다면서.
연미진　　……네.
관리소장　여기가 신혼집?
연미진　　그렇죠…….
관리소장　남편은?

　　　　연미진, 이제야 관리소장이 신발을 신고 있는 것을 본다.

관리소장　남편은 뭐해?
연미진　　(관리소장과 자신의 발을 번갈아 보며) 소장님, 제가 괜히 벗고 들어온 거죠?
관리소장　아니, 집이 이러니까…….
연미진　　집이 왜요?
관리소장　아니, 누가 뭐래?

　　　　관리소장, 뒤꿈치를 들고 어설프게 현관 쪽으로 간다.

관리소장　(가는 내내) 참, 아까 그 아줌마 조심해. 그냥 할 일이 없으니까 시시때

때로 기어 나와가지고서는 이 단지를 아주 훑고 다닌다고. 뭐, 차차 알게 될 거야. 말 섞지 말어. 인사나 대충 하구.

연미진 대충 하면 안 될 거 같던데요?

관리소장 (피식 웃다가) 명심해. 여기서 오래 살 생각 마. 부지런히 벌어서 좋은 데 이사 가란 얘기야. 정리 잘 하구.

연미진이 고개를 끄덕이자 관리소장이 나간다.

연미진, 따라 나가서 현관문을 부러 요란하게 잠그고 들어온다.

고개를 내저으며 긴 숨을 내쉰다.

객석을 향해 나 있는 (나 있다고 가정되는) 베란다 창을 열어젖힌다.

뭘 보려는지 몸을 이리저리 움직인다.

삐딱하게 서서 고개를 쭉 내민다.

객석을 째려보는 모양새가 된다.

연미진, 무얼 보았는지 놀란다.

사이

한동안 밖을 내다보다가 청소를 시작한다.

열심히 쓸고 닦는데, 초인종이 울린다.

연미진, 조심스레 문을 연다.

이성근이 들어온다.

둘, 부둥켜안고 좋아한다.

연미진 어떻게 왔어? 오늘 야간 근무잖아.

이성근 아무래도 너 혼자 입주하는 게 좀 그래서.

연미진 입주? 그러네. 입주네!

이성근 우와, 우리 드디어 같이 사는 거네?

연미진	응! 아차차. 아니지. 아직 자기 집은 계약 기간 3개월이나 남았잖아. 그냥 복비 낸다고 하고 방 내놓으면 안 돼?
이성근	얘기 끝났잖아.
연미진	은근 짠돌이야. 옥탑방 복비 얼마나 한다고.
이성근	한 달 월세라니까. 오늘처럼 왔다 갔다 하면 돼. 설레고 좋잖아.
연미진	여기서 다니려면 힘들어서 어떡해? 회사 코앞에서 살다가 개고생하게 생겼네.
이성근	그게 대수야? 남들은 몇 번씩 떨어진다는데, 능력자 연미진 덕분에 첫 지원에 딱 붙었잖아. 것도 경쟁률 어마무시하다는 인서울. 근데 어떻게 된 거야? 경기도를 노려야 하나 어쩌나 그러더니.
연미진	변두리잖아. 오래됐고…….
이성근	어쭈, 배부른 소리 한다? 요새 나오는 행복주택은, 우리가 넣은 청약 횟수로는 어림도 없다며. 아이씨, 그러게 열심히 잘 붓고 있다가 보릿고개 잠깐을 못 넘기고 해약을 해버려서…….
연미진	나도 마찬가지지 뭐. 솔직히 싱글일 땐 청약 통장 있어도 언감생심 꿈이나 꾸나? 자기야 그래도 이 집이 요새 새로 짓는 데보다 조금, 아주 조금 더 넓대. (베란다 쪽으로 가며) 그리고 이 집에는 이게 있지! 자기야, 이리 와봐.

연미진, 이성근의 손을 잡고 무대 앞쪽으로 걸어 나와 베란다 창을 연다.
이성근의 몸을 잡고 조금 전 자신이 취했던 자세가 되게 한다.
이성근, 객석을 째려보는 모양새가 된다.

연미진	짜자잔~
이성근	대박! 저거 혹시 한 리버?
연미진	동 사이로 요만큼 보이긴 해도 한강은 한강이지.
이성근	말이 돼? 한강 보고 사는 사람은 딴 세상 사람인 줄 알았는데?

연미진 저어기. 저 다리 건너면 오른편이 난지도야.

이성근 아, 하늘 공원?

연미진 지금이야 그렇지만 20년 넘게 쓰레기 매립장이었잖아. 아직도 여름에는 다리 건널 때 냄새가 좀 난대.

이성근 그럼 저쪽이 상암인 거네?

연미진 (고개를 끄덕이며) 저 다리도 월드컵 직전에 완공됐대.

이성근 알지. 나 제대하고 처음 일한 데가 상암이잖아. 고층 빌딩이 여기저기 오픈하니까 관리하느라고 보안요원들 무지하게 뽑았거든.

연미진 상암 개발되기 전까진 이 동네도 변두리 중의 변두리였대.

이성근 입주자 모집 공고 나는 대로 막 찔러 보는 건 줄 알았더니. 입주 환경까지 이것저것 공부 많이 하셨네.

연미진 ……그냥 들은 거지 뭐.

이성근 니가 가입한 인터넷 까페에 후기 올렸어? 당첨됐다고 자랑해야지.

연미진 됐어…….

이성근 왜. 너 다른 사람들 당첨 후기 보고 엄청 부러워했잖아.

연미진 자기, 유니폼 잠바 빨았어?

이성근 아니.

연미진 으이구. 지난번에 보니까 꼬질꼬질하던데. 가져와. 내가 빨아줄게. 아, 맞다. (둘러보며) 우리 아직 세탁기 없지?

이성근 이제 잠바 입지 말고 정장 입으래. 원청에서 하달이 왔나 봐.

연미진 (성근이 가져온 양복 가방을 가리키며) 각자 자기 걸 입으라는 거야?

이성근 유니폼 정하기 전까지만 그렇게 하래.

연미진 ……잘됐네. 우리 성근 씨가 또 수트 빨이 기가 막히지!

두 사람, 웃으며 창밖을 본다.

이성근 해질 때 멋지겠는데?

연미진   그지? (할 말이 있는 듯) 자기야, 있잖아…….

이성근   (손목시계를 보다가) 응?

연미진   아니야.

이성근   가야겠다. 퇴근 시간 걸리면 이 근처 도로가 아주 죽음이야.

연미진   에휴, 남들 집에 갈 때 일하러 가는 거 보려니 그러네.

이성근   교대하잖아.

연미진   교대 안 하고 살았으면 좋겠다고.

이성근   또, 또.

연미진   수다 떨지 말고 같이 밥이나 먹을걸.

이성근   회사 가서 먹으면 돼.

연미진   자기야, 나도 조만간 다시 일하게 될 거 같아.

이성근   쉴 때는 아무 생각 말고 좀 쉬어.

연미진   괜찮은 자리가 났어. 나중에 얘기할게.

이성근   그래. (둘러보며) 내가 내일 와서 같이 치울 테니까 오늘은 방만 닦고 자. 알았지? 간다.

이성근, 나간다.

연미진, 애써 웃으며 청소를 한다.

멀리서 북소리.

'오 필승 코리아'를 외치는 소리가 어렴풋이 들려온다.

2. 2002 박정금

어둠 속에서 일렁이는 티브이 브라운관의 불빛.

박정금이 그쪽을 향해 팔을 괴고 누워 있다.

코를 곤다.

사이

바흐의 평균율 1권 1번 푸가가 앞 장면의 답가처럼 흐른다.

사이

갑자기 '아~ 아~' 하는 비명에 가까운 탄식 소리가 아파트를 울린다.
박정금, 깜짝 놀라 깬다.

박정금   넣었어?

밖이 다시 조용해진다.

박정금   못 넣었어? 아이구, 아부지…….

박정금, 다시 눈을 감는다.

사이

화장실에서 변기 물 내려가는 소리가 들린다.
박정금, 움찔한다.

사이

이번에는 '와~' 하는 비명에 가까운 고함소리가 계속된다.

박정금, 다시 움찔하며 눈을 뜬다.

박정금 넣었어? (눈을 비비며) 넣었네. 아멘! 아이구 주님 감사합니다!

박정금, 리모컨으로 티브이를 끈다.
끙, 소리를 내며 돌아눕는다.
이내 코를 곤다.

3. 2021 연미진

연미진, 끙끙대며 드라이버로 싱크대 문을 분리하고 있다.
싱크대 앞에는 인테리어 필름 롤이 쌓여 있다.
그리고 화장실 문 옆으로 테이블과 의자가 놓여 있다.
몇 가지 살림이 생겨난 모양새다.

연미진 아, 손목이야. 전동 드라이버를 사야 하나. 연미진 또 사고 쳤네.

연미진, 싱크대를 보다가 주머니에서 임신 테스트기를 꺼낸다.
세 개나 된다.
그것들을 바라보며 길게 한숨을 내쉰다.
이때 위아래 할 것 없이 소음이 하나둘 들려온다.
우당탕탕 뛰는 소리, 발망치 소리, 마늘 빻는 소리 등등.

연미진, 인상을 쓰는데 휴대폰이 울린다.

연미진   (전화를 받으며) 어, 민정아. 주차장? 야, 미리 전화를 좀 하지. 아냐, 괜
        찮아. 올라와. 603호. 어~

연미진, 전화를 끊자마자 주변을 정리한다.
지저분한 것들은 화장실 옆 문간방 안으로 마구 던져 넣는다.
잠시 후, 벨이 울리고 김민정이 휴지 팩을 들고 들어온다.

연미진   (휴지를 받으며) 뭘 이런 걸 다 사 왔어.
김민정   야, 여기 골 때린다. 옆집 봤어?
연미진   왜?
김민정   아니 복도는 엄연히 공용 공간인데 쓰레기에 장독에, 온갖 살림을 다
        내놨어. 넌 저거 괜찮아?
연미진   안 괜찮으면 어쩔.
김민정   (밖을 향해) 진짜 무개념 쩐다.
연미진   솔직히 여기만 그런 것도 아니야. 어르신들 많이 사는 아파트 다 그렇
        던데 뭐. 그리고 애들 키우는 집은 유모차며 킥보드며 다 내놓고 살기
        도 하잖아.
김민정   하긴.
연미진   (물을 끓이며) 다방 커피밖에 없다.
김민정   (싱크대를 가리키며) 저건 왜 저래?
연미진   다른 건 웬만하면 견디겠는데 이놈의 싱크대는 완전 유물 상태라 필
        름이라도 좀 붙여보려고.
김민정   해봤어?
연미진   아니.
김민정   네이버 리빙, 오늘의 집 이런 앱에 사람들 올려놓은 거 보고 하는 거
        야? 야, 그 사람들은 그냥 금손인 거야.
연미진   난 똥손이고?

김민정	걍 돈 벌어서 사람 써. 후회한다 너.
연미진	후회는 나사 하나 간신히 풀었을 때 이미 시작됐고, 이젠 오기로 하는 거지.
김민정	핸드폰 필름 하나 붙이는데도 개짜증 나던데. 아휴, 주말에 성근 씨랑 같이 하든가.
연미진	내가 지금 놀고 있으니까.
김민정	참, 너 성근 씨한테 우리 외삼촌 얘기했어?
연미진	…….
김민정	잘했어. 됐어. 괜찮아. 누구 빽이든 쓸 수 있을 때 쓰는 거지. 주차장에 보니까 고급 외제차가 몇 대나 있던데.
연미진	야, 난 다르지.
김민정	그러니까. 니가 재산을 속이길 했니 뭘 했니.
연미진	안 다를 건 또 뭐야. 불법은 불법이니까.
김민정	후회하는 거?
연미진	(싱크대를 가리키며) 벌써 늦었다니까.
김민정	(웃으며) 도와줘?
연미진	됐어. 그러게, 정리나 좀 하고 나면 오지.
김민정	걍 지나는 길에.
연미진	어디 갔다 오는 길인데?
김민정	나 공시 때려치우고 엄마 따라다니잖아.
연미진	엄마가 뭐 하시는데?
김민정	줍줍.
연미진	줍줍?
김민정	오피 줍줍.
연미진	응?
김민정	아파트 줍줍은 들어봤지? 건설사에서 분양하고 계약을 한번 하잖아? 그럼 꼭 이런저런 이유로 미계약 물량이 생기거든.

연미진	인기 없는 동네 아니면 왜?
김민정	청약 부적격자들이 꽤 있어. 가점 계산 잘못 입력하기도 하고 임신 확인증, 장애 등급 이런 거 구라로 끊어서 특별 공급에 신청했다가 들키기도 하고, 남의 청약 통장 썼다가 들통나기도 하고. 뭐, 또 중도금 대출 막혀서 계약 포기하는 사람도 있고 계약하려다가 이혼하기도 하고 별별 상황이 다 있대.
연미진	그걸 줍는 거야?
김민정	청약 통장도 안 쓰는 거니까 거저 줍는 거다 이거지. 분양권은 보유 주택 수에 포함도 안 됐거든. 세금도 신경 쓸 필요가 없단 얘기고. 줍기만 하면 지역에 따라 달라도 피가 한두 장은 그냥 넘거든. 경쟁률이 수십만 대 일 이런 데는 기본이 열 장, 열다섯 장 막 이래. 완전 로또지. 로또였지.
연미진	왜 과거형이야?
김민정	법이 바뀌었걸랑. 전매도 안 되고, 15억짜리 이상은 대출도 막아버렸고. 그 정도 현금 가진 사람들만 더 배부르게 생겼지.
연미진	남의 나라 얘기 같다.
김민정	내가 처음에 그랬다니까. 엄마 따라 스터디 모임까지 나갔잖아. 하나라도 되기만 하면 피 붙는 거 무조건 반 떼주겠다는 말에 넘어갔지.
연미진	오피 줍줍은 뭐야? (비꼬듯) 아, 오피스텔? 법이 바뀌어서 오피스텔로 턴한 거야?
김민정	……재수 없지?
연미진	(어이없는 헛웃음) 야, 내가 이래서 널 미워할 수가 없는 거야. 다 까버리니까.
김민정	솔직히 그런 걸 뭐. 오피는 아파트랑 달리 예당이 없어서, 예비당첨자. 그게 없어서 미계약분이 바로 풀리거든. 에휴, 근데 오피도 곧 제한 들어올 거 같아. 지산도 그렇고. 아, 지식산업센터. 이제 LTV도 70프로로 막을 거 같더라고.

연미진   (말을 끊으며) 그래서 추첨 갔다 오는 길이야?

김민정   어. 군포에 괜찮은 물건이 나왔대서.

연미진   너희 어머니는?

김민정   딴 데 갔지. 흩어져야 좋은 거 찾고 확률도 높아지니까.

연미진   너희 어머니가 그런 데 관심 있으신 줄은 몰랐네.

김민정   우리 아빠 병 수발 칠 년 하다가 확 돈 거지. 진짜 우울증 심각했었어.
         그러다 아빠 퇴직금이랑 연금 나오는 거 모아서 시작했다가 재미 붙
         인 거지. 딱 한 번 줍줍 성공했는데 얼굴에 생기가…… 말도 마.

연미진   생기가 아니라 살기 아니야?

김민정   뭐? 풉. 살기 맞네. 같이 다닐래?

연미진   전에 일하던 어린이집 원장님한테 전화가 왔어.

김민정   다시 나오래?

연미진   자기 언니가 덕인동에 어린이집을 냈는데,

김민정   덕인지구 알지.

연미진   지구? 업자 다 됐네. 난 택지지구가 뭔지도 몰랐어. 신도시 같은 건
         줄 알았지.

김민정   뭐 미니 신도시라고 봐도 되지. 삼 년 전에 울엄마가 거기 줍줍하러
         가는데 내가 차 몰고 갔거든. 그땐 완전 허허벌판이었는데 비닐하우
         스 막 있고. 지금은 아파트 하나둘 들어서고 있겠다.

연미진   어. 제일 먼저 들어선 단지에 생긴 어린이집인가 봐.

김민정   괜찮겠어? 너 한때 이명까지 들린다고 했잖아. 애들 징징대는 소리.

연미진   한 넉 달 쉬니까 괜찮아진 거 같아. 일하기 싫어서 그랬나 봐.

김민정   그런 동네 엄마들 엄청 힘들어. 은행하고 나눠 가졌어도 자가라고 중산
         층 된 거마냥 어깨 으쓱하지, 맘카페에서는 온갖 소리 다 돌지. 에휴.

연미진   …….

김민정   울엄마가 맨날 너 대단하다 그러잖아. 남의 애들 보는 거 쉬운 일 아
         니라고. 울엄마는 언니가 형부랑 애들 데리고 집에 오잖아? 밥 딱 먹

고 나면 언제 갈 거냐 그래.

연미진   넌 언제 가냐.

김민정   나, 가라고?

연미진   결혼.

김민정   됐거든? 너 결혼식은 언제 할 거야? 너무 미루지 마. 그러다 그냥 살라.

연미진   그냥 살면 어때. 혼인신고도 했는데.

김민정   했어?

연미진   아파트 도전할 때 신혼이 유리하대서…….

김민정   그러니까 말을 일찍 했어야지. 내가 우리 외삼촌 얘기를 일찍 했어야 했나. 이렇게 들어올 거였으면 신혼 조건 필요도 없었던 건데.

연미진   같이 살고 싶었어.

김민정   결혼식 하고도 애 생길 때까지 안 하는 사람들이 얼마나 많은데.

연미진   너도 성근 씨 봐서 알잖아.

김민정   암요. 절대 바뀔 사람 아니지. 이 시대에 정직, 성실이 좌우명이라니.

연미진   픕.

김민정   출근하게 되면 연락해. 덕인동에서 밥 한번 먹자. 내가 거기 기가 막힌 식당 하나 알거든.

연미진   됐거든? 그 동네 아직 식당도 얼마 없을 텐데 학부모라도 딱 마주쳐 봐.

김민정   그러네. (싱크대를 가리키며) 저거 다 하고 나면 나 수제비 해줘. 니가 해주는 김치 수제비 먹고 싶당.

연미진   (킁킁거리며) 근데 아까부터 이상한 냄새 안 나? 하수구 냄새.

김민정   (같이 킁킁대다가 애써 모른 척하며) ……난 잘 모르겠는데?

연미진   (싱크대 쪽으로 가며) 여기서 나는 건가?

김민정   욕심내지 말고 일단 필름만, 응?

연미진   진짜 안 나?

김민정   (또 아닌 척) 안 난다니까.

연미진   그래?

김민정   (전화가 울리자) 엄마 콜. 하여튼 노는 꼴을 못 봐. (나가다가 돌아서며) 여기 오래 살 생각 말구. 알았지? (전화기에 대고) 여보세요? 간다고요.

김민정, 나간다.

사이

연미진, 싱크대를 바라보다 다시 나사를 풀기 시작한다.

그러다 걸레받이를 빼낸다.

먼지와 함께 냄새가 훅 밀려온다.

연미진   (코를 막고) 윽. 아, 짜증 나. 배수관이 삭은 거 같은데…….

연미진, 바닥에 거의 눕다시피 하여 싱크대 아래쪽을 들여다본다.

그러다 휴대폰 플래시를 켜서 안을 비춘다.

연미진   저건 또 뭐야?

연미진, 무언가가 든 검은 비닐봉지를 꺼낸다.

망설이다가 조심스레 열어본다.

돈이다.

꽤 많은 양의 구권 만원 지폐들이 바닥에 떨어진다.

연미진, 돈을 내려다본다.

4. 2002 박정금

앞 장면과 오버랩된다.

박정금이 들어와 가방에서 돈을 꺼낸다.

연미진이 펼쳐 놓은 돈에 가방의 돈을 합하여 다시 밀봉한 후

싱크대 밑에 잘 넣는다.

배가 고픈지 물에 밥을 만다.

기도를 한 후 싱크대에 선 채로 허겁지겁 먹는다.

티브이를 켠다.

리모콘을 누를 때마다 온통 축구 중계, 축구 뉴스다.

박정금, 채널을 돌리다 주목한다.

소리   네, 쓰레기 매립지였던 난지도가 이렇게 확 바뀌었습니다. 환경생태 공원으로 조성되어 동식물이 살 수 있는 생명의 땅이 된 겁니다. 모두 네 개의 공원으로 이루어져 있는데요.

박정금   어머나, 세상에!

박정금, 갑자기 문간방 쪽을 힐끗 쳐다보며 볼륨을 줄인다.

소리   자연과 사람이 평화롭게 만나는 '평화의 공원', 하늘과 맞닿은 초원 '하늘공원', 서울의 노을이 가장 아름답게 펼쳐지는 '노을공원', 버들 가지 피어나는 '난지천공원'으로 조성되었습니다.

이때, 초인종이 울린다.

박정금이 티브이를 끄고 문을 열어준다.

박정금   아이고 집사님. 들어오세요.

성현숙이 들어온다.

성현숙 아이고 제가 너무 일찍 왔네요.

박정금 아니에요. 제가 오늘 좀 늦었어요.

성현숙 일이 많이 힘드신가 보다. 빌딩 청소하는 게 쉽지는 않죠.

박정금 아휴, 아니에요. 그 정도도 안 하고 먹고 사는 사람 있나요.

성현숙 우리 교회에서 성도님 별명이 뭔지 아시죠? (웃으며) 음메~

박정금 (웃으며) 지하철이 고장이 났대서 신도림역에서 한참을 기다리는 바람에 늦었어요.

성현숙 그래요? 이거 참, 전 세계가 주목하는 월드컵이 열리고 있는데 낯부끄러운 일이군요.

박정금 그러네요. 저는 제 갈 길 늦는 것만 생각했지 뭐에요. (머리를 가볍게 치며) 짧아요, 제가. 좀 앉으세요. 집사님 식사 안 하셨지요?

성현숙 저도 집에 기다리는 식구들이 있으니 가서 먹어야지요. 잠깐 들렀습니다.

박정금 그럼, 물이라도.

성현숙 괜찮습니다.

박정금, 물을 가져온다.

성현숙 일단 마저 드세요. 안 그러면 저 갑니다.

박정금 알겠습니다, 집사님.

사이

성현숙 (괜히 집을 둘러보며) 좋으시죠?

박정금 (환하게 웃으며) 아휴, 말해 뭐합니까. (둘러보며) 아직도 꿈 같습니다. 제가 이런 집엘……. 다 집사님 덕분이죠.

성현숙 제 말 들었으면 작년에 아파트 짓자마자 들어올 수 있었는데.

박정금 그때는 살던 동네 떠나면 큰일 나는 줄 알았죠.

성현숙 난지도에 사시던 분들이 다들 그랬죠.

박정금 무허가 집이긴 했어도, 냄새난다 뭐 한다 그래도, 남편 가고 나서는 거기라도 살 수 있어서 다행이다 싶더라고요. 한쪽에 밭농사도 쬐끔 짓고 가끔은 남들이 내다 버린 것도 돈이 됐고요.

성현숙 (뭔가 생각난 듯) 염병. 그 나쁜 놈들이 생각나네요.

박정금 예?

성현숙 왜, 부자 동네에서 오는 쓰레기를 받는 구역이 따로 있었잖아요.

박정금 네. 쓸만한 물건들이 꽤 있다고들 했죠. 진짜인지는 몰라도 금붙이를 주웠다는 사람도 있었고.

성현숙 그렇다고 그 쓰레기들 건드리려면 돈 내라고 응? 그거 그…… 권리금 을 받아요? 어떻게 그랬을까. 지들이 무슨 권리가 있다고. 상놈의 깡 패 새끼들! (박정금이 놀라자) 그런 놈들은 욕먹어도 싸요. 우리 목사님 께서 한창 동네 개척하실 때 그 인간들 보고 욕을 욕을 했잖아요. 싸 우기도 하셨고.

박정금 알죠. 그래서 저희가 목사님을 더 믿고 따랐죠. 그래서 제가 이사 오 고도 교회를 못 바꾸잖아요.

성현숙 할렐루야.

박정금 할렐루야. 저 한강 다리가 없었을 때는 여기가 그렇게 멀게 느껴졌어 요. 그러니 더 발이 안 떨어졌지요. 또 저는 상암동에 추억도 많고 그랬거든요. 여름 다가오면 매봉산에 분홍 꽃 피는 배롱나무가 그렇 게 예뻤어요. 남편하고 놀러도 자주 가고 그랬지요. 갈대숲도 많고 해서 영화 촬영도 자주 하고 그랬거든요. 근데 한 몇 년 있다가 매봉 산 자락에 뭘 짓는다고 근처를 싹 막고는 포크레인하고 인부들만 드 나들게 하는 거예요. 어쩌다 남편도 거기서 일을 하게 됐는데 저는 아파트를 짓나 보다 했죠. 근데 아니더라구요. 뭘 짓냐고 물었더니 국가 기밀이라는 거예요.

성현숙 아, 월드컵 경기장 옆에 있었다는 석유 비축 기지 그거 말씀하시는구나.

박정금 네. 그때 중동에서 전쟁이 나서 기름 파동이 생기는 바람에 대통령이 기름 비축해놓는다고 그걸 지었더랬죠. 깊이가 자그마치 15미터라는 거예요. 감이 안 오더라구요. 아파트 10층 높이라니까, 아이구 세상에 싶대요. 그 위험한 일을 하면서 말을 안 한 거예요. 한날 술을 먹고 털어놓더라고요. 그날 땅 파다가 사람이 떨어져서 죽었는데…….

성현숙 주여!

박정금 (얼떨결에) 주여! 그랬는데 글쎄, 시설 자체가 국가 기밀이니 내놓고 말도 못 하다가, 생전 안 마시던 술을 먹고선……. 아휴 제가 별 얘기를 다 하네요.

성현숙 뭘요. 난지도가 쓰레기처리장이 된 것도 그즈음이죠.

성현숙, 갑자기 일어나서 뿌듯하게 둘러본다.

성현숙 싱크대도 새 거고, 벽지도 장판도 깨끗하고, 화장실도 산뜻하고…….예전 살던 곳은 화장실이 좀 그랬잖아요. 아무래도 여러 집이 같이 썼으니. 이제 열심히 벌어서 가구만 하나씩 바꿔가면 되겠다. 그죠?

뭔가 쿵, 하고 떨어지는 소리.

성현숙 깜짝이야. 무슨 소리에요?

박정금 예?

성현숙 방금 뭐가 쿵 떨어지는 소리가 났는데?

박정금 위, 아래, 양 옆집이 다 소리를 내죠. 아파트 생활을 해오던 사람들이 아니라 그런지 조심성이 너무 없더라고요.

성현숙   쯧쯧.

어디선가, '악' 하는 소리.

성현숙   엄마야.

박정금   윗집의 옆집인 모양인데, 좀 아픈 아이가 사나 봐요. 틱이라고 그러 나? 여튼 주기적으로 저래요.

성현숙   (가슴을 쓸어내리며) 아멘.

박정금   (베란다 쪽으로 가며) 그래도 이게 있지요.

박정금, 베란다 창을 열어젖힌다.
두 사람은 1장의 연미진과 같은 자세를 취한다.
서로 웃는다.

성현숙   그러니까요. 저도 맨 처음 왔을 때 얼마나 놀랐게요. 난지도가 생각날 때 한 번씩 내다볼 수도 있고 좋겠어요. 아, 물론 난지도까지 보이지는 않지만 그래도 보일 듯이, 보일 듯이 저기 있다고 생각이 되잖아요.

박정금   예. 참, 내 정신 좀 봐. 쓸데없는 얘기 하느라고 정작 드릴 걸 까먹었네.

박정금, 낡은 손가방에서 봉투를 꺼내든다.

박정금   새로 일하게 된 빌딩이 너무 오래된 거라 닦은 게 티가 안 나서 아쉽 지, 입주해 있는 사무실 사람들은 아주 젠틀해서 좋더라고요. 출판사 도 있고, 무슨 광고기획사도 있고, 병원도 있고 한데 하나같이 사람들 이 점잖아요. 인사도 잘 받아주고, 잘 건네고. 사람은 역시 배워야 하 나 봐요.

성현숙, 계속 봉투만 보고 있다.

박정금, 이제야 봉투를 아주 정성스럽게 건넨다.

성현숙, 웃으며 고이 받아 가방에 넣는다.

박정금 확인 안 하세요?

성현숙 제가 자매님을 모릅니까? (물을 마시며) 근데 요즘도 월급을 이렇게 현찰로 주는 데가 있습니까?

박정금 용역 소장님한테 사정을 얘기했지요. 오히려 좋아하는 눈치던데요?

성현숙 세금도 덜 내고 보험도 덜 내고 좋겠죠.

박정금 (해맑게 웃으며) 서로 좋으면 좋지요.

성현숙 (함께 웃으며) 기도드립시다.

둘, 서로의 손을 포개고 눈을 감는다.

성현숙 하늘에 계신 우리 아버지, 오늘 이렇게 우리 박정금 자매님의 따뜻한 보금자리를 찾아 기도드릴 수 있음에 한없이 감사드리옵니다. 그 척박하고 버려진 땅에서 벗어나 이토록 깨끗하고 안전하고 안락한 집을 누릴 수 있음은 모두 주님의 은총인 줄 압니다. 피곤에 지친 몸을 편히 쉬게 할 수 있는 이 집이 영원한 안식처가 될 수 있도록 주님, 이 가정을 보살펴 주시옵소서.

박정금 아멘.

성현숙 주님, 우리는 늘 슬픔을 당한 이웃을 만나면 위로하고, 억울함을 당한 이웃을 만나면 함께 울면서 기도해 왔습니다. 늘 그래왔듯이 이웃에게 사랑을 실천하며, 늘 그래왔듯이 이렇게 함께 기도하는 주님의 복된 제자가 되게 하시옵소서. 참된 제자가 되게 하시옵소서. 예수님의 이름으로 기도드립니다.

함께 아멘!

박정금   집사님의 기도는 언제 들어도 한결같이 좋습니다. 감사합니다.

성현숙   제가 감사하지요!

갑자기 '와~' 하는 비명에 가까운 고함소리가 울린다.

두 사람, 깜짝 놀랐다가 웃으며 '아멘'을 외친다.

성현숙   넣었나 보네. 이기면 8강인가.

5. 2021 연미진

연미진, 싱크대 문에 붙일 필름을 자르고 있다.

연미진   좁은 집은 무조건 화이트가 진리지! 아래쪽은 그레이로 할 걸 그랬나.

아, 몰라 몰라.

드디어 필름을 붙이려는데 어디선가 '쿵' 하는 소리가 들린다.

연미진   (깜짝 놀라 움찔하다가) 아, 진짜! 기포 들어갔잖아!

뒤이어 '쿵쿵' 하는 발소리가 연이어 들린다.

이어지는 이런저런 소음들.

노랫소리, 아이들의 비명에 가까운 괴성.

물소리, 가래침 뱉는 소리 등등.

연미진의 짜증도 극에 달한다.

호흡을 고르며 짜증을 달랜다.

하지만 곧 킁킁거리며 냄새를 맡는다.

배수관을 들여다보다가 생각난 듯,

싱크대 밑에서 발견한 지폐들을 바닥에 펼쳐 놓는다.

한참을 바라본다.

사이

초인종이 울린다.

연미진, 현관문 쪽으로 가 방범 미러를 들여다본다.

연미진　(소리 죽여) **아침부터 뭐야, 왜 왔대?**

다시 초인종이 울린다.

연미진, 망설이다가 문을 열어주려 한다.

그러다 바닥의 지폐들을 확인하고 서둘러 쓸어 담아 봉지에 넣는다.

문을 연다.

이웃1, 들어온다.

연미진　안녕하세요.

이웃1　인내심이 필요해.

연미진　네?

이웃1　인내심이 절로 길러져. 눈이든, 귀든, 다리든, 사지든 뜻대로 안 되는 사람들이 이 아파트에 좀 많아? 집이 이렇게 좁아도 문 열어줄 때까지 시간이 꽤나 걸린다 이 얘기지.

연미진　네…… 저는 화장실에 있다가…….

이웃1　아이구, 쏘리.

이웃1, 연미진이 거리를 두자 바닥에 쪽파를 툭 던져 놓는다.

허리를 숙인 김에 입구 쪽 바닥에 털썩 앉는다.

이웃1   저녁에 비 온대. 파전 한 장 구워서 막걸리나 한잔하라고.

연미진   안 그러셔도 되는데…… 감사합니다.

이웃1   별로 안 감사한 거 알아. 세상이 어쩌려고 대파 한 단이 오천 원이 넘는 거야. 근데 그 비싸던 쪽파는 두 단에 천 원이라는 거야. 뭐 이따위 장난을 치고 있어. 다 중간에서 조작질이지. 그지?

연미진   네? (파를 집으며) 저도 파전 좋아해요.

이웃1, 일어서려 한다.

연미진   저 혹시, 이 집에 살던 분 아세요?

이웃1   (다시 앉으며) 왜? 뭘 두고 갔어?

연미진   네?

이웃1   관리사무소에 갖다 주면 돼.

연미진   그런 건 아니고 그냥 좀 궁금해서요.

이웃1   나도 잘 몰라. 한 두어 번 봤나. 통 집구석에서 나오질 않으니까. 남자 혼자 살았어. 나랑 나이는 엇비슷한 거 같았는데.

연미진   네…….

이웃1   왜 뭐 망가뜨려 놓고 간 거 있어?

연미진   아니요.

이웃1   쓸고 닦고 살다 보면 홀애비 냄새 금방 빠져. (연미진, 고개를 끄덕이자) 그나저나, 어느 쪽이래? 가족 중에 누가 아픈가? 다문화는 아닌 거 같고 한 부모 티오야? 신혼부부 자격만으로는 이런 데 어렵다 그러더라고. 집은 이 모양이어도 뜬금없이 코앞에 지하철까지 들어와서 역세권이 됐잖아? 째려보면 나름 한강뷰고. 이런 영구임대, 이런 국민

임대 잘 없거든. 두루 섞여 있어도 살다 보면 다 알게 되거든, 우리는.

연미진   어르신은 어느 쪽이신데요?

이웃1   나? 우리 아부지가 육이오 참전 용사. 총 쏘다가 죽었는지 똥 싸다가 죽었는지는 몰라도 좌우지간 국가유공자.

연미진   네, 저는…….

이웃1   (의미심장하게 파식 웃다가) 뭐, 사생활은 존중받아야지, 암. (쪽파를 가리키며) 기름 아끼지 말고 넉넉하게 둘러야 돼. 반죽은 너무 두껍지 않게. 뭐 잘하게 생겼네.

이웃1, 힘겹게 일어나 나간다.

사이

연미진, 킁킁거린다.
싱크대로 가서 냄새의 근원인 배수관을 들여다본다.
그러다 분리해놓은 문에 발을 부딪치고 만다.
입을 틀어막고 소리 없는 비명을 내지른다.
발을 잡고 팔딱팔딱 뛴다.
이때, 문 열리는 소리가 들리고 이성근이 들어온다.
치킨 봉투를 들고 있다.
연미진이 그를 째려본다.

이성근   왜…… 벨 누를 걸 그랬나?

연미진   남의 집이냐? 내가 열쇠 줬잖아!

이성근   왜 그래? 발 찧었어? 어디다? 응? 아주 내가 박살을 내놓을게. 어디다 박았어?

연미진   으이구, 일찍도 오시네.

이성근 (싱크대 문을 가리키며) 내가 와서 같이 한다니까 하여간 성질 급해가지고.

연미진 자기 사 일, 아니 사 일 반 만에 온 거거든?

이성근 미안해. 중간에 회식도 있었고, 집 보러 온다는 사람도 있었고……. 너무 피곤하니까 조금이라도 빨리 눕고 싶더라고. 미안해, 자기야.

연미진 야간 근무했으면 가서 자지 뭐하러 왔어. (치킨 봉투를 가리키며) 이 시간에 여는 치킨집이 있어?

이성근 어. 우리 회사 근처에. 아침엔 샐러드만 파는데 내가 해달라고 막 졸랐어.

연미진 얼씨구 맥주까지?

이성근 한 캔은 음료지. 나 콜라 안 먹잖아. 알았어, 맥주는 안 딸게.

연미진, 그제야 마주 앉아 치킨을 함께 먹는다.

연미진 나, 면접 봤어.

이성근 새로 생긴 동네라며.

연미진 동네는 원래 있었는데 아파트 단지들이 들어선 거지. 분양가도 좀 쌌고 다 이삼십 평대 아파트라서 어린애들 있는 집이 많대. 벌써 어린이집 대기자 수가 어마어마해. 덕분에 원장들만 신났지. 인테리어도 거의 끝나서 보육교사 확정되면 바로 시작할 건가 봐.

이성근 원장은 괜찮은 사람인 거 같아?

연미진 한번 보고 아나.

이성근 하기로 했어?

연미진 해야지. 같이 벌어야 여길 뜨지.

이성근 뭐야. 벌써 나갈 생각하는 거야?

연미진 말이 그렇다는 거지. (성근에게 음료를 가져다주며) 면접 보러 간 날 말이야. 대낮인데도 그 동네에 차가 너무 막히는 거야.

이성근	도로도 제대로 정비 안 하고 아파트만 들입다 지은 거 아냐?
연미진	봤더니 옆 단지에서 사전점검을 한다는 거야.
이성근	사전점검?
연미진	아파트 다 지어서 입주하기 전에, 문제가 있는지 집주인들이 살펴보는 거래.
이성근	하자 신청하는 거?
연미진	(고개를 끄덕이며) 궁금하더라? 오는 길에 버스가 하도 안 와서, 산책 겸 슬쩍 가봤어. 근데 분양받은 사람들만 들어갈 수 있게 입구에서 체크하더라?
이성근	당연하지. 사유 재산이니까.
연미진	놀이터랑 공원이 보이는데 되게 잘해놨더라. 요새 짓는 아파트라 다르긴 다르더라고. 조경도 멋지고 조각상도 예쁘고, 놀이기구도 아기자기하고. 집은 또 얼마나 잘해놨을까 싶더라고.
이성근	(닭다리를 건네며) 우리 미진이, 부러웠구나.
연미진	저런 데서 애 키우면 좋겠다 싶었지. 초품아래. 초등학교를 품은 아파트.
이성근	픕.

사이

| 이성근 | 이거 먹고 싱크대 필름 마저 붙이자. 저 체리색 몰딩이랑 방문도 칠하고 싶댔지? 페인트도 사 올게. 오는 길에 가게 봤어. |
| 연미진 | ……있잖아. |

연미진, 망설이다 돈이 든 검은 비닐봉지를 가져와 놓는다.

| 이성근 | 뭐야? |

연미진 봐봐.

이성근, 열어본다.

연미진 싱크대 밑에 붙어 있었어.

이성근 전에 살던 사람 거네. 옛날 지폐 오랜만에 본다. 신권이 2006년인가, 2007년인가에 발행되기 시작했을걸?

연미진 268만 원이야.

이성근 세어 봤어?

연미진 어.

이성근 남의 돈을 왜 만져.

연미진 아니, 그냥…….

이성근 관리사무소에 물어보면 살던 사람 정보 있을 거야. 안 되면 경찰서에 갖다 줘.

연미진 왜 저기다 넣어 놨을까.

이성근 우리 할머니도 장롱 밑에 막 돈 넣어두고 그랬어.

연미진 동전이겠지.

이성근 지폐도 가끔 딱지처럼 접어서 넣고 그랬어. 그거 보고 내가 몰래 슬쩍 하기도 했거든. 할머니 돌아가시고 집 정리할 때 우리 아버지가 엄청 놀랐대. 생각보다 돈이 많아서.

연미진 그래?

이성근 이웃 사람들한테 한번 물어봐. 아는 사람 있을걸?

연미진 ……이걸로 우리 싱크대 바꾸면 안 될까?

이성근 뭐?

연미진 합판이 갈라진 부분도 많고 표면이 막 일어나서 필름 붙여도 안 깨끗할 거 같아서 그래. 바꿔 놓으면 우리도 좋고, 우리가 나가게 되더라도 여기 들어오는 사람이 또 기분 좋게 쓸 수 있잖아.

이성근	미진아…….
연미진	알았어.

이성근, 찌뿌둥한지 몸을 비튼다.

연미진	자기 자야지. 이불 깔아줄게. 큰맘 먹고 원목 침대 프레임을 주문했는데, 제작하는데 열흘이나 걸린다네. 처음엔 사흘이라더니 이제 와서 그러면 어쩌겠다는 거야. 딴 거 살걸.
이성근	매트리스 먼저 보내라고 하지.
연미진	싫어. 자취방 같아지잖아. 먼지도 많이 붙고.
이성근	나, 앞으로 저기 문간방에서 자면 안 돼? 딱일 거 같은데.
연미진	내가 일부러 어제 저 방 다 정리하고 누워봤거든? 아휴 별별 소리가 다 들려. 낮이고 밤이고 어찌나 왔다 갔다 하는지. 우리가 끝집이었으면 그나마 나았을 텐데.
이성근	난 괜찮은데……. 저기, 나 소화도 좀 시킬 겸, 동네도 좀 구경할 겸 나갔다 올게.
연미진	밤새 일하고 어딜 간다는 거야.
이성근	아직 집이 낯설어서 그런가. 잠이 잘 안 올 거 같아서.
연미진	피시방 가려는 거지? 성근 씨, 요새도 잠 잘 못 자? (성근의 답이 없자) 베개에 머리만 갖다 대도 코를 골아야 정상인 거잖아. (뭔가 생각난 듯) 혹시 야근할 때 각성제 먹었어? 먹었어, 안 먹었어!
이성근	안 먹었어.
연미진	근데 왜 잠이 안 와!

사이

연미진	말을 해. 해야 알지.

이성근   ……개 같은 선임이 하나 들어왔어. 꼴에 중사 출신이래. 회사가 군대
            인 줄 아나. 아주 사람을 들들 볶아. 나뿐만 아니고 우리 동기 전부.
            그걸 다행이라고 해야 하나. 나한테만 그랬으면…….

연미진   그랬으면 뭐.

사이

이성근   나, 입사 지원서 냈어. 대기업에 파견되는 경비보안 서비스 회사야.
            정규직이고.

연미진   거기도 2교대야? 주주휴야야휴?

이성근   그렇지 뭐. 근데 복리후생이 너무 좋아. 나한테 먼 얘기긴 하지만 자
            녀들 등록금 고등학교 대학교 학자금까지 지원해준대.

연미진   자기도 은행 같은 데서 일하면 좋을 텐데. 밤 근무 없잖아.

이성근   일이 쉬우면 두 종류지. 월급이 짜거나 문턱이 높거나.

연미진   정규직이니까 무조건 시도해봐야겠지?

이성근   경쟁률 엄청 높을 거야. 기대하진 말고.

연미진   자기나 기대하지 말고 일단 자.

연미진, 이불을 깔아준다.

이성근   같이 자자. 나 잠들 때까지만. 응?

연미진   나갔다 올게. 편하게 자.

이성근   어디 가게?

연미진   주민센터. 어린이집에 서류 제출해야 해.

이성근   응. (누웠다가 벌떡 일어나) 너, 전입신고는 했지? (미진이 인상을 찌푸리자) 안
            했어?

연미진   하려고 했어.

연미진, 에코백에 돈뭉치를 넣는다.

이성근　그건 왜 가져가?

연미진　어떻게든 돌려주라며. 자기야, 벨 울려도 문 열어주지 마. 교회에서 엄청 다니는 거 같더라. 낮에 자기 자려면 초인종을 아예 떼버려야 할까 봐.

연미진, 불을 끄고 나간다.

문이 닫히는 소리.

누워 있던 성근이 일어나 식탁으로 간다.

맥주를 따르다 참는다.

현관 쪽을 살피며 주머니에서 약을 꺼내 먹는다.

6. 2002 박정금, 2021 연미진

주민센터(동사무소).

무대 앞쪽에 의자가 놓인다.

복지사와 박정금이 차례로 등장한다.

복지사　(의자를 가리키며) 앉으세요.

박정금이 왼쪽에 앉으려 하자, 복지사가 오른쪽 의자를 가리킨다.

복지사　이쪽이 나으실 거예요. (오른쪽 빈 공간을 가리키며) 괜히 아시는 분 방문 해서 마주치면 불편하시잖아요.

박정금, 주눅이 잔뜩 든 자세로 의자에 앉는다.

복지사, 종이컵을 건넨다.

박정금 감사합니다.

복지사 박정금님 맞으시죠? 제가 댁에 여러 번 찾아갔었는데요. 어디 일 나
가세요?

박정금 ……아니요.

복지사 청소하고 오셨나 봐요? (박정금이 눈을 크게 뜨고 쳐다보자) 락스 냄새가 나
서요. 어르신들은 많이 쓰시잖아요. 커피 좀 드세요.

박정금 (긴장한 채로) 네.

복지사 (명함을 건네며) 저는 구청에서 여기 동사무소로 파견된 사회복지사에
요.

박정금 좋은 일을 하시네요.

복지사 댁에 날라온 우편물 보셔서 아시겠지만 지금 기초생활수급자에 대해
서 대대적인 조사가 진행되고 있어요. 부정수급자를 가려내려는 거죠.

박정금 네…….

복지사 박정금님, 아드님 계시잖아요?

박정금 있죠. (복지사가 피식 웃자) 왜 웃으세요?

복지사 죄송합니다. 보통 이렇게 질문을 드리면 대부분은 바로 손사래를 치
면서 '아이구, 있으나 마나 한 놈이에요!', 뭐 이러시거든요.

박정금 세상에 있으나 마나 한 사람이 어디 있습니까.

복지사 ……그렇죠.

박정금 다 주님의 소중한 자식들인데요.

복지사 (서류를 보며) 아드님 소득이 안 잡히긴 하는데요. 현행법에서는 어쩔
수 없이 아드님이 어르신의 부양의무자이세요. 지금 저희 복지사들이
부양의무자 기준을 완화시키기 위한 법 개정을 요구하고 있긴 해요.
국회 보건복지위원회에 하루 빨리 상정이 돼야 하는데…….

박정금 (말을 자르며) 어렵네요. 제가 뭘 해야 하나요.

복지사 아드님께서 부양 능력이 없다는 것을 증명하셔야 해요. 연락은 되시죠? (박정금의 답이 없자) 안 되세요?

사이

복지사 이번 조사를 잘 넘기셔야 해요. (안내문 종이를 주며) 댁에 가셔서 잘 살펴보세요. 부양 능력 판정 기준이 나와 있으니까, 아드님하고 잘 얘기해 보시고 증명할 수 있으면 서류를 떼 오셔야 해요.

박정금 저, 혹여라도 증명을 못 하면 살고 있는 집에서도 나가야 합니까.

복지사 그렇지는 않고요. (자료를 보며) 전년도 도시 근로자 월평균 소득 오십 프로 미만이, 현재 영구임대 재계약 기준이거든요?

박정금 그게 얼마인가요?

복지사 한 135만 원? 박정금님 본인 소득이 없으시니까 별문제 없을 거예요. 너무 걱정하지 마세요.

박정금 ……복지사님 눈에는 우리 같은 사람들 사는 꼴이 참 답답해 뵈지요?

복지사 네?

박정금 (망설이다가 가방에서 유인물을 꺼내 건네며) 이거 한번 읽어보세요.

복지사 (둘러대듯) 저도 교회 다닙니다.

박정금 복지사님은 왜 주님을 믿으세요?

복지사 제가 드린 안내문 꼭 읽어보셔야 해요.

박정금 저는 세상도 못 믿겠고, 가족도 못 믿겠고, 나도 못 믿겠고, 앞날도 못 믿겠고, 그래서 주님을 믿어요.

복지사 제가 일이 좀 많습니다. 또 궁금한 게 있거나 도움이 필요하시면 언제든 찾아오시고요.

복지사, 나간다.

박정금, 서류의 글자가 잘 보이지 않는지 눈을 찌푸린다.

연미진, 등장하여 박정금 옆에 앉는다.

연미진   네, 안녕하세요. 전입 신고하고 주민등록초본 좀 떼려구요. 변동 주소
다 나오게요. (인상을 살짝 찌푸리며) 페인트 냄새가 엄청 심하네요. (둘러
보며) 아, 리모델링 했구나. 힘드시겠어요.

연미진, 에코백을 안고 의자에 앉는다.

괜히 가방을 들여다보며 안절부절못한다.

연미진   뭐 좀 여쭤볼게요. 임대 아파트 입주하는 사람도 확정일자를 받아야
하나요? 아, 그래요? 계약서 들고 다시 와야겠네요. 네, 감사합니다.

연미진과 박정금, 떨어져 앉은 채로 앞을 응시한다.

7. 2021 연미진

부동산 전문가와 사회자가 등장해 있다.

부동산 프로그램 생방송 중이다.

연미진, 방송을 보고 있다.

사회자   지난 방송에 이어 3기 신도시 특집을 진행하고 있는데요. 앞으로 공
급될 17만 3천 가구 중에서, 무주택 서민을 대상으로 하는 공공분양
의 25퍼센트 물량에 대한 사전청약이 이미 시작됐습니다. 선생님, 예
상대로 1차 청약에서 경쟁률이 어마어마했죠?

전문가　네, 그렇습니다. 아무래도 수도권 지역의 대규모 공급이고, 또 분양가가 시세의 70에서 80퍼센트 정도로 책정될 예정이기 때문에 시세 차익을 노려볼 만하다는 판단이죠. 1차에서 인천 계양지구의 경우 84 제곱 형은 384대 1의 높은 경쟁률을 보였습니다.

사회자　선생님, 지난 1일에 1차 사전 청약 결과가 발표되지 않았습니까?

전문가　네! 말씀드린 인천 계양, 남양주 진접, 성남 복정, 의왕 청계, 위례 지역인데요. 우리 시청자분들 사이에서도 여러모로 희비가 교차했을 것 같습니다. 당첨이 되신 분들은 이삼 년 후에 있을 본 청약 시까지 무주택 요건, 소득 자격 조건 등을 잘 유지해야 한다는 점 잊으시면 안 되겠습니다.

사회자　혹시 떨어지신 분들은 아직 실망하기 이릅니다. 세 번의 사전 청약 일정이 아직 남았으니까요. 예고 드린 대로 오늘은 전화 상담을 진행해보도록 하겠습니다. 자, 연결이 됐을까요. 여보세요?

남자　네. 저는 혜화동에 사는 마흔다섯 살 가장입니다.

사회자　네, 안녕하세요.

남자　(난데없이 버럭) 근데요. 사전 청약 이런 거 왜 하는 거예요? 1차 추정 분양가가 인터넷에 돌던데 그것도 어디까지나 추정일 뿐이잖아요. 분명히 이런저런 이유로 오를 거고, 또 본 청약이 정확히 언제가 될지도 모르잖아요.

전문가　아, 네……. 우리 선생님, 지난 방송 못 보셨나 봅니다. 아무래도 부동산 시장이 워낙에 불안하다 보니까 이런 방식으로 공급 신호를 적극적으로 줘서 그 불안감을 좀 달래려는 거죠.

남자　아휴, 진짜…….

사회자　선생님? 선생님?

남자　아, 예. 죄송합니다.

사회자　어떤 부분에 대해 궁금하셔서 전화를 주셨을까요.

남자　(낮은 자세로 돌변하여) 제가요. 청약을 232회 납입했거든요. 밀린 적도 없고요.

사회자, 전문가, 미진 모두 놀란다.

사회자 232회면 정말 대단한 거 아닙니까.

전문가 그럼요. 20년 가까이 부으신 거니까요.

남자 네. 그리고 제가 특별 분양 조건도 두루두루 갖추고 있는데요. 신혼 조건이 5년에서 7년으로 바뀌는 바람에 그것도 일단 해당되고요. 생애 최초는 당연히 되고요. 제가 홀어머니를 모시고 있어서 노부모 부양 조건도 되고 중소기업에 다니고 있어서 기관 추천 특별 분양도 되거든요?

연미진, 놀라며 부러워한다.

사회자 와우. 우리 선생님 스펙이 엄청 나시네요.

전문가 그런데요, 선생님. 각각의 특별 분양 조건은 세밀하게 다 확인을 하신 걸까요? 예를 들어 노부모 부양 같은 경우는 주민등록상으로 3년 이상 연속 부양을 하셔야 하거든요.

남자 아휴, 그럼요. 당첨 바라고 갑자기 엄마 주소 옮기고 그런 짓, 제 체질에 안 맞습니다.

전문가 아, 네~

남자 선생님 제가 궁금한 건요. 이 중에 어떤 걸로 신청을 해야 확률이 높을까요?

전문가 아, 네…… . 사실 공급 물량만 놓고 보면 신혼이 30프로, 생애 최초가 25프로예요. 근데 이게 물량이 많은 만큼 또 경쟁률도 높거든요. 해당되는 사람이 많으니까요. 그래서 저라면 기관 추천이나 노부모 부양을 먼저 택해보겠습니다. 아무래도 이쪽이 경쟁률 면에서는 조금 더 유리하지 않을까 싶은데요.

남자   아, 근데 제가 올해 말이 되면 신혼 7년이 끝나거든요. 아까워서 이걸로 먼저 넣어봐야 하나 싶기도 해서요.

전문가   (난감해하며) 음…… 선생님의 경우에는 개인 사정을 고려해서 뭐든 하나씩 차례로 다 넣어보는 게 좋을 거 같습니다. 어찌 됐든 당첨 확률이 매우 높으신 거니까요.

남자   그렇습니까!

전문가   네, 네.

연미진   (전화를 걸며 혼잣말) 뭐야, 자랑하려고 전화한 거야?

남자   감사합니다, 선생님.

사회자   네, 다음 분 연결해보겠습니다.

사이

사회자   여보세요.

연미진   (조심스럽게) 네, 안녕하세요.

사회자   선생님, 조금만 크게 말씀해주시겠어요?

연미진   네! 앞의 분 얘기 들으니까 너무 주눅이 들어가지고…….

사회자   그러셨어요? 아주 드문 경우랍니다. 편하게 말씀하세요.

연미진   저는 서른네 살이구요. 막 결혼했어요. 제가 분양에 관심을 가진 지는 정말 얼마 안 돼서 아직 모르는 게 많거든요. 아, 청약은 해약하고 다시 가입해서 6회밖에 못 넣었어요.

전문가   네, 그러시군요. 일반 공급하고 특별 분양 중에서도 생애 최초는 24회 납입이 전제 조건이라, 신혼부부 특별 분양을 생각해 보셔야 할 거 같네요. 신특은 6회 이상이면 되거든요.

연미진   아, 정말요?

전문가   아이는 아직 없으시고요.

연미진   ……네.

전문가   관심 지역이 있으세요?

연미진   제가 서울에 살고 있기는 한데 아직 주소는 고양시로 되어 있어서 창
         릉 생각해봤거든요.

전문가   네, 좋네요. 창릉은 당해 30프로, 경기 20프로, 서울을 포함한 수도권
         50프로로 물량이 배정되어 있거든요.

연미진   수도권이 50프로면 당해 30프로보다 물량이 많은 거네요.

전문가   네, 그렇게 오해하시는 분들이 많습니다. 여기서 잘 이해하셔야 하는
         게요. (빠르게) 당해 지역 30프로에서 낙첨을 하게 되잖아요? 그러면
         그 낙첨자들하고 경기지역 청약자를 합해서 다시 경합을 합니다. 또
         거기서 떨어진 사람들과 수도권 청약자를 합해서 또 다시 경합을 하
         는 거죠. 그러니까 당해 지역 청약자는 총 세 번의 기회가 있는 거기
         때문에 전적으로 유리한 거죠.

연미진   (연신 메모하며) 아, 그렇군요. 그럼, 저는 신특으로 넣으면 가능성이 있
         을까요?

전문가   소득 기준 100프로 이하는 우선 공급 대상이고, 나머지는 가점으로
         결정을 해요.

연미진   맞벌이도 같나요?

전문가   (자료를 보며) 맞벌이는 120프로네요.

연미진   제가 확인을 못 했는데 그게 대략 얼마인가요? 죄송해요.

사회자   네……. 723만 원 정도 되네요.

전문가   혹시 소득이 낮은 편이시면, 평수가 조금 작지만 신혼희망타운이 더
         유리합니다.

연미진   신혼희망타운이요? 엄청 복잡하네요.

전문가   신희타는 소득 구간이 낮을수록 가점이 더 올라가요.

연미진   근데 소득이 너무 낮으면 집을 살 수가 없지 않나요?

전문가   네? 아, 물론 그렇죠. 근데 신희타는 정부에서 70프로까지 대출을 해

주거든요.

연미진 그럼 얼마나 준비가 되어 있어야 할까요?

전문가 음. 지금 나온 추정 분양가를 보면 그래도 1억 5천 정도는 마련되어 있어야지 않을까 싶은데요.

연미진 네…….

전문가 선생님 가점을 추산해보면 해당 지역 거주 기간 2년 이상이시면 3점, 납입 횟수가 6회니까 1점, 또 자녀가 없으시니까 0점…….

연미진 (말을 자르며) 있으면요? 임신 중이거든요.

전문가 아, 네. 진작 말씀하시죠. 당연히 점수 올라가죠. 쌍둥이면 더 올라갑니다. 그래도 점수가 좀 낮은 편이긴 해요.

사회자 (시간을 체크하며) 선생님, 말 그대로 희망타운이니까, 희망을 좀 가져보셔야지 않을까요? 전화 주셔서 감사합니다. 다음 분 연결해볼까요?

연미진, 메모한 내용을 씁쓸하게 본다.

8. 2002 박정금, 2021 연미진

햇살 아래 벤치 하나 놓여 있다.

이웃2, 앉아 있다.

이웃1, 나물 바구니를 들고 들어와 다듬는다.

이웃1 어이, 107호. 뭐하냐. 또 그거 기다리냐. 고도?

이웃2 …….

이웃1 그 고도, 오기만 해봐라.

이웃2 오면요?

이웃1   와보면 알아. 애달프게 하는 인간치고 그럴듯한 놈 못 봤거든.

이웃2   고도가 인간이라고는 안 했어요.

이웃1   아, 뭐든!

사이

이웃1   생각난다. 니가 처음 고도 기다린다고 했던 날. 늦가을 해질녘이었을 거야. 내가 빠알갛게 잘 마른 고추를 닦고 있었으니까. (이웃2가 웃자) 너도 생각나지?

사이

조명이 바뀌고 둘, 20년 전을 재현한다.

이웃1   뭐하냐.

이웃2   기다려요.

이웃1   뭐를.

이웃2   고도.

이웃1   뭐?

이웃2   고도.

이웃1   고도? (생각하다가) 높은 거? 고도 비만할 때 그 고도? (이웃2가 반응하지 않자 생각하다가) 내가 천년고도 경주 출신이야. 일곱 살 때까지 살았어. (이웃2, 반응이 없자) 그것도 아니야?

이웃2   저어기 앞에 붙어 있는 포스터 보여요?

이웃1   저게 보일 리가 있냐. 너무 멀어.

이웃2   한번 봐봐요. 포스터도 보고 연극도 보고. 복지관에서 내일까지 해요.

이웃1   그 연극에 고도가 나와?

이웃2	고도를 기다리는 두 사람이 나와요.

이웃2   고도를 기다리는 두 사람이 나와요.

이웃1   스무고개 하냐? 그래서 고도가 누군데.

이웃2   …….

이웃1   염병. 하여간 그 사람들 따라서 너도 기다린다고?

이웃2   예.

이웃1   왜.

이웃2   그거라도 해볼라고요.

이웃1   ……뭐라도 하는 게 낫지.

다시 조명 바뀐다.

이웃1   야. 그나저나 20년을 기다려도 안 오는 거면 포기하는 게 맞지 않냐?

관리소장, 들어온다.

관리소장   포기가 안 돼서!

이웃1   깜짝이야.

관리소장   그 난리 부르스를 친 거야? (이웃2가 노려보자) 친 거예요? 아니면 기다리는 고도가 안 와서 그러는 겁니까? 그제도 술 먹고 사고 쳐서 경찰 출동했잖아요. 이 동네 파출소에서 아주 치를 떨어.

이웃1   이제 안 그런다잖아요.

관리소장   한두 번 들었어야지. 경로당 이용할 짬밥도 안 되는 사람이 허구한 날 거기서 술판을 벌여.

이웃1   혼자 그랬겠어요? 다 주거니 받거니 하는 거지.

관리소장   경로당 문 닫기로 했으니 그런 줄 알아요.

이웃1   예?

관리소장   책 기증받아서 도서관 만들 거야. 이참에 독서 취미를 좀 가져보시든가.

이웃2   좋은 생각이네요. 저도 한 권 기증하죠.

관리소장   아이고 그래요? 언제든 환영이죠.

이웃1   (말을 돌리며) 소장님, 근데 우리 동 603호 말이에요. 며칠 전에 이사
          왔잖아요.

관리소장   그랬나.

이웃1   (피식 웃으며) 예, 그랬어요.

관리소장   기록을 봐야 알지. 한두 집 들고 나는 것도 아닌데. 그런데요?

이웃1   혹시 소장님이 아는 사람인가 싶었는데 아닌가 보네요. 그새 까먹은
          걸 보면.

관리소장   무슨 소리를 하는 건지. 내가 입주민을 어떻게 전부 다 외고 다닙니
          까. 이렇게 특별하신 분들이나 기억하지. 그럼, 나는 경로당 현판 뜯
          으러 갑니다.

          관리소장, 나간다.

이웃1   쳇. 아네, 알아. (이웃2에게) 그래도 술은 집구석에서 조용히 마시는 게
          최고야. 응?

이웃2   생각났어! 소년이 나타나야 하는데 어떤 할머니가 나타났어.

이웃1   응?

이웃2   그날, 혼자 우두커니 있는데 나타났어!

          조명이 바뀌면 박정금, 들어온다.

박정금   깜깜해지고 있는데 여기서 뭐 해요?

이웃2   기다려요.

박정금   그래요? 오늘은 못 올 거 같은데…….

사이

박정금   젊은 사람이 술 그렇게 먹기 시작하면 습관 돼요. 돌이킬 수 없게 돼요. 주일날 낮술 마시고 고함 지르는 거 봤어요.

이웃2   ……죄송합니다.

박정금   내가 난지도에 살았어요. 남편이 그랬어요. 쓰레기산에 산다고 쓰레기가 될 필요는 없다. 그 말을 달고 살았어요. (이웃2를 따뜻하게 쳐다보며) 그래도 이렇게 나와서 기다리는 걸 보니 마음이 좀 놓이네요. 낮에는 해도 보고 구름 흘러가는 것도 보고. 그죠? 누굴 기다리는지 몰라도, 앞으로도 이렇게 나와서 기다려요.

성현숙, 등장한다.

성현숙   아이고, 자매님.

박정금   어쩐 일이세요, 집사님. 오늘은 오시기로 한 날이 아닌데.

성현숙   성도님 같은 분을 한 분이라도 더 만나려고 전도 활동 중이었지요.

박정금   고생하셨네요.

성현숙   기쁨이지요. 어쩌 힘이 좀 없어 보이시네요.

박정금   좀 그러네요.

성현숙   무슨 일이라도?

박정금   (뭔가 결심한 듯) 집사님, 저희 집에 올라갔다 가세요.

성현숙   아휴, 아닙니다. 늦었는걸요.

박정금   목이라도 좀 축이고 가세요.

성현숙   아닙니다. 쉬셔야죠.

박정금   올라가세요. 어서요!

성현숙   아, 예…….

박정금과 성현숙, 나간다.

다시 조명이 바뀐다.

이웃1   나도 그 양반하고 같은 생각이다. (나물 바구니를 정리하며) 고도가 오늘
은 오지 않을 거 같애.

이웃1, 나간다.
이웃2, 우두커니 앉아 있다.

9. 2002 박정금

박정금과 성현숙, 차례로 들어온다.
박정금, 문간방을 향해 괜히 요란하게 헛기침을 한다.

박정금   좀 앉아 계세요.

박정금, 음료를 내온다.

성현숙   고맙습니다. 실은 제가 보여드릴 게 있어서 따라 올라왔어요.

성현숙, 가방에서 통장을 꺼내 보인다.

성현숙   이게 CMA 통장이라는 거예요. 증권사에서 발행하는 건데 금리가 훨
씬 높아요. 게다가 월드컵 기념 특별 상품이라서 보너스 이자까지 있
어요. 보통 은행은 한 달에 한 번 정도 결산해서 쥐똥만큼 이자를 주

잖아요? 이건 매일 이자를 줘요. (통장을 보여주며) 이렇게 매일 찍혀 있다니까요.

박정금 저는 이자보다 원금이 보호되는 건지 그게 더…….

성현숙 당연히 되는 걸로 했죠. 이자가 많아 봐야 얼마나 되겠어요.

박정금 집사님께서 알아서 잘 해주시겠지요. 집사님은 이렇게까지 하는 제 마음 아시죠?

성현숙 그럼요.

박정금 주님 앞에 한낱 거짓도 없어야 하는 건데.

성현숙 주님도 이해하실 겁니다.

박정금 기초생활수급 그거 얼마나 된다고 이렇게까지 해야 하나 싶다가도 …….

성현숙 아니죠. 자매님께서는 그 돈을 받고도 남을 만큼 녹록지 않은 상황입니다. 아드님까지 아프시다면서요. (박정금, 고개를 끄덕이자) 빌딩 청소 말고 다른 일도 하시죠? (박정금, 부끄러운 듯 고개를 끄덕이자) 왜 부끄러워하십니까. 몸이 허락하는 한 일을 하겠다는 거 아닙니까. 기초생활수급 그 돈 받자고 놀아야 합니까. 주님께서도 성실과 근면을 강조하셨습니다.

박정금 아멘.

성현숙 하나님께서는 천지를 창조하시면서 6일 동안 창조사역을 하시고 7일째가 되어서야 쉬셨습니다. 요즘 주 5일 근무를 해야 한다느니 말이 많은데 주님의 창조사역을 생각하면 그런 생각할 수가 없습니다. 저 역시 지금 주님의 일꾼으로 하는 모든 일을 천직으로 생각하고 주님의 소명으로 여기며, 주일 말고는 절대 쉬지 않습니다.

박정금 아멘. 집사님 저는 무엇보다 이 집이 소중합니다. 제가 죽고 나서도 제 아들이 여기서 살 수 있었으면 좋겠습니다.

성현숙 아, 네…….

박정금 오늘은 저희 아들을 위해서 기도해주십시오.

성현숙   당연히 해드려야죠.

성현숙, 박정금의 손을 잡으려 하는데 박정금이 벌떡 일어난다.
문간방으로 가서 노크를 한 후 문을 연다.

박정금   재복아…….

성현숙, 당황하여 어쩔 줄을 모른다.

사이

박정금, 방 안으로 들어간다.

사이

박정금이 비쩍 마른 김재복을 부축하여 나온다.
김재복은 박정금의 손을 뿌리치고 혼자 걷는다.
허리가 불편하여 몹시 힘들게 걷는다.

성현숙   (애써 웃으며) 같이 살고 계셨구나! 안녕하세요? 어쩜 그렇게 인기척 하
나 없으셨을까. 내가 재복씨 결혼식에도 갔었는데…… 십 년도 더 됐
나요? 정말 오랜만이에요.

사이

무표정한 김재복이 자리에 앉는다.
성현숙과 박정금도 그런 김재복을 보며 앉는다.

박정금   우리 아들이 일을 하다가 떨어져서 허리를 좀 다쳤어요.

성현숙   네…… 쯧쯧.

김재복, 성현숙을 본다.

성현숙, 멋쩍은 듯 성경책을 꺼낸다.

성현숙   요한복음 9장이 떠오릅니다. (성경을 펼쳐) 예수께서 길을 가실 때에 맹인인 사람을 보신지라 제자들이 물어 이르되, 이 사람이 맹인으로 태어난 것이 누구의 죄로 인함입니까. 부모입니까, 자기 자신입니까. 예수께서 대답하시되 누구의 죄로 인한 것이 아니라, 그를 통해 하나님이 하시는 일을 나타내고자 하심이라. (성경을 덮고는) 이 성경 말씀을 오해하시면 안 됩니다. 예수께서 부러 그를 맹인으로 만드신 것이 아니라, 맹인으로 살면서도 자신의 삶을 온전히 영위할 수 있음을 가르치고자 하신 것입니다.

박정금   아멘!

성현숙   함께 기도합시다.

박정금과 성현숙, 김재복의 눈치를 살피다가 눈을 감고 각자 손을 모은다.

성현숙   하늘에 계신 아버지, 미약한 우리는 저마다 고통을 껴안고 있습니다. 하지만 오늘 우리는…….

성현숙, 슬쩍 눈을 떠 김재복을 본다.

김재복이 묘한 미소를 띠며 성현숙을 본다.

성현숙 깜짝 놀라 눈을 감고 목소리를 키운다.

성현숙   오늘 우리는 우리의 고통에 연연하지 않고 주님께서 우리를 통해 나타내고자 하시는 바에 대해 생각합니다.

어디선가 북소리가 들리고, 성현숙의 기도가 계속된다.

10. 2021 연미진

이성근, 술을 마시고 있다.
연미진, 들어온다.

이성근 왜 전화를 안 받아.
연미진 (휴대폰을 꺼내며) 전화했었어?

이성근, 연미진을 빤히 본다.

연미진 왜, 뭐…… (한숨 쉬며) 돈 돌려줄 거야. 어떻게든.
이성근 그 돈으로 저 싱크대 바꾸고 싶댔지?
연미진 자기도 냄새나지? 난다니까. 나는데 다 모르는 척하는 거야.
이성근 니가 그 생각만 했을까? 그 돈 가지고 별생각을 다 했겠지.
연미진 그래. 결혼식 비용으로도 쓸 수 있을 거야. 뭐 조금 보태면 중고차를
          한 대 살 수도 있을 거고. 그것도 아니면 하룻밤 플렉스도 좋지. 호캉
          스 한번 하고 맛있는 거 비싼 거 사 먹고. 안 될 게 뭐야?

사이

이성근 이 집 말이야.

연미진	……혹시 누가 왔었어?
이성근	누가?
연미진	아니, 뭐…….
이성근	예전에 나랑 신림동에서 같이 살았던 후배, 너도 알지? 걔가 얼마 전에 청년 주택 신청했는데 떨어졌대.
연미진	그거 경쟁률 엄청나. 역세권이면 더하고.
이성근	그러게. 120 몇 대 1이라나. 근데 네가 임대 아파트 붙어서 우리 신혼집 생겼다고 했더니 축하한대. 대단하대. 경기도도 아닌데 어떻게 됐냐고. 막 검색해보더니 이 아파트는 국민 임대 반, 영구 임대 반이라던데? 자격 요건은 말할 것도 없이 까다롭고. 듣고 있어?
연미진	그래, 빽 좀 썼다 왜.
이성근	뒷돈도 줬어? 그래서 싱크대 밑에서 나온 그 돈이 탐났어?
연미진	야!
이성근	여기 들어오려고 대기 중인 사람들이 그렇게 많대. 자격이 돼도 못 들어오고 있는 거잖아. 미진아, 우리 아직 젊잖아.
연미진	허.
이성근	아직 살 만하잖아.
연미진	난 그렇게 생각 안 하는데?

사이

연미진	여기 거저 사는 거 아냐. 보증금도 냈고 임대료 관리비 다 꼬박꼬박 낸다구.
이성근	니 방이든, 내 방이든 어디서도 시작할 수 있었어.
연미진	매달 50만 원씩 월세 내면서?
이성근	전세 대출받아서 좀 넓은 데로 갈 수도 있어.
연미진	이자는 안 갚아? 성근 씨, 여기서 잘 버티면 조금이라도 더 모을 수

있을 거야. 그리고 내가 계속 다른 데 지원해볼게. 공부하고 있어. 회사랑 너무 멀지 않으면 경기도도 넣어볼 거야.

이성근 행복주택이든 뭐든 아파트 지원하는데 신혼이 유리하다는 거, 그게 아니었으면 네가 그렇게 덜컥 혼인신고를 하자고 했을까? 결혼을 생각했을까?

연미진 ……잠 좀 자. 밤새 일하고 와서 왜 잠을 안 자?

이성근 웃기지. 야간 근무 버티려고 각성제를 먹으면 잠이 그렇게 쏟아지는데, 퇴근하고 좀 자려고 수면제를 먹으면 죽어도 잠이 안 와. 사는게 그래. (술을 들이켜며) 냄새는, 우리 안에서 나고 있어. 솔직하지 못한 우리 안에서.

이성근, 나간다.

11. 2021 연미진

한낮.
이웃1과 이웃2, 앉아 있다.
이웃1, 막걸리병에 빨대를 꽂아 마시고 있다.
막걸리병을 다른 봉투로 감싸서 겉으로는 보이지 않는다.
그들 앞에 아이가 걸어가는지 삑삑 신발 소리가 난다.

이웃1 아이고 이뻐라! 그새 또 컸네! 없는 머리 끌어모아서 핀도 꽂고! (고개 끄덕이며) 옳지, 인사도 잘하네. (이웃2를 쿡쿡 찌르며) 혹시 쟤 아니야?

이웃2 네?

이웃1 어떤 애가 와서 얘기해준다며. 오늘 고도님께서는 못 오십니다~

이웃2	소년이에요.
이웃1	소년이든, 소녀든.
이웃2	쟨 애기잖아요.

장바구니를 든 연미진이 들어온다.
이웃1을 보고 불편해하며 돌아서려다.
이웃1이 보고 있는 곳을 함께 본다.

연미진	……귀엽네. (긴 한숨)
이웃1	어떻게 귀엽네, 라는 말 뒤에 한숨이 붙어?
연미진	……몇 살이야? 세 살? 네 살?
이웃1	세 살하고 이 개월. 여기서 태어났거든. 우리 동의 유일한 베이비야. (아이를 향해) 엄마랑 산책 갔다 오나 보네~

이웃1, 주머니에서 주섬주섬 사탕을 꺼내 손을 뻗는다.
연미진, 자신의 배를 만진다.

사이

모두의 시선이 움직인다.
아이가 지나가는 모양이다.

이웃1	아이고 아이고. 애 엄마가 애 팔을 무지막지하게 잡아당겨 끌고 가네. 혼자 애 키운다고, 고생한다고 등 두드려주고 했더니……. 엄마가 애 보다 못하네. 좀 있으면 교육 들어가겠다. 이 동네 사람들 피해 다니라고. (또 술을 들이켜며) 한 잔 줘?
이웃2	끊었어요.

이웃1 　끊기는.

이웃2 　집에 들어가서 마셔요. 그러니까 애 엄마가 피하지.

이웃1 　니가 할 소리는 아닌 거 같으다. (연미진에게) 603호, 한 잔 줘? 얼굴에 수심이 가득한데?

연미진 　아니에요.

관리소장이 들어와 못마땅한 얼굴로 이들을 지켜본다.

연미진 　저기…… 603호에 전에 살던 분 있잖아요. 남자 분이었다고.

이웃1 　어.

연미진 　혹시 어디로 이사하셨는지는 모르시죠?

이웃1 　이사한 것도 몰랐는데? 별사람 다 있거든. 야밤 도주하는 사람도 있고, 짐 다 놔두고 그냥 사라지는 사람도 있고.

연미진 　왜요?

이웃1 　임대차 계약서 제10조에 따르면 말이야. 각종 사유에 따라 계약이 해지될 수가 있거든.

연미진 　예를 들면요?

이웃2 　주거 목적을 벗어난 경우!

이웃1 　옳지. 집에서 막 세탁소 하는 사람도 있고, 미싱 공장 하는 사람도 있고 그랬어. 옛날 얘기긴 하지만.

이웃2 　임대료 체납의 경우!

이웃1 　3개월만 밀려도 이게……. 생각났다! 작년에 그 집 현관문에 임대료 독촉 스티커가 한동안 붙어 있었어.

연미진 　(혼잣말) 왜 그 돈을 안 썼지?

이웃1 　독촉 후에도 해결이 안 되면 해약 통고 및 퇴거 최고장이 등기로 날라오거든? 인도 명령을 거부하면 강제 집행이 이루어져.

관리소장, 박수를 치며 다가온다.

모두, 눈을 피한다.

관리소장 (이웃1에 들으라는 듯) 역시 당해봐야 아는 거지. 체험이 곧 교육이야. 그
죠? (모두에게) 기록상으로 603호는, 20년 가까이 임대료 관리비 단
한 번도 안 밀렸어. 딱 한 번 그때 밀린 거예요.

이웃1 밀린 건 밀린 거지.

관리소장 (연미진에게) 얼마 전에 세대주가 퇴거 절차를 밟겠다고 해서 계약 해지
한 겁니다. 내가 소장으로 들어오기 전에도 이 단지에서는 보기 드문
모범 세대였을 거야. 기록을 보면 알거든. 이제 됐어요? 아파트는 익
명성이란 게 적당히 있어야 하는 거예요. (모두를 보며) 지나친 관심은
서로에게 부담이 된다고.

김민정, 들어온다.

김민정 (관리소장을 향해) **삼촌!**

모두, 김민정을 본다.

관리소장과 연미진, 당황한다.

김민정, 연미진을 발견하고 인사하려 하는데 연미진이 몰래 손사래를 친다.

김민정 (눈치를 채고 관리소장에게) 한참 찾았잖아요. 사무실에 좀 있지.

관리소장 관리소장이 하는 일이 얼마나 많은데 그래.

김민정 엄마가 열무김치 좀 갖다주래서.

관리소장 내가 가면 되는데.

김민정 (연미진에게 윙크를 하며) 이 동네 사는 친구한테도 좀 갖다주려고 겸사겸
사 왔는데, 오늘은 안 되겠네?

연미진, 인상을 쓴다.

관리소장 (김민정을 잡아끌며) 어딨는데?

김민정 차에 있지. 무거워.

관리소장 알았어. 가자.

관리소장과 김민정, 나간다.

이웃1 (민정이 나간 쪽을 보며) 한눈에 봐도 부티가 잘잘 흐르네.

이웃2 생각났다!

이웃1 깜짝이야.

이웃2 그 할머니. 소년 대신에 왔던, 그때 그 난지도 할머니! 603호!

이웃1 뭐?

이웃2 나한테 그랬어. 앞으로도 이렇게 나와서 기다려요. 해도 받으면서 별도 보면서. 우리 아들도 나와서 기다리고, 나와서 화내고, 그러면 얼마나 좋을까.

연미진 집에서 잘 안 나온다는 얘긴가? 그래서요?

이웃2 그 뒤로도 몇 번 봤는데. 맞어. 업고 갔어. 그 교회 집사가 난지도 할머니 업고 내려오니까 119가 왔어.

연미진 왜요?

이웃2 모르죠.

이웃1 이 단지에 119 들어오는 게 뭐 별일이라고. (생각하며) 내가 어떻게 그 양반을 한번도 못 봤을까. 하긴 뭐 새벽같이 일 나가는 사람도 많으니까. 그럼 내가 본 사람은 그 사람 아들인가?

연미진 근데 왜 난지도 할머니에요?

이웃2 난지도에서 살다가 왔으니까.

연미진 난지도에요?

| 이웃1 | 어디든 다 살만하면 사는 거야. (연미진을 슬쩍 쳐다보며) 더러워도 욕먹 |
| | 어도 살아야되면 사는 거지. 안 그래? |

이웃1   어디든 다 살만하면 사는 거야. (연미진을 슬쩍 쳐다보며) 더러워도 욕먹
         어도 살아야되면 사는 거지. 안 그래?

연미진   …….

이웃1   스타킹 빵꾸 났어.

연미진   …….

이웃1   빵꾸 났다고.

연미진   (신경질적으로) 왜 그렇게 관심이 많으세요, 네?

        이웃1, 어이없어 웃는다.
        연미진, 나간다.

이웃1   (이웃1에게) 파전 구워줄게. 우리집에서 막걸리나 한 잔 더 하자.

이웃2   더 하긴 뭘 더 해요. 난 안 마셨는데.

이웃1   싫음 말구.

        이웃1, 나가자
        이웃2, 술 생각이 나는지 슬금슬금 따라 나간다.

        사이

        연미진, 들어와 전화를 건다.

연미진   왜 전화를 안 받아. 자기야, 내가 할 말이 있는데…….

        연미진, 배를 만진다.

12. 2002 박정금, 2021 연미진

어둠 속에서 통화 연결음이 이어진다.

소리 전화를 받지 않아 음성사서함으로 연결됩니다. 삐~ 소리가 나면 녹음하시고 녹음이 끝나면 별표를 눌러주세요.

박정금, 등장한다.

박정금 (전화기에 대고) 집사님, 바쁘신가 봐요. 계속 연결이 안 되네요. 다른 게 아니라…… 우리 재복이가, 우리 아들이 사라졌어요. 2년 내내 집 밖으로 나가 본 적이 없는 앤데……. 집사님, 기도 부탁드립니다.

박정금이 집 안으로 들어간다.
문간방 문을 열어 한참을 들여다본다.

사이

현관문이 열리는 소리.
김재복이 서류 뭉치를 들고 지친 얼굴로 들어온다.

박정금 어디 갔다 온 거니?

김재복 …….

박정금 혹시, 너…… 일하는 거니? 일하고 오는 거야?

김재복 (눈을 부릅뜨며) 왜요. 소득 잡혀서 부양 능력 판명되면 어머니 돈 못 받으실까 봐서요?

박정금 …….

김재복	제가 저 방에 가만히 있는 게 그나마 낫다고 생각하는 거잖아요?
박정금	이 집에 있을 거면 주소를 옮겨. 며늘 아기한테 전화 왔었다. 헤어진 지가 언젠데, 이제는 니가 주소를 좀 옮겨갔으면 좋겠다고.
김재복	그래야죠. 방 구할게요.
박정금	재복아…….
김재복	병원 갔다 왔어요. 장애 등급 받으러.
박정금	……잘했다.
김재복	(서류를 꺼내며) 척추 6급, 하지 근력 5급, 합이 4급이라네요. (다른 서류를 꺼내며) 근로복지공단 가서 산재 신청도 했어요. 뭘 쓰라는 게 그렇게 많은지. 45가지 항목을 적었어요. 팔이 아파요.
박정금	……그래.
김재복	잘 안 되면 소송도 걸 거예요. (입술을 앙다물었다가) 억울해요.
박정금	(김재복의 옷을 털며) 어디서 이렇게 먼지를 묻혔어. 이러니 일하고 온 줄 알았지.
김재복	근로복지공단 계단에서 발을 잘못 디뎌서 굴렀어요.
박정금	좀 앉아. 앉아서 얘기해, 응?
김재복	좋죠? 장애 등급 받으면 부양 능력 상실자가 되는 거잖아요.
박정금	……잘 됐구나. 내가 죽으면 이 집이 너한테 승계되기를 바랐다.
김재복	아주 대대손손 이 집구석에서 살자고 하지 그래?
박정금	싫으면 다른 데다 집을 구하렴. 니가 세대주가 되면, 이제 장애를 가졌으니 너도 이런 아파트를 신청할 수가 있어.
김재복	엄마!

사이

김재복이 문간방으로 들어간다.

박정금, 전화를 건다.

박정금   집사님, 재복이가 들어왔어요. 걱정하실까 봐서 메시지 남깁니다. 아
멘……

김재복이 절뚝거리며 달려 나와 박정금의 손에서 전화기를 빼앗아 던진다.

김재복   엄마는 함정에 빠졌어. 알아? 이 돈 저 돈 다 놓치고 싶지 않아서 스
스로 함정에 들어간 거라고.
박정금   그럴지도 모르지.
김재복   언제까지 이 바보짓을 할 거야? 뭘 보고 그 여자를 믿는 거냐고!
박정금   ……나는 주님을 믿지. 집사님은 내가 믿는 주님의 제자니까, 믿지.

김재복, 고개를 저으며 나가버린다.

박정금   근데 말이다. 그래도 다 주진 않아. 믿지만 다 주진 않아.

박정금, 싱크대의 걸레받이를 떼어내고 손을 집어넣는다.
힘겹게 돈봉투를 꺼낸다.

박정금   살다 보니 이 정도 계산은 서더라고.

박정금, 돈을 도로 넣고 일어서려다 뒷목을 잡고 쓰러진다.
간신히 손을 뻗어 전화기의 버튼을 누른다.

13. 2021 연미진

휴대폰을 통해 음악이 새어 나온다.
필름이 붙여진 싱크대 문짝 하나의 조립을 마친다.
끙끙대던 연미진, 애써 밝은 얼굴로 웃는다.
휴대폰이 울린다.

연미진 (전화기에 대고) 아, 네. 침대 프레임 제작 끝났어요? 내일이요? 네, 집에 있을 거예요. 그래도 미리 전화 한번 주세요. 네, 감사합니다~

연미진, 침대가 놓일 자리를 보며 흐뭇해한다.
문간방에서 짐들을 꺼낸다.

연미진 으이구, 이제야 짐을 푸네.

옷가지와 책 등을 꺼내 정리하기 시작한다.
초인종이 울린다.

연미진 또야?

부러 반응하지 않는다.

사이

다시 초인종이 울린다.

소리 (성현숙의) 계세요?

연미진   어, 아닌데? (밖을 향해) 누구세요?

소리   저…… 여기, 박정금 씨 댁 아닌가요?

연미진   박, 정금?

연미진, 싱크대를 슬쩍 봤다가 현관 쪽으로 가서 문을 연다.

소리   안녕하세요. 아…… 이사를 오셨나 보다.

연미진   누굴 찾으신다고요?

늙은 성현숙이 문을 비집고 들어온다.

얼굴은 까칠하고 행색은 초라하다.

집안을 둘러본다.

연미진   저기요!

성현숙   아휴, 죄송합니다.

연미진   아까 박 누구라고 하셨죠?

성현숙   박정금 씨요. 여기 사셨던 분이에요.

연미진   아…….

성현숙   실례지만, 언제 이사를 오셨어요?

연미진   ……누구세요?

성현숙   (교회 선전지를 건네며) 목회 활동을 하고 있습니다. (선전지를 가리키며) 이 교회 권사에요.

성현숙은 연미진이 선전지를 계속 받지 않자, 식탁 위에 살포시 올려놓는다.

연미진   사람을 찾아오신 건가요? 아니면 전도를 하러 오신 건가요?

성현숙   음…… 둘 다죠.

연미진   솔직하시네요. 저는 지난주에 이사를 왔구요. 살던 분이 언제 이사를 나가셨는지는 정확히 모르겠네요. 관리사무소에서 알아보셔야 할 거 같은데요.

성현숙   (싱크대를 보며) 어머, 감쪽같네요. 이거 겉만 새로 붙인 거죠?

성현숙, 괜히 싱크대를 이리저리 만져본다.

서랍도 슬쩍 열어보고, 문도 슬쩍 열어본다.

연미진, 당황한다.

성현숙   셀프 인테리어가 대세라던데 재주 좋으시네요.

연미진   (짜증 섞인) 자세히 보면 그렇지도 않아요.

성현숙   화장실 타일 같은 건 그대로겠다. 임대 아파트에 그렇게까지 돈을 쓸 수는 없잖아요, 그죠? 한 이십 년 됐으니까 때가 많이 탔을 텐데. 줄눈만 다시 하기도 한대요. 그렇게만 해도 한결 깨끗해지고 물 때도 잘 안 껴서 청소하기도 쉽다네요. (연미진의 시선을 느끼고는) 젊은 사람이니까 인터넷에서 벌써 다 찾아봤겠네. 내가 괜히 아는 척을 했어. 물 한 잔 마실 수 있을까요?

연미진   ……네.

연미진이 물을 따르는 사이, 성현숙은 잽싸게 식탁 의자에 앉는다.

연미진, 별수 없이 물컵을 건넨다.

성현숙   고마워요. 여기 사시던 박정금 씨께서 우리 교회를 열심히 다녔어요. 참 성실하신 분이었죠. 근데 월드컵이 열리던 2002년 여름에 이 집에서 갑자기 쓰러지셨어요.

연미진   아! 그 집사님이시구나.

성현숙   어머, 어디서 들으셨나 보다.

연미진 네, 근데 그분은 왜 쓰러지신 거예요?

성현숙 뇌졸중이요. 바로 요기 싱크대 앞에 쓰러져서는 간신히 제 번호를 누른 거예요. 알고 보니 제 번호가 단축키 1번이었더라고요. 그분한테는 제가 그런 사람이었던 거죠.

연미진 그래도 다행이었네요.

성현숙 네. 제가 이 근처에서 전도를 하고 있었거든요. 이 집으로 뛰면서 119를 불렀죠. 참 죄송스럽더라구요. 그분을 위해서 함께 기도하는 것만으로 내가 할 수 있는 건 다했다고 생각했거든요. 이만큼 하는 사람이 또 어딨냐고 주님한테 되묻고 싶었을 정도로.

연미진 그분은 어떻게 됐는데요? 아드님이 같이 살았다고 들었는데요.

성현숙 그랬죠. 며칠 후에 뒤늦게 병원으로 왔는데, 저더러 그만 가보라더군요. 자신이 알아서 하겠다고. 수술을 하기는 했다는데 합병증이 심한 거 같았어요. 수술한 병원에 계실 때는 슬쩍 찾아가서 몇 번 보기도 했는데, 말도 잘 못 하시고 손도 많이 떠시고 그랬죠. 그 뒤로 요양원을 전전한다는 얘기만 들었는데, 바로 얼마 전에 교회로 연락이 왔어요.

연미진 (의자에 앉으며) 살아계셨군요…….

성현숙 오래 버티셨죠. 아드님한테 저를 불러 달라고 했대요. 전 가지 않을 작정이었어요.

연미진 왜요?

성현숙 그분을 통해서 저를 보게 될까 봐서요.

연미진 네?

성현숙 주님이 그분을 통해 저에게 보여주려는 게 뭔지, 아니까요.

사이

성현숙 하지만 갔어요. 온 진심을 다해 기도했어요. 저 스스로 그런 기도는 처음이라고 느낄 만큼. 몇 분 있다가 스르르 눈을 감으셨어요.

연미진 집사님을 많이 기다렸나 보네요.

성현숙 믿음은 언제나 불안하고 그래서 더 강하게 붙들어놓고 싶은 법이지요.

성현숙, 갑자기 손을 모으고 웅얼거리며 기도한다.
연미진, 어색하게 이 모습을 바라본다.

성현숙 이 댁의 평안을 위해서 기도드렸습니다. 그럼.

성현숙, 일어나 가려다 싱크대를 본다.
부끄러움을 무릅쓰고 걸레받이를 열어 손을 넣어본다.
아무것도 없다.
두 사람 모두 뭔가를 들킨 얼굴로 서로를 본다.

성현숙 박성도님은 이 싱크대를 그렇게 좋아라했어요. 이 빠진 그릇하고 찌그러진 양은냄비로 채우기엔 아깝다고. 아, 그 말씀이 생각나네요.

연미진, 다시 이야기가 시작되는 것 같아 짜증스럽다.

성현숙 성도님께서 이 집에 입주하고서 처음 드리는 성탄절 예배였는데, 그때 목사님께서 베들레헴에 대한 재밌는 얘기를 들려주셨거든요. 다윗의 고향이자 우리 주 예수의 탄생지가 작은 마을 '베들레헴(Bethlehem)' 이잖아요? 근데 그 베들레헴이라는 말뜻이 빵집이라는 거예요. 'house of bread'가 '베들레헴'이래요. 요한복음에 이런 구절이 있어요. '나는 생명의 빵이다. 너희의 조상들은 광야에서 만나를 먹었지만, 죽었다. 나는 하늘에서 내려온 생명을 주는 빵이다. 누구든지 이 빵을 먹으면 영원히 살 것이다.' 이 구절을 듣던 정금 자매님이 그러더군요.

그런데 집사님, 이 구절에서 '이 빵을 먹으면', 이라는 말은 '주님을 믿으면', 이라는 뜻이겠지요. 그런데 저는 이 부분을 읽으면 자꾸 이 집이, 내 집이, 빵집 같습니다. 생명의 빵집이요. 저의 간절한 믿음이 이 집을 영원히 채울 수 있었으면 좋겠습니다, 라고요.

노래가 흘러나온다.
찬송가 '오, 베들레헴 작은 골'이다.

오, 베들레헴 작은 골 너 잠들었느냐
별들만 높이 빛나고 잠잠히 있느냐
저 놀라운 빛 지금 캄캄한 이 밤에
온 하늘 두루 비춘 줄 너 어찌 모르나

사이

성현숙, 나간다.

사이

연미진, 가방에서 돈이 든 봉지를 만지작거리다 꺼내서 던져버린다.
바닥에 지폐가 펼쳐진다.
문이 열리는 소리.
이성근이 들어와 현관에 멀뚱히 서 있다.

연미진 왜, 이제 들어오기도 싫어?
이성근 결국 안 나가겠다는 거야?

사이

연미진   성근 씨. 서류 전형, 잘 안 됐다며…….
이성근   내가 합격했으면 따라 내려갔을 거라는 거야?
연미진   지금은 그런 가정이 의미가 없잖아.
이성근   나도 알아봤는데, 이런 임대 아파트는 소득 기준이 무지 엄격하잖아.
연미진   그놈의 소득.
이성근   너 다음 주부터 어린이집 나간다며. 우리 둘 다 벌면 커트라인 넘을
         걸?
연미진   그래서 나 쉴까? 둘 다 벌면, 우리가 정말 그렇게 대단히 많이 버는
         거야?
이성근   …….
연미진   우린 소득 걱정 안 해도 돼.
이성근   왜? 아, 로비의 힘? 역시 빽이 좋네. (긴 한숨) 너한테, 집은 뭐니?

사이

연미진   어렸을 때 울 엄마가 나한테 제일 많이 한 말이 뭔 줄 알아? '누울
         자리를 보고 다리를 펴랬다!'
이성근   니가 욕심이 많았나 보지.
연미진   그랬을지도 모르지. 열 살 때였나. 내가 살던 곳 옆 동네가 싹 다 없어
         졌어. 시골이었는데, 비닐하우스도 많았는데 신도시 아파트가 들어선
         다는 거야. 얼마 안 가서 광고판이 여기저기 붙더라? 보금자리주택
         분양, 보금자리론 대출……. 엄마한테 물어봤어. 보금자리는 둥지라
         는 말이래. 근데 있잖아. 나는 독립하고 나서 반지하랑 옥탑 전전하면
         서, 내 한 몸 누일 곳이 안락하다거나 하물며 안전하다고 느낀 적이
         단 한 번도 없었어. 그래, 누울 자리를 보고 다리를 뻗었어야 했는데

말이야. (바닥의 돈을 보며) 이건 열심히 산 흔적일까, 아니면 욕심의 찌
꺼기일까.

쿵.

윗집에서 뭔가를 떨어뜨리는 소리, 아이의 울음소리.

성근과 미진, 현실을 직시하듯 소리에 반응한다.

무대, 어두워진다.

두 사람, 나간다.

사이

고요하고 텅 빈 집.

박정금이 들어와 가만히 집안을 응시한다.

〈집집: 하우스 소나타〉 공연 기록

한국연극 베스트7 선정

일시 2021년 9월 2일 ~ 17일
장소 연우소극장
제작 극단 해인

연출 이양구
출연 박명신, 이윤화, 이나리, 최요한, 이선주, 조형래, 최설화,
　　　　이은정, 문희정, 정혜지, 호종민, 우범진

작가의 말

희곡은 시끄럽다.
등장인물의 목소리가 한데 섞여 있어 그렇기도 하지만
연극을 만드는 내내 생길 수밖에 없는 온갖 잡음의 근원이기 때문이다.
그래서 항상 도망치고 싶었지만
극장을 채우는 순간, 순간들에 종종 넋을 놓는다.
그리고 다시 책상 앞에 앉는다.

발표한 대본을 정리하는 내내 배우들의 육성이 고스란히 들려왔다.
스태프들의 땀이 깊게 스며든 무대도 당연히 떠올랐다.
헤어진 연인을 못 잊어 질척거리듯 각 작품의 극장을 서성였다.
작품집으로 묶어내는 일이 또 하나의 이별임을 느낀다.

함께한 모든 이들에게 감사를 전한다.
때로는 너무도 미웠던 연극과 극장에도.

이 책은 서울문화재단 '2019년 첫 책 발간 지원 사업'의 지원을 받아 발간되었습니다.

한현주 희곡집

초판 1쇄 인쇄 2022년 8월 18일
초판 1쇄 발행 2022년 8월 25일

지은이 한현주
펴낸이 박성복
펴낸곳 도서출판 연극과인간
주소 01047 서울특별시 강북구 노해로25길 61
등록 2000년 2월 7일 제6-0480호
전화 (02) 912-5000
팩스 (02) 900-5036
홈페이지 www.worin.net
전자우편 worinnet@hanmail.net

ISBN 978-89-5786-840-9 03810

값은 뒤표지에 있습니다.